劍　舞　輪　迴

Sword Chronicle

Vol. 1

Setsuna　著

CONTENTS

序章－Prolog－　輪迴－CHRONICLE－

歷史是一個又一個的輪迴。

同樣的事件會重複發生。就算這次學到教訓，決心改變，但人還是沒法阻止下一次的發生。在輪迴之中，人類不停跟命運抗爭，在他們所認知的線性時間線上，為生存，為目標，燃燒自己的生命。

超越萬物、時間的神在天上見證一切，對祂來說，人的一生不過是時間洪流裡的一道雲煙，眨眼便會消失；人的重複犯錯不過是不完全造物的表現，是愚者的證明；但這些愚者在時間的剎那間所散發出的光輝，卻比世上的一切造物都來得耀眼。

四百年前，安納黎帝國立國，同年，第一屆「八劍之祭」舉行。

爾後每八十年，安納黎都會舉辦「八劍之祭」。八名被選中的人遵從神的旨意，以性命為代價，爭奪達成願望的機會，把其生命的光輝閃耀至極限。

四百年後的今日，「八劍之祭」，再次舉行。

輪迴，再一次開始。

第一迴－Eins－

接吻－KISS－

1

「與我接吻吧。」

少年只記得這句說話，接著他的記憶一片空白，當他再度回過神來，發現身旁躺著幾隻素未謀面的黑狼。牠們身體的不同部位都有大小傷痕，而傷痕上都染有鮮艷的紅。

牠們……發生什麼事了？少年以一副不解的表情在思考著。

他想伸手，試圖搖醒牠們，但手卻有出乎意料之外的重量，低頭一看，才發現自己的右手不知何時緊握著一把黑色長劍。劍身猶如能把一切都吞噬殆盡的黑暗般漆黑，但上面卻有幾道毫不合襯的鮮紅，跟黑狼們身上的紅十分相似。

是……我做的？但我完全記不起自己做過什麼，也對這把劍毫無印象，少年心想。

他在猶豫的同時轉過身去，身後的一個身影，瞬間解答了他腦海裡的疑問。

映入他眼簾的，是被說成人偶也不足為奇的美麗生物──如夜空般閃耀的長髮、如紅寶石般閃耀的雙瞳、如玫瑰般華麗的衣著，一位標緻而美麗的少女。

少女只是注視著他的雙眼，什麼都沒說，一動也不動。

啊，我怎會忘記了的。

少年心中恍然大悟，空白的記憶頃刻在腦海裡重現。

我遇上了她，遇上了正被追趕的她。

不知為何，我從心中萌生出想保護她的念頭，結果被捲進本應跟自己無關的事上。

而最後，我和她接吻了。

2

「別以為能寫個答案就顯得你很聰明！無論如何，我們的地位還是比你高的，菜蟲！」

在寧靜得連窗外鳥聲也聽得一清二楚的課室裡，一個粉筆刷以完美的拋物線劃過寂靜的空氣，衝向正在黑板上書寫某歷史題目答案的少年背上。正聚精會神書寫答案的黑髮少年只是停下書寫，輕輕一個轉身，把快要撞上肩膊的粉筆刷接著，再若無其事地繼續書寫未完成的答案。

課室還是一如以往的寧靜，只是多了幾聲竊笑。

班上其他人對剛才的行為彷若視若無睹，什麼都沒說；本應出口指責的老師竟然一句話也沒說，只是輕聲嘆氣，無聲等待少年把答案寫完。

過了一會，少年總算完成了黑板上的題目——國家歷史的時間線抄寫。正當他準備回到座位去時，剛才扔粉筆刷的人舉起右手，對正站在講台上的老師說：

「老師，愛德華所寫的答案根本錯漏百出，完全不正確！」

老師面露驚訝之色，望向黑板上整齊有理的詳盡時間線，再好像明白了什麼似的嘆了一口氣：

「既然如此，那麼請路易斯同學來修正一下吧。」老師一邊說，一邊拿起粉筆，示意路易斯可用此筆書寫。

本來提出問題的路易斯這時一動也不動，只是向鄰座的少年打了個眼色。明白箇中意義的褐髮少年恭敬地點頭，並向講台走去。他接過老師的粉筆，在黑板上以粉筆刷輕輕一抹，便把名為愛德華的少年辛苦寫了五分鐘的答案通通抹掉。

自己做不來便要請人代勞嗎？回到座位的愛德華在心中冷笑。兩年了，這傢伙依然沒變。

褐髮少年開始在黑板揮筆疾書——但奇怪的是，每當寫到某個長度，他便會停下來，瞪著黑板，再繼續書寫。

起初愛德華不以為然，但當同樣的事情發生了幾遍後，他總算留意到了。本以為已經抹得乾淨的黑板上其實還隱約留下自己的字跡，而褐髮少年就是朝著那些地方看，然後繼續抄寫他的時間線。

原來如此。愛德華心中輕輕一笑，但絲毫沒有從臉上表露出來。

他知道自己不能這樣做。

過了一會——也許比愛德華所花的時間還長，少年總算完成了時間線，並一臉神氣地回到自己的座位上。老師仔細地閱覽他的答案，還滿意似的不停點頭；而在座位上的路易斯看到此情此景，驕傲之色表露無違。

他嘴角微微向上勾，並斜睨愛德華，眼神彷彿在說「看吧！這就是我的實力，佩服吧！」要我佩服你使喚手下的能力嗎？愛德華假裝看不見他的銳利眼神，轉面望向墨綠色的黑板。

一看，他差點壓抑不到快要在臉上露出的訝異表情。

「感謝路易斯同學，的確比愛德華同學寫的更仔細，而且沒有錯漏。各位同學，請記下這個，下次考試會主要考核這道時間線，尤其『八劍之祭』的部分。」

老師一副正經地說，看似一點問題也沒有。但看著那些歪斜的字體，愛德華實在不能說服自己，說黑板上寫的答案比他所寫的更好。歪歪斜斜的字體毫無條理，但當中有些字體卻端正得奇怪，在毫無美感的字體中顯得突出。

這一刻，他正以自己最大的努力，忍著不笑出聲。

因為看不懂那些字，所以直接臨摹嗎？有不少字都串錯了，而且還遺漏了幾個重要的歷史事件……實在不能說是「比我的來得仔細」呢。

哈哈。

愛德華不禁在心中冷笑了兩聲。他其實想抗議的，但想到也許會惹上的麻煩，便放棄了念頭。

路易斯已經不是第一天做這種事的了。自從愛德華進到這學院裡開始，這位出身公爵家的少年就一直用各種方法欺凌他，兩年來幾乎沒有停止過。今天的已經算小事，更厲害的他都做過，只差沒找過人把愛德華抓起來打而已。起初愛德華曾經嘗試反抗，但他和路易斯在地位和號召力的差距最後令自己惹來更大的麻煩。因此他後來選擇了忍耐，不對任何事作出反抗，為的是要留在學院裡。

他有想做的事，有想達成的目標，而留在學院讀書是達成其目標的重要一步。如果他想在這個學院裡活下去，就必需要忍耐。

班上各人正努力抄寫路易斯——不，是路易斯派出的彼得森所寫的答案。愛德華看起來也在努力抄寫，但其實只是拿著鋼筆裝模作樣，一個字都沒抄進筆記本裡去。可是一直裝模作樣也實在太無聊了，因此愛德華轉而一邊扮作抄寫，一邊閱讀時間線的仔細內容。一望向時間線，他的目光瞬間聚集在一件一直感到疑惑的重要歷史事件——「八劍之祭」上。

根據歷史課本及課堂上老師所說，八劍之祭是在這個通稱「安納黎」，全名「安納黎帝國」的國家裡，每八十年舉行一次的重要祭典。這個祭典自甄珮莉娜曆零年，即安納黎開國元年便開始舉辦，每當祭典將要開始之際，神官會傳達神諭，傳召被神選出的八名「舞者」參加祭典。「舞者」必須以死相爭，為那位神獻上最高級、高尚的劍舞以取悅祂。作為獎勵，最後的勝利者則可以從神手上得到一份禮物。

愛德華一直覺得奇怪，「禮物」到底是什麼？他曾經為此而到學院的圖書館尋求答案，結果發現沒有任何書籍有記載「禮物」的內容。而舉行祭典的原由也沒有多作說明，只是說是依照與神的約定而定期舉行的祭禮，作為回報，祂會保佑安納黎豐盛平安，不會滅亡。

他知道對國民來說，「八劍之祭」是很重要的祭典，說是國家最重要的祭典也不為過，比新年和國慶還要重視；但每年國家都有大小祭典，為何偏偏只有「八劍之祭」會記載於國家歷史上？還要篇幅詳盡，成為歷史課考試裡其中一個重要考核部分？

他想不透。

說起來，今年是建國四百週年，愛德華突然想起。既然「八劍之祭」每八十年舉辦一次，那麼今年理應就是第五屆的舉辦年。現在已經是甘菊月，距離年末只剩下一個多月的時間，但直到現在，「八劍之祭」仍未舉行，這代表著它將會在短期內舉辦，還是會延到明年？

但不管怎麼樣，都不關我的事，少年心想。神又怎會看上我這種人。

不知不覺，代表下課的鐘聲響起。老師急忙交代幾句有關作業的事後，便匆匆離開了課室。正當愛德華打開日記本，打算翻查下一課是什麼時，一把不懷好意的聲音從他身後不遠的地方響起。

「愛──德華，下一課可是劍術課啊！」路易斯高昂響亮的聲線清楚傳遍教室的每一個角落。

是劍術課嗎？

……啊！

想起一些要事的愛德華，什麼都沒說，頓時拿起掛在椅背上的外套，無視班上眾人奇異的目光，就這樣一股風似的離開教室。

3

快速走過長長的走廊，愛德華不禁抱怨為何這間學院要建得這麼大。

鋪上暗紅色地毯的長直走廊上，站著許多年紀跟愛德華相若的男生。他們有的三五成群地談笑風生，有的正隔著玻璃窗欣賞外面的景色，有的則依偎在窗邊，安靜地閱讀手上的小說。

愛德華的一雙皮靴越過許多人的雙腳，他的寶藍色外套擦過不少人的身影。

對一個突然出現，如一陣風走過的身影，走廊上其他人開始對它起了興趣。當他們發現它是愛德華後，一些認識他的人，又或對他的事略有所聞的人，開始小聲地討論起來。

「啊，是那個窮家子嗎？」

「別這樣說啊，他可是男爵家出身，聽說他的家族本來很有威望的。」

「這個我知道！但不是家道中落了嗎？」

「那他究竟是靠什麼進來的？關係？這裡可是全國最好的貴族學校啊。」
「好像是靠考試進來的，他的成績可不差啊。」
「但他怎能負擔起昂貴的學費？難道是家人左借右欠才能支付的？」
「不知道呢，但老實說，無論他的成績有多好，他還是無法超越我們的。」
「就是。窮光蛋就應該老實回到自己的地方去，別在這種地方擺架子吧。」
「噓！小聲點，被他聽到可糟糕了！」
我一字一句聽得清清楚楚，愛德華在心中冷笑。
這些話他已經不是第一次聽到的了。由愛德華首次踏進這間全國質素最高、學費最貴、學生幾乎全是貴族子弟的路特維亞學院大門那天起，他幾乎每天都會聽到這些閒言閒語。無論在課室裡、走廊上，甚至用膳時，他都會聽到旁邊的人對他指指點點，有些膽子大的更曾試過當面對他說出侮辱的言語。
起初愛德華會感到憤怒，更有數次出言反駁，但後來他對這些言語已經失去感覺。他不再為這些事而感到憤慨，也不會感到煩厭，只是當作一般對話內容來無視，當成無意義的內容來忘卻。
世界就是這樣，無論你長什麼樣、無論你頭腦如何，出身已經決定了你的一切。自己體內所流的血，已經注定自己的一切，諸如地位、未來。
但我可以怎樣？可以反抗嗎？
根本不能。我只能接受這一切，接受這是自己的命運。
唉。一想到這裡，愛德華不禁在心裡嘆了一口氣。
走著走著，愛德華終於到達走廊的盡頭，也就是他的儲物櫃的所在位置。

每位學院的學生均會獲分配一個儲物櫃，這些儲物櫃位處學院不同位置，包括教室內、以及走廊上。一般來說，學生的儲物櫃都會被安排在教室內，又或跟教室最近的地方。以愛德華的班級為例，他們教室所擁有的儲物櫃數量是足夠讓全班人使用的，但唯獨愛德華的儲物櫃被安排在十個教室之遠的走廊盡頭，而聽聞路易斯一人正使用教室的其中兩個儲物櫃。

幸好不是被安排在下層或者地下室，不然事情會變得更麻煩。愛德華以此安慰自己。

打開木製的櫃門，一陣舒暢的桃木香氣頓時撲上愛德華的鼻。他把頭探進這個和其身高幾乎一樣的櫃子裡，伸手在黑暗的櫃內到處觸摸，似乎在找些什麼。

突然，他看見儲物櫃的底部有一些銀白色的東西在閃爍。一拾起來，才發現本應被稱為「劍」的物體已碎裂成一塊塊碎片，而刀片之間有些人為的切割痕跡，很明顯是有人特意做的，不是意外。

看見此情此景的愛德華沒有感到驚慌，相反，他從容不迫地向櫃的左方輕輕一拍，一塊木板頓時掉落，露出一個隱藏的小儲物間，內裡收藏著的長劍也映入他的眼簾。

完好無缺。少年輕輕一笑後，便立刻取出長劍，再緩緩關上儲物櫃的門。

當他到達劍術課的上課地點——禮堂時，路易斯和彼得森只是以驚異的眼神瞪著愛德華手上的劍，接著前者向後者投以一個兇狠的眼神，而後者只是不停搖頭，樣子十分可憐。

我才不會天真得什麼準備也不做。輕輕冷哼了一聲後，愛德華便靜靜地走往禮堂的一角。

4

冷冽的風吹過荒蕪的山原，穿過枯萎的樹枝，擦過少女的身邊。

身穿一襲黑色長裙的少女正拔腿奔跑。她無聲地踏過地上的黃葉，步伐如風一樣輕快。

但她深知這個程度的速度還未足夠。

剛睡醒的倦意仍未消去，頭腦感覺沉重。可以的話，她很想回到那個永無休止的夢裡，但無奈不知道被誰吵醒了，被拉離那個一旦離開便不能再踏進的世界。就算回不去，她仍想找個地方坐下來休息一會，整頓一下混亂的思緒。

但本能告訴她不可以。

在呼嘯的風聲中夾雜著幾聲奇異的空氣劃破聲。跟周圍風聲格格不入的異樣聲音從山原不同的方位傳出，給人危險的預感。

很快！我能否逃脫？

少女一邊逃跑著，一邊細心聆聽此不祥的聲音，用以推測聲音主人的大約位置，並思考該向哪方逃跑。

過了一會，彷彿比風更快的聲音漸漸消失在陰暗的山原間。心想應該已經逃脫的少女開始放鬆，緩緩放慢腳步，再跌坐在一棵樹前，依偎著樹幹，大口大口地喘氣著。

總算離開了嗎？她努力地調整呼吸。

環看四周失去綠葉裝飾的灰褐樹幹，她努力回想起剛醒來時發生的事。但無論用什麼方法，腦部好像有什麼在阻礙似的，令她只能想起幾段模糊的片段。她只記得雙眼睜開不久，便感覺到那些危險氣息，潛意識告訴她不能被它們抓著，到她完全醒來後，她才發現自己已經在樹林間穿梭逃跑，直到剛才為止都沒有停下。

「它們」是什麼？我認識「它們」的？

……不行，完全摸不著頭腦，看來我只有醒來後的記憶，但仍清楚記得自己的身分。

從回想中醒來，看著頭上清澈的夜空，少女心中盤算著下一步的行動。

要尋找把封印解除的主人？還是……！

當她把視線從天上轉回地面時，身旁不遠的地方正有近十隻類似螢火蟲、翠綠色的光點包圍著她。少女呆愣了似的瞪著眼前的「螢火蟲」看，再猶如發現了什麼似的，身子猛然往後縮，並立刻往身後方向逃跑。

大意了，一不留神便追到我身邊……為什麼？為什麼「它們」要咬著我不放？

那些「螢火蟲」正是一直追逐著她的生物的雙眼，見少女逃跑，牠們立刻狂奔，不讓她逃離這片樹林。

在急促、毫無計畫可言的逃跑中，少女的腦中一片空白，只想到要脫離「它們」的追捕；就算途中裙的一角被樹枝扯破、手臂一處被樹葉割破皮膚，她仍然沒有停下，繼續比風更快的奔跑，任由破碎的布料散落在枯葉上，任由溫暖的鮮紅在冰冷的白皙上亂流。

隨著天色漸暗，少女開始看不清前面的路。她只是漫無目的地四處奔跑，過膝的長裙上已沾滿塵埃，秀麗的烏黑長髮已變得蓬亂。

但「它們」還是緊隨其後，完全沒有要放過少女的意思。

正當少女轉身回頭看「它們」的蹤影時，一個後踏，便被隱藏在枯葉裡的尖刺刺穿腳踝。痛入心扉的劇痛令她的臉容頓時扭曲，還差點叫出聲來。但她強忍痛楚，奮力重整平衡，並一拐一拐地繼續飛奔。但當她踏出第一步時，腳發出如被萬針刺穿的痛楚，令沒有預計過這個狀況的少女失去重心，再被眼前的粗大樹根狠狠絆倒，如球般向無盡的黑暗滾去。

越過了山原的邊界，滾下了山坡……嗎？

少女感覺到自己的身體正往下衝。

都怪剛才的傷和起跑速度太快，現在沒法控制滾下的速度……啊！

就在少女努力思考該如何自救時，一下強勁的碰撞把她從思考中拉回現實。全身因割傷、撞傷、刺傷等各種傷口而疼痛的她發現自己正騎坐在什麼東西上。她撥開眼前凌亂的瀏海，靠著附近的微弱黃光，看到一個想像不到的情景。

她看見的，是一名留有黑色短髮、滿臉驚訝的陌生少年。

少年的口微微張開，久久未能合上，雙眼定睛看著騎坐在他腰上的少女。

「妳……」

5

走在無人的街道上，愛德華的心情十分煩躁，並不停地嘆氣。

微薄的白煙不停從他的口中噴出，戴著手套的雙手也不停地互相摩擦。很冷，他心中暗暗抱怨。果然只穿這件老舊的外套是不足夠的嗎？

看了一眼身上殘舊的寶藍長外套，以及外套內那些快要破掉的布料，他心中的煩悶變得更大了。要買一件新的？他打開錢包，裡面只剩下一枚金幣和幾塊銀幣。之前把錢都花在那把後備劍上，現在實在沒有餘錢再添置一件新衣，最少都要等到下個月出工資之後吧。想畢，他無奈地嘆氣。

一想到儲蓄，他立刻想起不久前還在羅素家宅第時所發生的事。

為了讓愛德華到這間全國最好的學院就讀，就算積蓄不多，他的雙親也盡了一切努力為兒子支付學費。但除了學費，還有食宿、衣飾，以及林林總總、想推也推不掉的應酬費用——就算被路易斯百般排斥，但學院規定的舞會、騎馬、狩獵等活動，他還是得去，而這一切所需要的費用都必須由愛德華自行想辦法解決。

他沒有認識的人能夠資助生活所需，而身為學生的他根本沒有太多時間可以外出工作，賺取生活費。所幸的是，距離學院不太遠的羅素伯爵家剛巧正為他們的三子招聘一位書童。不知道是看中了愛德華身為路特維亞學院學生的身分、他的聰敏還是其他，羅素家竟然接受了這位每週只能當五晚書童的少年求職。這對當時的愛德華來說是美好的福音——因為羅素家所支付的工資除了足夠他應付日常生活所需外，還有一筆多餘錢能用作儲蓄。

可是他現在覺得，就算生活拮据，當時也不應該接下這份工作，不，連「考慮這份工作」的一步也是錯誤的。這份所謂的工作根本是在羞辱他的智慧以及他的自尊，從第一天工作完畢後，這個想法便在愛德華心中深深植根，直到今天。

除了一般書童需要做的，例如服侍主人、傳遞信息，他還被要求做一件特別的工作——輔導主人，也就是羅素家三子的學習。輔導一位十六歲的少年，對十八歲，而且是學院二年級生的愛德華來說，並不是什麼困難的工作。他起初也這樣認為，但工作才剛滿一週，他就已經萌生辭退的念頭，而且不只一次——原因在於其主人身上。

應該是驕傲於自己的出身，以及沒怎樣見過世面吧，他的主人——湯姆森一直深信自己是最聰明的人。當愛德華在工作的第一天一下子指出湯姆森在知識上近百個問題——有些還是很基本的問題後，湯姆森非但沒有接受和改進，相反，他怒不可遏，對比他年長的愛德華罵了一句「你這個智商比我低、地位也比我低微的小書童，沒資格對我的事說三道四！」，還威脅愛德華，如果再頂撞他，那麼他就不能再踏進羅素家一步。在那刻明白一切的愛德華，行為從此有一百八十度的轉變。他變得愚蠢，只會依湯姆森的指示行動，再沒有頂撞，或做出任何令他不快的行動，就如一隻被馴服的狗般對主人絕對服從——在湯姆森眼中所看到的是這樣。

湯姆森真心相信愛德華本性是愚蠢的，第一天的「無禮」不過是裝腔作勢而已。他不停調戲愛德華，並以此為樂。就以今天為例，他多次向愛德華拋出分成一片片的橙，並要求他以口接著，之後還不停嘲笑他跟家裡養的薩摩耶犬沒有任何分別。

哼，我不過是在一個比自己愚蠢的人面前強行裝成愚蠢，但被騙的人卻毫無被騙的自覺，一直信以為真，還陶醉在於虛假的虛榮感中。一想到這裡，愛德華忍不住冷笑了一聲。

工作是保住了，但換來的卻是恥辱。縱使覺得被侮辱，但為了生活費，他不得不放下自己的尊嚴，啞忍一切不公道。尤其當他得知自己的家族有機會沒法支付下年的學費時，他就清楚理解自己已經失去了選擇的權利。

為了活下去，我需要力量，以擺脫這個彷彿早已被註定的命運。知識、金錢、權力，我必須付出自己的一切以獲得向上爬的力量，不然會被命運的漩渦無情吞沒，一生只得隨波逐流。

我想要的是改變命運的力量，但現在的我沒有。

「真可悲呢。」他輕輕吐出一口嘆息，就連自己也不清楚這句是對誰說的。

走著走著，不經不覺，他已經走到距離學院只有兩街之隔的山坡下。舉頭仰望冬日靜寂的夜空，愛德華緩緩地從外衣的口袋中取出一個銀白懷錶，上面的時針老實地指向十一的方向。

已經這麼晚了？愛德華把懷錶合上。看來要加快步速了，不然會睡眠不足。

就在這時，右邊突然傳來物體高速滾動的聲音。愛德華因好奇而把視線轉向那邊，只看見一個黑團，再回過神來後，他發現自己正躺在路面上，腰部則有種被重物壓著的沉重感覺。

頭部傳來難忍的刺痛，但他仍勉強自己把視線集中在腰部上的黑影。在微弱的街燈燈光協助下，他總算看清了——接下來是一陣驚訝。

「妳……」他止不住自己驚訝的心情，嘴巴久久不能合上。

那是一名少女。

少女看上去只有十七、八歲，頭髮凌亂，身上以至臉上皆有幾處擦傷及割傷的痕跡，有些傷口仍有鮮血在流淌。縱使她所穿的黑色長裙已經破爛不堪，不能再稱為一條裙，還沾上不少灰塵、枯葉以及泥土，但依舊沒有掩蓋到她的美貌。她的皮膚白皙如雪，細緻的臉孔美如雕塑，雙眼猶如紅寶石般閃亮。如人偶一樣美麗的生物，愛德華被她的外貌驚訝得忘記了自己仍然橫躺在街道上的事實。

「啊……請問妳……可以讓開一下嗎？」

過了一陣子，少年總算回過神來。他剛說完，少女便立刻禮貌地站起來，再跪坐在愛德華旁邊。

愛德華坐起來後，依靠微弱的燈光仔細打量少女身上的傷勢。他發現她的傷遠比他剛才見到的多——臉部、肩膀、雙手都有不少大小血痕，甚至雙腳也有被什麼刺穿而做成的大傷口。但奇怪的是，遍體鱗傷的少女臉上毫無因傷而感到痛楚的表情。她只是安靜地坐著，一句話都沒有說。

「妳不痛嗎？」一般人受到這種程度的傷應該會喊痛吧？愛德華好奇地問道。

「我沒事。」這時愛德華發現，除了外貌清秀美麗，少女的聲音也如小鳥的歌聲般動聽。

打量完傷勢後，他便開始思考下一步的行動。應該送她回家？還是把她留在這裡？但她的雙腳受傷了，應該不良於行……

正當他沉思時，不遠處傳出一陣不屬於人類的聲音，令他警覺起來——野獸的咆哮聲。

了無人煙的山坡上突然多了數隻黑色的龐然大物。牠們兇狠地望向愛德華和少女，像在下一刻便會撲上來。

難道少女就是被牠們追趕才滾下山坡的……不妙！

感知到危機的愛德華二話不說，把一臉驚呆的少女拉起，並拔腿逃跑。

少女一拐一跌的，未從驚恐回過神來，就已經被愛德華牽著跑。她先驚訝地望向背向她的愛德華，接著視線落在那雙被他緊緊握著並拖著的手。

這個人……

頓時，她心中的驚恐消失得無影無蹤。

愛德華拉著這位剛見面不久、連名字也不知道的少女在寂靜的街道中左穿右插。他腦中想到的只有從那些怪物的爪牙中逃離，但卻對該去的目的地毫無頭緒。

令人發抖的咆哮聲不斷從身後傳來，加上沙沙風聲以及二人不協調的急促腳步聲，使得少年漸漸失去冷靜，只依直覺行動。

——不逃走只會被殺！

他心中只剩下這句話。

跑了一會，他在黑暗的街道中看到一點微弱光源。連光源為何物都還未看清楚，他的手就已經推開光源旁邊的大門，再任由直覺帶領二人前進。

不知經過了多少雙門，不知過了多少時間，愛德華和少女最後無力跌坐在一個充滿花草香氣的地方，大口大口地呼氣。

剛剛步步進逼的叫聲已越來越弱……跟丟了嗎？

他頓時鬆一口氣。愛德華放鬆後才發現，他們二人原來跑到一座透明的建築物裡。以玻璃製造的建築物，其八角錐體形狀的頂部讓天上無瑕的銀光輕輕灑進這座面積不大的建築物裡，光線的折射令玻璃在夜空中顯得清澈無比，還隱約閃爍著銀光。

原來如此，他登時知道自己身處何地。是學院的溫室，那麼剛才的大門應該是學院的後門之類吧。

「沒問題的，在學院裡我們是安全的，牠們絕對不可能找到……」

正當愛德華轉身要安慰少女時，說到一半，他強行把餘下的話吞回肚裡，並瞬間理清現實。

——我們根本沒有成功逃離。

——從一開始我們便處於不利狀態。

擁有翠綠色瞳孔的黑狼狀生物不知道在何時開始在溫室四周對二人虎視眈眈。有三隻已爬上溫室塔頂，俯伏在玻璃上俯視著，而其餘兩隻則在出入口的位置把守著。二人猶如甕中之鱉，無處可逃。

愛德華得知此事實後，倒抽一口涼氣，退到溫室的一角。怪物們張開牠們的血盤大口，彷彿準備好要把二人撕成碎片。

黑髮少年全身發抖，額頭不停冒冷汗。他從未感受過這種恐懼——死亡的恐懼。

我的人生要在這裡終結了？無故被拉進這場生死追逐中，再無故被不知名的生物殺掉？什麼都還未開始便得結束？

何等荒謬！別說笑了！但我有辦法改變現況嗎？

他用力揉搓自己的頭，用力瞇著雙眼，但仍什麼都想不出。

「真的沒有……活下去的方法嗎？」

「與我接吻吧。」

在充滿絕望與無力感的嘆息後，少女的一句話令他頓時回過神來。她坐在愛德華的左邊，定睛會神地看著他。

「……什麼？你剛才說什麼？」

「我說，『與我接吻吧』。」

這次愛德華聽得一清二楚了。他忘了恐懼，失控地大喊一句：

「妳、你在說什麼？」

少女沒有回應她，只是繼續以紅瞳注視著眼前的少年，彷彿告訴他「正如你所聽見的一樣」。

「你在這個時候說些什麼啊？現在我們要想的是活……唔？」

說到一半，愛德華的嘴唇便被什麼抵上了。柔軟的觸感頓時從嘴唇傳到腦部，這種新鮮又舒適的感覺令他抵抗不了，緊張的神經開始緩慢下來。他看見少女的臉孔就在他的跟前，雙眼緊閉，而嘴唇……就貼在他的雙唇之上。

什麼？我、我……她？

「因緣而遇的少年啊。」

在愛德華仍為眼前所發生的事毫無頭緒時，一把熟悉的聲音在他腦中響起——是紅瞳少女的聲線。

「我名乃『虛空（Nullitaria）』，現已成為受你所控之物。」

「以一吻定誓，在契約下你可任意命令我，而我不得背叛，違者以死為罰。」

「你的勝利將與我同在，而我的性命則永隨你旁。我將為你斬斷世間命運之律，牽你至願望實現之所。」

「你所尋找的一切皆在此胸中，取出吧！願此劍能夠成為引路明燈，成為達成你心中宏望之力量。你的命運不應該在此終結，而我將為你見證到最後一刻。」

虛空？契約？

在什麼都未搞清楚的狀況下，如被催眠一般，愛德華依照少女的指示，把右手伸進她胸內，並從她的血肉之軀之中拔出一件意想不到的物件——一把烏黑長劍。

這把有愛德華身高一半長度的劍是把設計簡單的長劍。劍柄頭部鑲有一顆閃亮的黑鑽，而劍柄頭部和護手之間則以一塊彎板連結著。劍身除了中間和血溝是灰色以外，其餘部分都是如新月夜空般純潔的亮黑色。

黑色的劍……他從未看過世上有這種顏色的劍。

愛德華驚奇地看著手上所握的未知長劍，但令他更驚訝的，是將劍給予他的少女。

體內藏有劍的少女，她到底是何方神聖？

此時，留意到形勢出現變化的黑狼立刻展開攻勢。牠們衝破玻璃，從四方八面衝向愛德華所在的位置。

——如果是剛才，我必死無疑；但現在，情況改變了。

少年緊握手上的劍，並把劍架在腰前。他的眼神冷靜又堅定，不久前的絕望早已飛到老遠。

從溫室塔頂突入的三隻黑狼首當其衝，張開血牙撲向愛德華。他先揮劍向右橫掃，一隻黑狼應聲倒地，牠的胸前有一條深長的血痕。接著少年一個轉身，劍一揮，同時劃破兩隻黑狼的鼻，牠們倒在地上，痛苦地呻吟著。

——我想活下去。

看見同伴受傷倒地，本來把守著出入口的兩隻黑狼頓時衝破玻璃門，兇猛地從左右兩邊撲向愛德華，但被他巧妙地俯身閃過。接著他把劍往後一揮，一隻黑狼頓時失了生氣，而另一隻黑狼也在他的一個轉身後被直接刺中心臟，無聲地倒在地上。

——所以需要力量。

剛才被劃破鼻子的兩隻黑狼這時站起來。牠們的眼神流露著驚恐，但腳步穩固，一個後座便從愛德華前方飛撲過來。

——我需要的是改變命運的力量，但以前的我沒有。

愛德華從容不迫，劍向右一揮，右邊黑狼的頸項便被割破，然後他一個原地轉身，最後一隻怪物的頸項便被劍刃抵上。他輕輕一揮，怪物就再沒有動了。

——但現在不同了。

確認情況安全後，愛德華緩緩站起來，一揮，把劍身的鮮血揮到地上。他轉身望向少女，不禁滿足地笑了。

——活下去所需要的力量，也許我已經擁有。

6

在同一夜空下，有兩個身影正站在離拉特維亞學院不遠的一幢建築物頂樓，望向溫室的方向。

「今晚的夜空瀰漫著一種寧靜又危險的味道呢。」

其中一個身影正坐在建築物的圍欄上。她正用手指玩弄著在黑夜下十分明顯的白髮，並微笑地看著身旁的男子。只見男子慢慢放下手上的單眼望遠鏡，若有所思地望向遠方。

「對呢，莫諾黑瓏。」

他的銀髮隨意在晚空下飄逸，臉上露出感慨的表情，似是想起某些往事。

「一切又要開始了嗎。」

第二迴 －Zwei－

虛無 －NULL－

1

太陽初升，床頭櫃上的桃木座鐘發出烏鳴般的清脆金屬撞擊聲，為清涼的冬日早晨送上一支動聽的獨奏。演奏期間，愛德華烏黑的頭緩緩從雪白的被窩中鑽出，他微微伸了個懶腰，並以手輕輕按下座鐘頂部的按鈕，令獨奏曲的餘韻消失在濕潤的空氣中。

身穿一件純白襯衣的他背靠著床頭，睡眼惺忪地隔著米白的窗簾，注視窗外的穹蒼。

已經是早上了嗎……？他迷糊地搓揉雙眼。

待腦袋清醒一點後，他便下床準備梳洗。但在離開床邊的一刻，他看到在衣櫥旁邊有一個熟悉的黑壓身影在瑟縮著——

昨夜偶遇，並把他捲進一堆令人搞不著頭腦的事件，自稱「虛空」、黑衣黑髮的少女，就在那裡。

愛德華一看到她，腦海立刻浮現出昨晚發生的一切，並略帶煩躁地問：

「妳為何還在？」

2

昨晚，解決所有試圖襲擊少女和自己的野獸後，愛德華再一次仔細打量手上的長劍。

劍身的顏色和一般的灰銀鋼劍不同，是閃亮的漆黑。兩邊刀刃呈亮灰色，血溝則被隱藏在劍身中央的深灰色中，長度約為劍身的一半。在漆黑如夜空的劍柄末端鑲有一顆閃爍的黑鑽，以它的通透以及閃爍度來看，應該是真貨而不是仿製品，而且是價值連城的上等貨色。

他輕輕敲打劍身，發現劍的材質十分堅硬。而其尖銳的劍鋒，應該能夠輕易把目標一分為二——無論是物，還是人。

但能夠製成劍的黑色材質，少年卻從來未有聽聞。

是什麼新物質？還是遠古失傳的特殊物料？愛德華一直盯著劍看，毫無頭緒。

這時，黑狼屍體們突然化成黑煙飄散，才剛為長劍的事大感驚訝的愛德華再被眼前的不可思議現象弄得一頭霧水。他試圖抓住其中一道煙，但發現它只是一道普通的煙，並沒有如灰塵等的物質存在。

沒可能，他低頭沉思。剛才我攻擊牠們時，從手上傳來的手感判斷，牠們是擁有實體的，而傷口裡有血液流出，如果只是由黑煙組成的個體，沒有可能有鮮血流出。

那麼剛才在我面前，被我殺了的「生物」究竟是什麼？

感覺在一夜間發生太多令人摸不著頭腦的事，思維快要跟不上了。

他又再嘆了一口氣。

再望向手上的劍，愛德華認為是時候物歸原主。他轉身走到少女跟前，雙手遞上長劍，並說：

「感謝妳剛才把這個借我，現在把它還妳了……話說它沒有劍鞘的嗎？」

比愛德華矮了一個頭的少女沒有回應，只是用雙手接過長劍，並把劍尖對準自己胸口。

「慢……」

未等愛德華叫住，少女已開始慢慢把劍插進胸口。接著是護手、劍柄……不過一會，黑劍已消失無蹤。明明是把劍插進身體裡去，但劍尖卻沒有從身體的另一邊走出來，彷彿她的體內藏有一個神奇空間，劍不知道從哪裡來，也不知道被收到哪裡去。

愛德華一直屏息觀察著，直至見到少女並無大礙後才放鬆地呼了一口氣。但同時，她的行為引起他的另一疑惑。

難道她就是劍鞘？怎樣可能？

望向被野獸狠狠破壞的溫室塔頂，以及滿地的玻璃碎片，愛德華深知自己不能在此地久留。

「再留在這裡的話會有危險的。妳應該記得剛才進來的路吧？只要穿過這道門，再走過一條長長的走廊，便會看到剛才我們經過的學校後門。門應該還開著，從那裡走出去後，你便可以回家了。時間不早，快走吧。」

剛才野獸的事說出來根本不會有人相信，如果現在被人發現我在這裡的話，定會被懷疑是破壞者，而路易斯那傢伙定會趁機誣告我，搞不好會因此被退學。如果我把這名少女送出去的話，也許會再遇到其他不必要的麻煩，還是明哲保身為上。愛德華對少女指明路線後，便轉身往另一道門——能回到宿舍的門走去。但走了幾步後，他感到有點不對勁，轉身一看，驚覺少女正站在他身後。

「門口是在那邊，不是這邊啊。」

一心認為少女應該是誤會了方向的愛德華，再一次把方向告訴她。

少女沒有作聲，一動也不動。

應該不會再搞錯了吧？愛德華再次轉身離開，但當他打開溫室的門時，一個後踏令他發現少女仍緊隨其後。

「都說了門口是在那邊！這邊的是回宿舍的路，跟著我是沒辦法出去的！」他忍不住激動起來了。

面對他的激動，少女只是淡然地抬頭說：「我不能回去。」

聽到她這樣說，愛德華本來打算反駁一番，但當他留意到少女傷痕累累、頭髮蓬鬆又凌亂、衣衫不整的樣子時，便收回想說的話了。

不能回去也是說得過去的，沒辦法了。

「我讓妳到我的房間整理傷口並更換衣服，但之後妳就得走，明白了麼？」

3

「沒記錯的話，我是叫妳在整理好儀容後便自行離去。為何妳還在的？」

把少女帶到他所居住的房間後，愛德華便到學院的衣帽間取出一件屬於洗衣女僕們的黑白長裙制服，再從醫務室取走一個救急箱，給少女作更衣和包紮之用。可以的話，他其實想給少女一條正式的長裙，而不是下人裝扮，但這所學院裡能夠神不知鬼不覺取走的女性衣物就只有女僕長裙，他沒有其他選擇。

幸好他們回到宿舍時已是午夜，幾乎所有學生都已經睡著了，所以沒有人留意到二人的行蹤。

換過睡衣後，未等少女更衣，愛德華就率先睡著了，因此直到今早醒來後，他才知道原來少女仍在房間裡。

「我不是說了，不能回去。」

少女仍瑟縮在衣櫥前，輕聲回答。她的聲音略帶疲倦，可能是因為一整晚瑟縮而睡，而睡得不好。

「衣服我給妳了，傷口也包紮了，天也亮了，還有什麼回不去的理由？」愛德華不耐煩地問，語氣猶如下逐客令般無情。

「我不能離開契約者。」她把頭放在膝蓋上，平淡地回應。

本來在書桌上疾筆書寫報告的愛德華一聽到這句，立刻停下手上的工作，望向她，並問：「那妳去找那位契約者不就行了？別再留在這裡了，妳的存在一旦被人發現，可是會做成大騷動的。」

這所宿舍有明文規定不得讓外人進入和逗留。別說是學生們的朋友，就連學生的家人也只能在特定時間前來拜訪。而且路特維亞學院是一所男校，如果愛德華讓這位來歷不明的少女在自己房間留宿一夜的事被曝光，所做成的騷動程度可不是簡單的說笑推搪便能壓下的。

因為這事而被退學還是小事，最嚴重的是如果事件張揚開去，會大大影響他的家族以及個人聲譽。出身於沒落貴族家的他，其聲譽本來已經比其他貴族差上一大截，加上這件事的話，大概一生都不用在貴族界內立足了——愛德華如此認為。

別說笑了，他緊握拳頭，蹙起眉頭。就因為這件突如其來的事而打亂我的計畫？我可不能接受！

想著想著，他滿腦子慢慢充斥著更多的不滿，同時想出一百個能把少女趕走的方法，包括使用武力。

「我不用去找，這裡就是我要待的地方。」

怎知少女以平淡的一句拒絕離去。她注視著愛德華，縱使頭髮因為未梳理而顯得凌亂，但雙眼卻沒有因為疲倦而下垂，堅定的決心清晰可見。

「這是什麼意思？」
被少女莫名奇妙的答案弄得一頭霧水的愛德華快控制不住自己了。在他的記憶裡，眼前的少女似乎是自己所遇過的人之中最難應付的幾位。
順帶一提，對他來說，路易斯是最容易應付的。
見愛德華仍不明白，少女再加上一句：「你是我的契約者，我不能離開，也不會離去。」
說完，她雙眼盯著他，眼神中隱含的堅定完全不像是裝出來的。
「你……」起初愛德華想出言反駁，但消化完少女的話語後，他把準備好的反駁吞回肚中，轉為疑惑：「我？為什麼？」
話音剛落，昨晚發生的事頓時浮上腦海。他記得自己在山坡前被少女撞倒，再被幾隻酷似狼的未知生物窮追不捨，繼而衝進學院的溫室。而最後，為了從死亡中逃離，少女以一吻給予他力量，二人才得以活到現在。
他用修長的手指輕觸柔軟的嘴唇，心想：原來不是作夢，或是幻覺啊……
看見愛德華的雙瞳從疑惑變回冰冷，少女知道他已經想起事件的來龍去脈了。
她緩緩站起來，以清純的聲線問：「那你現在明白了吧？」
「嗯，明白了一點，但不是全部。」愛德華以他冰冷的黑瞳瞪著少女的紅瞳，彷彿要從她的眼神中挑出他想知道的一切：「昨晚的事，到底是怎樣一回事？」
他的語氣似是質問，換著是一般人應該會反感吧，可是少女非但沒有抗議，反而平靜地回答：
「就如你所看見的一樣。」

這答案跟沒回答根本沒有分別。愛德華忍住心中的怒氣，再問：「那麼，妳到底是什麼？是人嗎？但如果是人，為什麼妳的體內會收藏著長劍？」

他回想起少女把劍收起的一幕，那種事怎看都不是人類能做的吧。

「剛才的問題不就已經有結論了嗎？」本以為少女會乖乖回答，但竟然招來一句帶刺的反問。

雖然愛德華覺得話中帶刺，但少女的語氣其實帶點呆氣，看來不是故意刺激他的，只是有話直說。

「這又不知道，那又不答，你到底知道些什麼？」

他的聲線中有著明顯的煩躁。

少女沉默了，並四處張望，好像在尋找什麼似的。過了半晌，她好像想到什麼似的，本來疲憊的雙眼突然變得有神，再小聲說：「要我告訴你也不是不行，但要答應我一個條件。」

「條件？」

「你要帶我去一個地方，依照我的意願行事；相對的，我會把所知道的都告訴你，一點不漏。」

少女一邊說，一邊站起來，並走到門前，一副要出門的樣子。

沒有回答他問題的少女竟敢對他開條件，愛德華開始忍不住了，沒好氣地問：「這是你對契約者和救命恩人的態度嗎？」

「答應，還是拒絕？」

少女轉身看著他，以清澈中帶冰涼的聲線逼使眼前人作出決定。

「就算我答應，為什麼一定要外出不可？」

愛德華當然不會就此妥協。他想到的是如果要帶少女離開房間，便會有機會在宿舍走廊遇到其他宿友，到時候他該怎樣解釋？

就算今天是週末，有些學生會回家，但大部分學生跟他一樣都是留在宿舍不出門的，況且現在這個時間，大部分學生都已經起床了。

這個險冒不得，他心裡一直想。

「那個，」這時少女伸手指向牆上的壁報板：「待會不是有舍監來巡視？留在這裡不是更危險？」

經她提醒，愛德華才猛然記起這件事。宿舍舍監每隔兩星期便會強制巡查各學生的房間，看看有沒有收藏違禁品、違反舍規等等。沒有學生能夠被排除在外，而愛德華的房間檢查總是比其他學生的來得嚴格——罪魁禍首當然是路易斯。

被舍監發現房間窩藏一名少女，下場到底會如何？

但如果外出時的行蹤隱藏得好，也許不會有人發現。

在心中權衡輕重後，他走到門旁的桃木衣櫥，取出外衣，並堅定地說：

「走！」

4

坐在全國規模數一數二的有名茶室裡，愛德華覺得自己一直被眼前的少女牽著鼻子走，走得團團轉。

剛才他和少女不驚不險地從宿舍走到這條全國最熙來攘往的首都大街「阿娜理大道」後，畢竟不能讓少女一直穿著女僕裝，二人便到服裝店買了一條樸素的黑白裙子。從服裝店出來後，一見到這間茶室，少女不由分說，便把愛德華拉了進去。還未搞清發生何事的他回過神來後，發現少女叫了一整桌的甜點，正面帶笑容地大快朵頤。而他身前也有一套茶具，茶壺裡正浸泡著香淳的茶葉，似乎是少女替他叫的。

「這到底是怎樣一回事……」他疑惑並帶點無奈地問。

「嗯？」本來正吃著紅桑子果醬鬆餅的少女聽見愛德華的發問後，緩緩放下手上的美食，側著頭，以一副呆滯的口吻說：「這就是我提出的條件啊。」

她的樣子不像是在刁難眼前人，反而是覺得這個事實顯而易見，理所當然，而直接說出來。

「條件？」腦袋轉得很快的愛德華在少女說完後便已把前因後果串連在一起，並推斷出答案：「即是說，把妳帶來茶室，讓妳盡情吃甜點就是我能獲得情報的條件？」

「嗯。」

她一口把餘下的鬆餅吃完，再點頭。

少女的笑容十分燦爛，每吃一口甜點都會露出幸福的笑容，跟先前在宿舍時那個冷淡的她判若兩人。她的四周好像散發著粉紅色的光輝，跟全黑的外表形成有趣的對比。

愛德華悄悄取出錢包，看看裡面剩下的錢，再看著一整桌五彩繽紛的甜點，不禁輕嘆，我夠錢結帳嗎？

這間茶室是全國聞名的「夏洛特茶室」，甜點和茶的品質都是極品之最，而相對的，它們的價錢也貴得嚇人。愛德華從未來過這裡，更別說品嚐這裡的甜點了。但現在就因為一位偶然相遇的神祕少女，他竟然進入了這間一直都不敢來的茶室，還要坐在貴賓房裡享受最高級的甜點。而且依照少女的進食速度來看，她應該最少要再多吃十碟甜點才肯罷休。

看來我非但不用買新外套，更開始要為未來的生活費擔憂了。一想到之後每天少女可能都要吃同樣份量的甜點，他就開始頭痛。

「話說，妳不會違反諾言的吧？」喝了一口少女替他叫的絲蘭茶，愛德華便冷淡地問坐在桌子另一端的她。二人中間被一大堆甜點隔開，他要稍微側身才能不被點心架阻礙視線，看到少女的臉。

「不會。」少女很有禮教地把手上的鮮果塔吃完後才回答他：「我是你的契約物，不會違反你的指令。而且契約物一向把承諾看得很重，不會輕易違反。」

「既然妳不會違反我的命令，那之前我要妳答的問題，妳為什麼一句都沒答？還有如果現在我命令妳離開這裡，也會依從吧？」

聽到她的回答，愛德華以無奈中帶點憤怒的語氣問。

少女只是從容不迫地吃完點心盤上的最後一個巧克力馬卡龍，再一副理所當然地回答：「不會。」

「我早已回答你的問題，只是你聽不明白箇中意義而已。來茶室也是因為你答應了我的請求，我們才會坐在這裡。而且就算現在你要求離開，我點了甜點的事還是不會改變，你還是要結帳。」

未等愛德華出口反問，少女已經搶先一步，將他想知的都告訴他。

被少女看穿心思，和話到嘴邊竟得吞回肚內兩件事都令愛德華不太服氣。

但縱使心裡不服氣，他仍保持著理性。皆因他知道少女所言都是事實，也知道再吵下去只會變成浪費時間的無意義爭論。所以他深一口氣，再喝了一口茶，便沒再爭持了。

絲蘭茶雖沒有擁有「御茶」之名的緹塔茶高貴罕有，但其濃烈中帶點甘香的味道得到不少人的青睞，令它位居全國三大名茶之席。一般認為濃烈中不帶苦澀味，且散發著陣陣清香的絲蘭茶，才是上等好茶。

愛德華輕輕聞了一下茶香，再小口品嚐。

嗯，茶味香醇，茶香清新，果然是上等好茶。喜愛紅茶的他在心中暗暗稱讚。

絲蘭茶擁有平伏心情的功效。漸漸地，愛德華的心情開始冷靜下來。察覺這一點的他凝視杯裡清澈得能看到杯底的紅茶，忽然領略到少女為他選這個茶的用意。

他在心中呼了一口氣。剛才實在太心急了。從昨晚開始一直發生意料之外的事，令他忍不住煩躁起來。無論如何，他都不應該以煩躁的態度面對一位素未謀面的少女。

實在失態了，他心想。

「話說剛才一路走出來，竟然沒有人能發現妳，妳到底是如何做到的？一五一十地答我。」他向少女提出這個藏在心中已有一小時多的問題。

如果情況允許的話，他也不想用這麼重的語氣的，但根據剛才的經驗，少女大有可能再度故弄玄虛，所以他決定試用重一點的語氣問，看看這樣做的話她會否願意全盤托出。

話音一落，少女什麼表示都沒有，只是放下手上的茶杯，再平靜地說：「這是我的能力之一——將一切無效化。剛才我把別人投過來的視線中和了，所以一般人才看不見我，除了你。」

經她一說，愛德華回想起二人離開學院時，這位少女沒怎樣躲避過，有好幾次還差點撞上別人，但對方絲毫沒有發現她，只是向身旁投向疑惑的眼神。

原來是因為這樣，他鬆了一口氣。

不過他頓時想到一個問題——既然她能把自己從別人的視線中消除，那麼就算她留在房間也不是不會出任何問題嗎？

——不，仍會有問題。快捷地推斷出少女能力弱點的他在一秒後否定了自己的疑問。

「妳之所以說留在房間不安全，是因為不能隱藏自己的肉體。如果舍監徹底檢查我的房間時，妳有機會跟他有所碰撞，從而被他發現，又或令他發現房內有一些『碰到但看不到』的東西，令他對房間起無謂的疑心吧？」

他把自己的推斷說出，為的是要得到當事人的對錯確認。

「嗯。」

少女輕輕點頭，但愛德華則不以為然。

就算是這樣，只要她離開房間，到學院一處無人的地方躲著不就行了嗎？就算不能離開我，但暫時離開一會也是可行的吧？即是說少女一開始已經打算拉他進茶室，達成她的目的，之前的曖昧回答只不過是為了達成目標而計畫的行動而已。

切，自己竟被一介少女巧妙玩弄，不甘心的他忍不住在心頭發出一聲怨氣。而看到他蹙眉，少女就知道他已經猜到了。

「不服氣嗎？」少女帶點呆氣，直率地問。

一般人聽到這句猶如挑釁的話後都會發火的吧？但愛德華只是喝了一口絲蘭茶，心平氣靜地回答：「沒有，看不清妳的企圖的我在這事上有不足之處，而且就算可以離開房間一會，途中也有機會遇上其他預計不到的麻煩事；還有無論如何，過去已成定局，不能改變，說什麼都沒用。」

看來他真的有資格成為我的主人。對愛德華的反應感到滿意的少女帶著微笑吃下一個特濃巧克力馬卡龍，等待主人的下一句發問。

「首先，妳到底是什麼？」疑惑解決後，愛德華便單刀直入問主題：「一點不漏，妳說過的。」

看來他仍未完全相信少女，故在問題後特意加上這一句。

其實就算他不說，少女早已打算全盤托出。

「我不是人，現時在你眼前的我，是一把名為『虛空』的劍的劍鞘。」

四周的貴族大多自顧自地談笑風生，沒有人留意到一段驚人的對話正在他們身邊進行中。

「『虛空』？昨晚那把漆黑的劍就是？」愛德華追問。

「嗯。」少女給予肯定的回覆。

「而它現時在哪裡？」

「我體內。你想看的話絕對沒問題，但需要你的幫忙。」

說時，少女雙手疊在胸前，暗示劍就在裡面。

果然不是人……聽到真相的愛德華感到十分驚訝，卻沒有懷疑，因為眼前人所說的跟他昨晚的經歷相吻合，毫無矛盾之處。

「我要怎樣才能把劍從妳的身體抽出？」問完，他從容不迫地拿起茶杯，喝茶。

「只要你還記得昨晚劍是如何取出的，答案就在那裡。」

少女突然轉用比較婉轉的說法，感到奇怪的愛德華閉上雙眼，一邊喝茶，一邊靜心思考。

方法……我是跟她接吻後才得到那把劍……難道！

「看來你想到了。」

看見愛德華突然瞪大的雙瞳，少女就知道他的腦海所浮現的影像內容為何物。

「每次我要取劍時都要……？」他追問。

「嗯。」

聽畢，愛德華差點從椅子上彈起來。他之所以反應那麼大，不單是因為回想起昨晚的事，更是因為聯想到之後的情景。就算家道中落，他仍是貴族的一份子，很重視禮儀和禮教。他十分清楚，也認同接吻是跟心上人互表愛意時才會做的事。昨晚一事可以用「意外」解釋，但要他再跟眼前這位不是戀人，什麼也不是的少女接吻，無論如何都不能接受。

「……沒有其他辦法？」深了幾口呼吸，努力令自己冷靜下來後，他再問。

「在我的記憶裡，沒有。」少女側著頭說，似乎是深思熟慮後得出的答案。

少女的語氣不像是說謊，十分肯定這一點的愛德華暗暗下定決心，要找出接吻以外能夠取出劍的方法。

「慢著，即是我現在是妳的正式契約者，而妳從今以後會一直跟隨我？」

這時，愛德華想到少女早上對他說的話。

「正如契約誓詞內所提及的，我現在已經是你的劍。我的性命掌握在你手，你也可以任意命令我。」少女一點委屈也沒有，明顯是心甘情願。

但愛德華卻覺得奇怪。一般契約的提出者皆為在契約中擁有多數利益的一方，尤其主從契約。但少女明明是契約的提出者，卻是被牽制的一方。就好比突然走到貴族家門前自薦成為僕人，並表明對自己做什麼事都不會反抗一樣，會有人做這種傻事嗎？

只有心有企圖的人才會這樣做，容易懷疑人的愛德華得出這個結論。

「但妳為什麼會選擇我？我不過是昨晚在路上撞見的路人一名，還是妳是有什麼原因才找我？」

任誰都能看得出，這是試探。

他皺著眉等待她的回覆。但少女只是緩緩吃完一件草莓奶油蛋糕後，平淡地答：「只是因為當時不這樣做，那裡便會成為我們二人的葬身之地。」

「你想太多了」——少女想表達的就是這五字。

少女說的話毫無漏洞，愛德華聽後疑心已消失，只剩疑惑。

「但為何妳選擇當服從的一方？」他直接問。

「我生為契約物，只能尋找並服侍主人。劍永不能凌駕於其主之上。」少女輕描淡寫說出重點。

「那契約中，『勝利與我同在』和『牽我到願望實現之所』是什麼意思？」

「既然你握著劍，就一定會有跟人戰鬥的時候吧？而且渴求力量的人，一定有其願望。我只是作為你的助手，協助你得到想要的，」這時，少女忽然把語調降低：「而遇上我，你大概會跟『八劍之祭』扯上關係。」

突如其來的一句引起了他的注意。愛德華一聽到「八劍之祭」四字，立刻傾前上半身，飛快地問：「妳知道『八劍之祭』？」

「……嗯，但只是一點點。」

被愛德華突然改變的態度嚇住的少女停頓了數秒才回答。

聽到她這句，一直對「八劍之祭」心存疑惑的愛德華猶如在黑夜中找到明燈般，抓著她不放：「『八劍之祭』裡勝者會得到的禮物，是什麼？」

「好像……是一個『願望』。」少女答時略顯吞吐。

「『願望』？具體的是什麼？」只著眼於少女回答的愛德華，留意不到自己的聲量已經變得有點過高。

「……我不知道。」少女別過頭去，良久才小聲說。

「不知道？為什麼？」一心以為少女能解開他的疑惑，換來的竟然是「不知道」，些微失落的他的反問裡略帶怒氣。

「因為我失去了記憶。」

「別打算捉弄我……失去記憶？這是怎樣一回事？」說到一半才消化完少女的話，愛德華立刻轉了問題。

「我是昨天才被人喚醒的。醒來時我什麼都不知道，只知道自己是誰。睡了一晚後，也只是多了幾段模糊的記憶。」

「是這樣啊……」從少女說話的語調得知她所言非虛，愛德華沒有打算懷疑她。

「但被喚醒是什麼意思？」

「我一直都被封印在一個地方，在昨天被某人解除封印後，才得以醒過來。」少女把她所知道的全部說出來。

「那妳醒來時，沒有跟那人碰面嗎？」

「我一醒來，就看見有幾隻黑狼對我虎視眈眈。下意識覺得危險的我便開始逃跑，最後在山坡下遇到你。」

「你知不知道關於黑狼的資料？例如主人之類。」想起它們死後化成的黑煙，愛德華仍然想不透其原因。

少女只是搖頭，沒有回答。

「那妳為什麼知道『八劍之祭』？」

「在我依稀的記憶中，有這組字存在。而我也隱約記得這個祭典的禮物是願望……但我不知道詳細，也不知道這段記憶是何時的。」

感覺黑狼跟解除封印的人有著不可解開的關係，而一切又跟「八劍之祭」有關——這只是愛德華憑現時手上的資料，加上直覺而得出的結論。

結論不能憑感覺判斷，他一直牢守這點。但現在他唯有先相信個一半，日後再尋求真相。

「妳知道的都說出來了嗎？」他確認一下。

少女輕輕點頭。

總而言之手頭上的資料都分析完了，再問下去也沒有意思。愛德華沒有再說話，只是靜下來品嚐杯中茶，並思考之後的二人生活應該要怎樣過。

「對了，」一輪靜寂過後，少女突然開口。「既然你已經接受契約，今後我們就要一起生活。我應該怎樣稱呼你？」

「嗯？」正在沉思的愛德華一時間反應不過來。

「就是稱呼。你想我叫你『主人』？」少女繼續問。

「不要。」少年一口拒絕。

「為什麼？通常貴族都很喜歡被人以『主人』稱呼的不是嗎？尤其是你這個年齡左右的貴族少爺。」少女疑惑地問，絲毫沒有挑釁的意思。

「雖然我是貴族，但請不要把我跟他們混為一談，我才沒有那種無聊興趣。」但她的一句卻惹來愛德華不滿的神情。「愛德華・基斯杜化・雷文，這是我的名字，你叫我愛德華就好。」

「愛德華……不錯的名字。」

「感謝讚賞……那妳呢？身為劍鞘的妳會否有名字？」

少女輕輕搖頭：「身為劍鞘的我沒有名字，但其他人皆以『虛空』稱呼我。」

「『虛空』嗎……那我叫妳『諾娃』好了。」愛德華想了一會，替她想了個新名字。

「咦？為什麼？」

「虛空（Nullitaria）感覺太長又拗口，況且這是妳體內的劍的名字，我要稱呼的是妳，不是那把劍，所以名字還是分開的好。」愛德華一臉正經地解釋。

「如果只是拗口的話，叫『露（Null）』不就好了？」少女反問。

「不好聽。而且妳是漆黑長劍的劍鞘不是嗎？『諾娃』不是更貼切？」愛德華一本正經地解釋，說到一半才發現自己似乎太強逼人了：「但如果妳不喜歡便算了。」

在安納黎南方一帶的古語裡，諾娃（Noir）的意思是黑色。

「不是……很動聽，我很喜歡。」說時，少女的臉頰上露出些微紅暈，心裡一陣溫暖，心深處彷如被賦予重要的物件般，再不空虛。

看見少女臉紅的樣子，愛德華有點不知所措地別過頭去，白皙的臉頰閃過一道不起眼的紅暈。

「讓我成為你的一臂之力吧，愛德華。」

結帳後，諾娃在店外，帶著溫柔的笑容對愛德華說。

「嗯，諾娃。」

回程路上他一言不發，心裡又在想別的事。

不容置疑，他已被捲進一個不能逃離的大漩渦中，他有此自知。

在十八年的人生中，他有數次遇上類似的事。每次他都覺得煩厭，唯獨這次截然不同。他少有地覺得，這件事會為他帶來想要的東西，以及前所未有的現況改變。

想到這裡，本來緊抿的嘴角微微上揚，平時不拘言笑的他露出少有的自信微笑。

5

「鏘！鏘！」

在距離首都有千步之遙的小城山丘上，正傳出一道道清脆而有節奏的金屬撞擊聲。

明明已經踏入初冬，但山丘上的樹仍有綠葉掛在深咖啡色的樹枝上，地上鋪滿橙黃枯葉，給人仍是秋天的錯覺。

在這座橙黃的山丘上，一名少年正提著長槍，狠狠刺向眼前的女士。

他一身銀白盔甲，盔甲看似沉重，但卻輕如羽毛。為了不阻礙視線，他沒有佩戴頭盔，任由一把亞麻色短髮在初冬的寒風中隨風起舞。他快步踏過以枯葉編織而成的地面，雙手緊握槍柄，一步衝刺，欲以銀白色的尖銳槍尖刺穿女士的胸膛。

「鏘。」

但在下一刻，長槍被一把銀白長劍擋住。女士橫握長劍，在其胸前架起槍尖，接著她的手往上一掃，槍頭便被推至朝天，其主人也被推後數步。

未等他回過神來，女士左手一揮，一條墨綠藤鞭頓時從枯葉堆衝出，攻向仍未穩住腳步的少年。猜不到她有如此一著的少年頓時亂了方寸，差點向後跌倒，幸好及時打了一個後筋斗，才止住跌勢。但當他站起來時，藤鞭已衝到其身旁，在其白皙的臉頰上劃下深長的血痕。

「切！」

雖然傷口很痛，但並無影響他的行動。他可是皇室直屬騎士團的成員之一，雖然年資不長，但已經有過數次徘徊生死的經歷。「就算受傷也不能打亂腳步」——經歷令他把這一句教誨牢記於心。

他把長槍旋轉一周後，一腳踏前，再次攻向女士，這次他選擇刺向女士的頭顱。看到少年有此一著的她輕輕向後仰，讓槍鋒在鼻前擦過，接著維持後仰的姿態向右轉了半個圈，再從下衝進槍身和少年之間的空隙，並以銀白劍尖對準他的頸項。少年一時間反應不來，回過神來後，她的緋紅長髮已在他眼前飄舞。他急忙往右後方轉身，並把槍收回，這才勉強擋著女士朝著頸項刺來的致命一擊。

「啊，挺不錯。」女士終於開口，說出自對決開始以來的第一句話。

少年沒有回應，只是把握時機突擊。他飛快地刺向女士的兩邊腰側，快如電光火石，力道重得每一下都足以做成重傷。女士只是定睛注視他的攻擊，並左右迴避。

少年的槍瞄準女士的腿側，趁她向下望時，立刻把槍刺向其手臂。沒有為意佯攻的女士一時閃避不及，左臂被矛尖擦過，深紅血液如泉水般湧出，跟一身鮮紅衣裝融為一體。

看見女士終於被他擊中，少年不禁在嘴角流露出滿意的微笑；反觀女士似乎沒有被傷口帶來的痛楚影響步伐。她另一隻沒有受傷的手俐落一揮，剛才劃穿少年臉孔後消失無蹤的綠藤頓時再次從枯葉堆鑽出，在他神經放鬆的一刻把帶刺的藤鞭刺進腰部沒被盔甲保護的部分，瞬間扭曲其笑容。

「彼此彼此，『薔薇姬』！」

話中隱含的怒氣除了含有對被他稱為「薔薇姬」的女士刺傷而生的不滿，更多的是對自己的一時大意而生的憤怒。

眼前的人是絕世高手，無論在任何時候都不應該鬆懈——少年在踏上這山丘前已多次告誡自己，怎知竟然會因為一次攻擊成功而放鬆心情，結果被對方有機可乘。這種低級錯誤，他不能原諒。

他緊抿嘴唇，提著長矛畢直向女士衝去。剛才擁有主動權的女士頓時成為被動方，怒氣令少年每一下突刺的力道不斷增強，已經到了一旦刺中就足以致命的地步。

女士以輕快的滑步後退，沒有受傷的一隻手只是緊握劍柄，完全不攻擊。

留意到女士閃避他的突刺時主要是閃到右方——明顯是保護著受傷的左臂，少年立刻改變策略，用盡全力刺向她的小腹。只顧閃避的女士留意到時，已經沒有足夠時間進行反擊。她在千鈞一髮之間向右邊打了一個翻跟斗，少年的全力一擊最後刺穿了一棵楓樹樹幹，樹身頓時斷成兩截。

「可惡！在決鬥時不正面攻擊，只顧左閃右避，成何體統！還是說，震懾全國的『薔薇姬』的實力也不過如此？」

他低吼。身為騎士，對決時應以正面攻擊是他一直緊守的信條。但如今在他面前的她，從決鬥開始便一直迴避，雖然偶有還手的時候，但很多時候只是架著來自他的攻擊，傷到他的就只有那條來歷不明的綠藤。

在崇高的決鬥裡耍小手段，他看不過眼。

「一分鐘。」

女士沒直接回應他的問題，只是以一把不為所以的微笑，說出一句莫名其妙的話。

不知道是否因為被少年一句話刺激到，女士頓時提劍刺向他，但她的攻擊不是被長矛阻擋，就是被他避開了。經過這幾著，少年深信眼前人並無傳言般可怕，只是傳言者誇大其實力，以及使用的小手段令她聲名大噪而已。

而專心跟少年過招的女士，除了在心中計算下一步的行動，也在進行某種倒數。

三十秒。

二人不斷進退，少年終於逼得對方進入山丘的樹林帶裡。眼看自己的目的成功，些微得意的少年決定實行他計畫的最後一步。他以快如閃電的連刺使得女士節節敗退，最後把她逼至一棵巨樹前，無路可退。

眼見大局已定，少年高舉長矛，直插向女士的頸項。

「受天譴吧，『薔薇姬』！」

「時間到了。」

在銀白矛尖下的女士笑容，跟剛才的一樣不為所以，但這刻彷彿多了一層驚慄。

山丘上的時間彷彿凍結了。四周靜寂無比，連些微的風聲也沒有。少年提矛的手停留在半空，一動也不動。

「咦？為什……！」

下一秒，他的雙手不由自主地軟掉，矛也因此掉落到橙黃的枯葉堆上。未等他反應過來，身體突然麻痺，動彈不得，令他不受控制地重重跌坐到地上。

女士踏前一步，俯視在地上睜大雙眼的他。而當二人眼神對上時，少年突然感到身體內有什麼在翻滾，令他臉容扭曲，不住地在地上抽搐。

「你到底……做了什麼……」

他吃痛地吐出一句。看著好不容易才能活動的手，掌上開始浮現的黑點，他就知道自己中毒了。

但他想不出自己到底是何時中毒的。

女士只是把劍往土裡一插，那條行蹤不定的綠藤頓時竄出，如有生命般在劍的四周飄浮。本來單調的綠藤上不知何時多了幾個深紅花蕾，慢慢地一層一層盛開，華麗的紅玫瑰在他眼前展現其高貴身軀。玫瑰理應是美麗的象徵，但在這刻，他在它們身上只能感覺到恐怖。

盯著帶有尖刺的綠藤，少年瞬間把直到剛才為止所發生的事都串連起來，並得出結論。
「是……這條藤鞭攻擊我時……把毒輸進身體裡的？」
「理解得挺快的。」
說完，她把劍拔出，以尖銳無比的劍尖輕輕掃開少年的手，令他失平衡仰臥在草堆上，再以劍指著他的頸項。
少年登時焦急無比，他想反擊，奈何身體動不了，拿不到掉在不遠處的矛。
形勢一下子被逆轉，而且是戲劇性的。剛才快要勝出的人頓時成了快要落敗的一方，而自己快要成為這把殺害過無數人的刀下亡魂之一。一想到這裡，對死亡的恐懼頓時從心深處湧出，縱使全身麻痺，但他仍隱約感覺到自己的額角正在冒冷汗。
「啊，還有反抗的意思。好，就給你一個機會。」
女士從少年的目光轉變猜透他的想法。她令綠藤捲起少年的長矛，再放到他身旁。
「攻擊我吧，如果你還有能力的話。」
她向後踏數步，以那一把成熟又誘人的中低聲線說。
聽畢，少年便嘗試拿起矛並站起來，但就算碰到握柄，他根本沒有力氣舉起它，更別說是站起來了。
沒用了，我根本站不起來……而且就算能夠站起來，我根本沒有再戰鬥下去的力氣。而且她可能還留有其他手段……我能夠勝出的機會根本是零……
體會到自己只有等死這一選擇的少年慢慢放棄反抗，手也離開了握柄，就坐在草堆上，一臉絕望與沮喪。

不行了……我勝不了……在今天，在這裡，我要被殺了……已經沒有辦法了……

這句話一直在他腦中盤繞。

由那雙失去神色的雙瞳來看，女士就知道少年已經無意反抗。她輕嘆一聲，以迅雷不及掩耳的速度插穿他的胸膛，結束這場決鬥。

「唉，只有這種能耐嗎。」她一邊把劍拔出，一邊小聲失望地說。

我還以為你可以站起來並攻擊我一次的，她心想。是我看錯了人。

女士斜睨自己手臂上的傷口，有點後悔剛才讓他擊中。

鋒利的劍一揮，殘留在上面的血跡立刻被撥到枯葉上，為橙黃加上一點紅。她輕微包紮完傷口，打算離開之際，在草上的一封信引起了其注意。這封雪白的信掉落在少年的遺體旁邊，應該是他倒下時從身上掉出來的。她拾起來看，發現封口上有屬於皇家的火漆印，最重要的是信上寫的收件人是她的名字。

「用這種方法給我送信嗎？我應該說你們長腦袋了，還是我被人小看了？」

一下子明白事情來龍去脈的她對山丘高聲發問。

「我想說後者，但看來前者比較合理，而且你也不會接受後者吧。」

未幾，一把具磁性的男聲在山丘的另一角響起。他的聲線響徹整座山丘，還引起了一陣回音，令女士不能以聲音判斷出他所在的位置。

但她並沒有在意此事，不如說她從一開始已沒打算尋找「他」在哪裡，因為她已經習慣了這樣跟

「他」溝通。

「特意派個小騎士來挑戰我，待他被打敗後再讓我找到這封信，這就是你的計劃對吧？皇家直屬騎士團團長，看來我真的被小看了。」

她的語氣隨便，不像是跟一位素未謀面的人交談。

「呵呵，不是啊。」騎士團長聽畢，只是輕輕一笑，再說：「我本來打算讓他打敗你，再在牢中把這封信交給你的。別小看這傢伙，他可是騎士團中其中一位最有實力的新人，現在你殺了他，令我們國家損失不少啊。」

他一副不在意的口吻跟他說的話毫不相襯，令人難以察覺他的真心。

「即是說，這傢伙被當成棋子了？」

「不是呢，他可是自願的。誰叫你之前殺害了他的哥哥，他一直懷恨在心啊。」

哦，難怪他在對決開始前說是為了報仇，而我總覺得在哪裡見過他了……

雖然如此，但女士其實一點也不在意這些事。

「這傢伙也算厲害的，竟然可以傷到我。」她一睨臂上的繃帶，以欣賞的語氣說。「但一陷入絕境便爬不起來的騎士竟然是最強新人，我開始擔心這國家的未來了。」

嘴上是這樣說，但團長知道，她根本不在乎此事，她在意的只有決鬥和勝負。

「我也許應該找另一個有較多經驗的人跟你對打，但如果你把他殺了，對國家的損失可不是說笑的。唉，真麻煩呢。」他說得很不在意。

「既然如此，那你自己來挑戰我不就行了？你的話可能會打敗我也不定啊。」

女士的一席話換來團長的大笑：「堂堂『薔薇姬』竟然對我說這番話，我應否感動流涕？不，我才不要，今天只是來傳話而已。要跟你決鬥，就一定要有萬全的準備和合適的舞台。」

到時候我會讓你敗在我手中，讓你向死在自己劍下的無數亡魂贖罪。一直以輕浮語氣說話的他這時在心中以狠辣的語氣對自己發誓。

他下意識握緊劍柄，眉頭深鎖，完全不像是說笑。

「啊，真期待那天的來臨呢。」

女士輕佻的語氣，令人看不清她究竟是真期待還是嘴上說說而已。

一陣靜寂過後，年近中年的團長又以不在意的語氣說：「既然信已經交給你了，那我也沒有意思留在這裡。讓我們兩星期後再見吧，如果能夠碰面的話。」

語畢，女士再聽不見他的聲音，大概已經離開了。

她仔細閱讀信中內容，發現這竟然是皇帝亞洛西斯的親筆信，請她在兩星期後依著信上所述時間到首都亞娜理，參加「八劍之祭」的起始儀式。信上還寫著是神諭選中了她，任何人都沒有理由拒絕，違者等同違反國法，將被嚴懲。

嘿，女士不禁輕笑一聲。嚴懲什麼根本嚇不倒我，反正我在這些年來做的事，已足以判處死刑，區區違反神諭又算得上什麼。但看到「八劍之祭」四字後，她的想法立刻改變。

與強者決鬥，一直都是她的願望。

機會來了嗎？

她的臉上頓時露出自信和期待的微笑。

6

週末過後，又是學生的上學天。愛德華一如以往，在早上七時正踏進課室。在課室裡只有幾位跟他一樣，習慣一大早到課室自習的同學，沒有什麼異樣，但他總感覺到有點奇怪，好像欠缺了什麼重要的東西一樣。

一如以往，他是孤身一人的。諾娃本想跟來，但被愛德華嚴正命令要留在房裡，不得出外。為了防止她以午飯、肚子餓等理由離開房間，他還特意在房裡留下二十件馬卡龍給她充飢。

希望不要出什麼亂子吧，他在心中苦苦祈求。不過愛德華認為，就算發生了什麼突發事件，諾娃應該能夠獨自解決的。

其實諾娃從一開始就沒有打算要離開房間，她早就已經跟愛德華坦白，只是後者過度擔心，而且不相信她而已。

在稀薄柔和的陽光照耀下，少年正在座位上靜心閱讀手上一本名為《刀劍大全》的厚重參考書。這兩天以來，他一直在尋找關於「虛空」的資料。在身為劍鞘的諾娃因為失憶而無法提供太多資料的情況下，唯有由他自己出手，查明這把漆黑長劍的底細。這本《刀劍大全》是在國家圖書館借回來的，理應擁有最齊全的資料。他希望能夠知道「虛空」的製造物料、時期和刀匠身分，就算找不到出處，最少也要找到關於人型劍鞘的資料吧。

昨天愛德華為了調查更多關於「人型劍鞘」的原理，再次嘗試從諾娃體內取出「虛空」。他發現，明明自己的手伸進了她的血肉之軀，但卻摸不到骨頭、內臟等人類體內應有的器官，而是直接碰到劍柄；而手從體內抽離後，他發現，並沒有沾上任何血液或體液。

愛德華實在不知道該如何解釋這個現象。也許諾娃的體內連接著另一個空間；又或者她並沒有內臟，整個人只是一副藏著劍的空殼。而且諾娃還擁有中和能力，這一切都超出了他的常識和理解範圍，所以他需要一本書來解答心中的所有疑問。

隨著時間流逝，課室裡的學生越來越多，但直到響鈴的一刻，愛德華才發現到課室裡少了的到底是什麼。

路易斯不在。

路易斯偶然會和愛德華一樣在早上到課室晨讀，但因為他不時睡過頭，不常出現，所以愛德華才不為意他不在。路易斯的位子正空著，就連旁邊彼得森的位子也是。在愛德華的記憶裡，路易斯很少遲到，未曾缺席。雖然不時會蹺課，但他從來不會錯過早上的第一堂課。現在上課鐘聲已響，老師將要到來，他到底去了哪裡？

他也不明白自己為何那麼在意他的去向。

愛德華以書本作掩飾，暗中望向後方，盯著路易斯的座位，但一直未見人影；他也曾經考慮過詢問其他同學，但身為被排斥的人，詢問排斥發起人去向的舉動實在很奇怪。他不認為有人會如實回答，反而可能會被嘲笑。

唯有放棄吧！

「愛德華——！別以為路易斯大人不在便可以胡作非為啊！」

正當愛德華打算死心之際，有人在他身後不遠處高聲叫他的名字，引起其注意。

他把目光轉到路易斯的座位附近，看見路易斯的跟班——葛拉漢和卡爾正站在那裡，叉著腰，一臉囂張。

「路易斯大人在週末因急事回家，要幾天後才會回來，但這幾天我們會代替路易斯大人好好監視你，別想著打甚麼小主意！」剛才說話的是葛拉漢，而當二人看到愛德華望過來，卡爾便立刻接話。

什麼路易斯大人啊……還有監視什麼的，你們二人不過是騎士家族出身，論爵位，我家比你們家高，憑什麼用這種語氣對我說話？愛德華心裡一陣不服氣。

不過算了，反正我又沒打算要做些什麼，而且又知道了路易斯不在的原因，要感謝他們自動告訴我嗎？他一言不發，再次埋首書堆中，假裝毫不在意，留下兩位跟班在不遠處因挑釁不成功而惱怒著。

原來如此，怪不得連彼得森也不在了。

愛德華知道彼得森是路易斯的書僮，如果路易斯回老家，他一定要同行。

但有什麼事要這麼急著回家？以路易斯的性格，如果他一早知道自己要回家，他定會囂張地對愛德華事先張揚，並像剛才的二人一樣警告他不要亂來。但上星期路易斯什麼也沒說，即是說他是在週末緊急起行的。

他總覺得奇怪，但又覺得這不關他的事，所以沒再深究下去。

這時候老師來了。但他進來後的第一件事不是開始講課，而是神色凝重地以低沉微弱的老聲說出愛德華的名字。

「愛德華同學，請現在立刻到院長室去，院長有事找你。」

「請進。」

輕輕敲了兩下院長室外的桃木大門，一把充滿中氣的洪亮聲音隨即從門的另一端傳出。愛德華小心翼翼把眼前一雙厚重大門推開，再踏進莊嚴的院長室。

院長室跟一間普通課室一樣大。房內裝潢簡單，酒紅色的牆壁上掛有幾把裝飾劍，而房的四周都被放滿書本的三米高黑檀木書櫃包圍著，令房間瀰漫著一股濃厚的書香氣。

院長就坐在房中央的一張鮭紅大理石桌後。看見他，愛德華立刻敬禮。

「你就是愛德華・基斯杜化・雷文同學？過來吧，我有東西要給你。」

說實話，愛德華是第一次進院長室，也是第一次直接跟院長見面。縱使在院內不時會聽到他的名字，學期開始和完結時都會坐在禮堂聽他演講，但這麼近距離注視他的灰髮，以及一雙款色過時的眼鏡還是第一次。

他感到有點不自在，還有緊張。但他的緊張，卻跟這一刻的氣氛無關。

在走到院長室的路上，他一直思索著院長突然召他到院長室的理由。從剛才老師凝重的神色來看，一定是十分嚴重的事。他想到的就只有現在仍有被討論的「溫室破壞」事件。

不出他所料，這件事果然引起了騷動。在剛過去的兩天，已有不少學生討論此事。大家都很好奇到底誰是破壞者，但直到現在一點相關線索都找不到。愛德華當然知道破壞者是誰，而事件的線索基本都在他手上。院方似乎有意把破壞者嚴懲，而跟事件脫不了關係的他一直擔心會被抓到。

難道這次召我過去，是想說發現到我跟事件有關？

沒可能的，當天應該沒人看到我才對，而在兩天的討論中，我的名字一次都沒出現過，所以應該沒事。

那麼……是路易斯從中作梗？

應該不會。如果他是週末一大早便起程回家的話，他應該不知道這事才對。就算知道了，也應該趕不及在回家前向院長告發才是。

那麼院長找我，到底所為何事？

他百思不得其解。

「這封信，是給你的。」

當愛德華走到桌前，院長便向他遞上一封信。

給我的信？愛德華遞出雙手恭敬接信，心裡疑惑。

信封上的收件人名字是他的名字沒錯。少年把信封反轉，發現封口上有一個火漆印。火紅色的火漆印上清楚看到有一條長蛇盤繞著一個王冠。

他大吃一驚，因為這可是統治國家的家族——康茜緹塔家的家紋。

皇室給我的信？他更感到不解。

這時，院長把一把開信刀放在愛德華面前，示意他可以利用它打開信封。欣然接過刀的愛德華在火漆印底下一劃，雪白信封隨即被打開，而他的疑惑也終於被裡面的信解開——

致　雷文男爵家　愛德華・基斯杜化・雷文：

謹遵神諭，汝已被選為「八劍之祭」的舞者之一，在祭典中為神獻上絕頂的劍舞。

神諭不得違反，違者將遭天譴。

為得到正式的參加資格，請於紫堇月十六日下午二時正抵達首都阿娜理蕾露妲城堡正門，以參加祭典的起始儀式。

請攜同汝劍出席。只有在起始儀式中的命名儀式裡得到確認的劍，方能在祭典期間使用。

願星運與天命祝福汝，取得最後勝利。

安納黎帝國　皇帝

亞洛西斯・艾洛特・S.・L.・康茜緹塔

現任皇帝的親筆信！愛德華實在不敢相信。

「這、這是……」他把自己的驚訝以言語表達出來，同時利用這一著，看看院長會否說些什麼。

「這是今早寄來的。相信你已大概知道『八劍之祭』的歷史和概要吧。」院長沉靜地回答。

「知道，最近課堂上有教。」愛德華照實作答。

「不錯。起始儀式是在一星期後。這可是非常重要的祭典，記緊準時出席。如果需要時間準備，你可以申請假期，我們定會批准。」

「明白了。」

口上是這樣說，但愛德華心想：我不需要用太多時間作準備。

「沒有問題便回去上課吧。恭喜你被選中，願你能在祭典獲得屬於勝者的獎勵。」

「感激不盡。」

聽完如寒暄般虛偽的「祝福」，並恭敬地鞠躬以示感謝後，愛德華便緩緩步出院長室，回到空無一人的暗紅走廊。

正如諾娃所說，他真的跟「八劍之祭」拉上了關係。

縱使沒有在臉上表露出來，但他的心中正洋溢著滿足和喜悅。

太好了，這樣一來我便能往目標前進一大步。

他珍而重之地把信件收好，慢慢步回課室。

我必會在祭典中為自己帶來勝利，把那「願望」取到手上，以達成一直以來的目標。

他緊握拳頭，嘴角輕微上揚。

7

紫堇月十六日，是「八劍之祭」起始儀式的舉行日。

每次「八劍之祭」開始時，民眾都會歡喜若狂，大肆慶祝。大大小小的嘉年華會、市場應運而生，全國各地皆陶醉在歡樂的氣氛裡。

身為首都的安娜理也不例外。這裡有全國規模最大的嘉年華會，吸引了國內國外不少人慕名前來。同時因為有不少貴族被邀請參加起始儀式，他們都從自己的領地乘馬車前來首都，再去皇宮，令首都的大街、大道都被大大小小的馬車塞滿。

而路易斯，正跟彼得森坐在屬於三大公爵家之一——齊格飛家的馬車上，筆直前往皇宮。

他身穿鮮紅色的高領燕尾服、肩上的金黃吊穗肩章下有一條海藍色的寬闊布帶，加上純白長褲和烏黑皮靴，整個人就像貴族家族的當主一樣，帥氣而富有威嚴，令人不敢想像他仍是一位學生。

他一臉悶悶不樂地隔著馬車的玻璃窗，看著外面的街道。雖然街道兩旁都是琳瑯滿目的商店和攤販，但他似乎不感興趣。

「果然是首都，人流真多呢。」不想讓主子悶著的彼得森這時打開話題：「前來的貴族果然很多呢。」

路易斯轉而望向他們所在的馬車前面，一動也不動的馬車隊伍，再嘆了一口氣：「早知道會擠擁成這個樣子，我們就應該早一點回來吧。」

「沒辦法啊，路易斯大人，任誰都猜不到繼承儀式和來回時間要花那麼久。我們本來打算回校幾天才參加起始儀式的啊。」

坐在他對面，打扮雖沒路易斯那麼華麗帥氣，但也十分體面的彼得森說。他身上的漆黑羊毛外套，跟他一頭柔和的褐色短髮十分合襯。

經他一說，路易斯回想起在本家接受繼承儀式的原由。

一個多星期前的星期六清晨，他突然收到時任齊格飛家的當主，也就是他的父親的親筆書信，說他被選為這次「八劍之祭」的舞者，為了參加祭典，必須從速回到距離首都有大約五百公里遠，位處國家東面的家，繼承當主之位。遵從父親之意，路易斯立刻向學院請假，再快馬鞭策回家。沒想到一來一回，就是一星期。

傳說懷有龍血，身為龍族後人的齊格飛家，從第一次「八劍之祭」開始便是祭典的常客。每次祭典都會有齊格飛家的人被選為舞者，而齊格飛家也有一條家規——選中為舞者之人必須繼承爵位及當主之位，因為他們可是背負家族榮耀出戰，同時背負完成家族夙願的責任。

就因為這樣，年僅十八的路易斯便要趕路回家，然後每天過著浸泡比冰還冷的淨水裡，聽著父親訴說家族歷史的沉悶生活。

齊格飛家族的名義上的祖先——龍，在很多年前已經生活在現時安納黎以東一帶的火山地區。

龍族比精靈早很多在大陸出現。在甄珮莉娜曆前一萬年左右，首次有龍族在安納黎東面邊界，名為「威芬娜山脈」的火山帶地區居住的記載。牠們聚居於威芬娜山脈的兩邊，尤其是山脈的東面，憑藉擁有絕對破壞力的火焰而成為當地的霸王。牠們的力量泉源來自身為火山帶的威芬娜山脈裡的岩漿。只要火山繼續活躍，牠們就可以繼續生存，繁殖後代，傳承大陸霸王的地位。有說牠們是自精靈界的火精靈一族延伸出來的存在，但兩族皆否定了這個推測。龍是龍，火精靈是火精靈，縱使後者擁有如同龍尾的鱗尾，但並不等於兩族的起源相同。

龍族生性好戰，喜愛到處霸佔領土，全盛時期的牠們領地覆蓋安納黎全地、南部的亞美尼美斯，以及東面一帶，更差點征服了西面的精靈之國。雖然是同族，但龍族並沒有族群意識。牠們沒有統一國土，也沒有所謂的領導者，大多數龍都是各自霸佔某一處土地作為自己族群的領土，然後自稱為王，跟另一隻龍有領土衝突時還會演變成同族戰爭。但在眾多龍之中，有一隻聚居於威芬娜山脈北面，今天威芬娜海姆一帶的龍被眾龍尊稱為王，無人能夠敵過牠的強大，牠就是被後世稱為「神龍」，也是齊格飛家祖先——莎法利曼。

莎法利曼被尊稱為「龍王之王」，傳聞牠所噴出的龍火能夠在一瞬間摧毀一座城市，甚至蒸發一座湖，其智慧相傳比精靈更甚，能夠理解並看通世上的一切。牠憑藉自己的強大，在甄珮莉娜曆前一千年統一了群龍無首的龍族及其國土，建立「多加貢尼曼王國」。當時多加貢尼曼王國的國境西至精靈之國的邊界，東至火山帶以東千萬里，南至亞美尼美斯今日的南面邊界，北至北雪之地的盡頭，總面積超過五十萬平方公里，成為令人無不震懾的大國。

可是，從甄珮莉娜曆前六百年開始，因為人類和精靈的崛起、氣候的變化，加上作為力量之源的威芬娜山脈的火山活動開始減弱，令龍族數目大幅減少，並滅絕；同時多加貢尼曼王國的面積也因龍族的沒落而逐漸縮小。甄珮莉娜曆前二百年，多加貢尼曼王國的面積已剩下火山帶以東一小部分地方、以及今日威芬娜海姆郡的面積。擁有「神龍」之稱的莎法利曼也無法勝過自然的力量，接近死亡的牠把自己的血傳給一名最信任的人類——後來的齊格飛家首任當主，任命他保護威芬娜山脈以及多加貢尼曼王國，託付他尋找復活龍族的方法，並預言在不久的將來必從兆億度熱的龍火中復活，再次稱霸世界。之後牠一直在威芬娜山脈裡最大的活火山——艾菲希爾山裡沉睡，等待復活的一天。

沒有龍族統治的多加貢尼曼王國面積不斷萎縮，在甄珮莉娜曆前五十七年失去火山帶以東的所有土地，並在甄珮莉娜曆前一年併入安納黎帝國，成為後者的公爵家族之一。

因為莎法利曼的遺言，齊格飛家世代都為了復活龍族而努力，這也成為了他們一族的夙願。他們在每屆的「八劍之祭」都擁有一席之位，每次派出的參加者都背負著要達成家族夙願的包袱出戰，而四百年後的今天，這個大任就落在路易斯身上。

路易斯一直就在冰冷的水中，聽著父親仔細地把多年來關於齊格飛家族的每一件歷史大小事娓娓道來。

在那些日子裡，他一直嘀咕著為什麼自己會被選中。如果不是自己的話，那便不用浸泡在冰水中，聽不想聽的歷史了！但父親對他說這是天命，不由得他反抗。

唉。一想到這裡，路易斯不禁嘆氣。但當他看到放在身旁的長劍後，心情頓時為之一振。

這把被主要以紅色絨毛製成的劍鞘好好保護著的，是名為「神龍王焰（Safincendium）」的焰型雙手大劍，是齊格飛家代代相傳的寶劍，只有當主才能擁有。劍鞘上鑲有閃亮的綠和藍寶石，而不在劍鞘保護範圍的十字血紅護手中間和劍柄末端都鑲有代表齊格飛家的紅寶石。雖然看不見劍身的模樣，但整體巨大的外型令看者不禁認為它一定很威猛。

相傳此劍是以神龍噴出的龍火鑄成的，能夠使出並控制龍火，是莎法利曼死前送給齊格飛家首任當主的禮物，希望此劍能夠協助他和後人達成夙願。

看著它，路易斯終於感覺到成為當主的實感。小時候每次到父親房間，看到這把劍，他都暗中下定決心，終有一日要成為這把劍的主人。經過十多年的時光，他終於達成目標，把劍緊握於手了。

只要得到這把劍，那些冰水又算得上什麼！

不到半分鐘，他的心情立刻由沉悶變為充滿活力。看到主人的表情，彼得森就知道他回復至本來的那個他了。

「那路易斯大人，你認為你能贏嗎？」他問。

「當然可以！賭上家族的榮耀，我定能勝出，實現家族的夙願！」

他堅定而響亮的聲音響遍整個車廂，凡聽見的人都能感受到他真摯的熱誠。

彼得森以鼓掌表示贊同，再問：「那其他舞者呢？路易斯大人知悉他們的身分嗎？」

路易斯聽畢，一臉自信地說：「我不知道，但就算他們實力如何，也不可能敵過這把由龍火鑄成，擁有龍火的聖劍！」

⚔

「你吃完沒有？」

在同一時間，同樣被選為舞者的愛德華正和諾娃一起在擠擁的阿娜理大道上步行，前往大道西邊的終點，也就是儀式舉行的地點——蕾露妲城堡。

大道兩邊擺滿大大小小的木屋攤販，整齊劃一的棕色下售賣著不同的東西。有的攤販正售賣最近在國家西部開始流行起來的果香紅酒，有的則售賣國民們一致愛吃的烤雞肉。有些店鋪以精緻的自製飾物作招徠，有的則以木劍、毛娃娃等玩具吸引小朋友留步。

熱情的檔主、闊綽的客人們、加上一輛又一輛的馬車，擠擁程度雖然未至於寸步難行，但已經把本來寬闊無比的阿娜理大道擠得水洩不通。有趣的是，似乎沒有人介意這事，他們都面露笑容，高聲暢談，以聲音把大道餘下的空間塞滿，完全融入了祭典歡愉的氣氛中。

除了愛德華以外。

他眉頭深鎖，在他四周正散發著與周遭截然不同、令人卻步的冰冷氣場；相反在他身後的諾娃則一臉滿足，正面帶笑容地品嚐剛放進口中，入口即融的香草泡芙。

「我沒記錯的話，由學院到這裡的一段路，你已經先後吃完五件草莓蛋糕，以及三件紅桑子醬鬆餅，還沒覺得飽嗎？剛才在學院已經給你吃過飯了吧？」他冷冷地問。

「你所說的午飯，根本不是我想要的食物。」面對他的冷淡質問，諾娃只是一臉輕鬆地吃過另一件泡芙，再說：「只有甜點才能填飽我的肚。」

這傢伙到底有多喜歡甜點啊？跟她一起住了兩個星期，愛德華不停懷疑到底她的身體是否全部由甜點構成。以馬卡龍為首，泡芙、鬆餅、果派、她每天最少要吃十個。相反，她從不吃任何飯菜，就連安納黎人的主食——馬鈴薯，也一口都沒吃過。

但，令他如此不滿的重點不在這裡。

「我想說的是……」

「不用擔心，剛才的蛋糕、鬆餅，以及我手上的泡芙，都是剛才我們經過的市場裡的攤販阿姨請我吃的，不需一分一毫。」

未等愛德華說完，諾娃已搶先答了他的問題。

跟他同住的一星期，諾娃學習到的是自己的主人對金錢的運用異常執著——不是吝嗇，而是沒太多餘錢可花。而她的主人對自己經常進食甜點一事似乎不太滿意，每次她想吃甜點時，他必會先在金錢上糾纏一番，令她學習到要搶在他未說完前先回答，好讓他不能反駁，同時省點時間。

話雖如此，但他從未拒絕過她對甜點的任何要求，甚至開始學習自製甜點。

聽到甜點全都是免費，愛德華立刻鬆了一口氣。不過說實話，他對攤販阿姨的慷慨感到神奇。在平日，阿娜理才不會有這種善心人存在，就連買一隻小小的雞蛋，也得要討價還價才能獲得一個比較合理的價錢，買一送一什麼根本是天方夜譚。似乎大家都因為祭典的舉行，感到歡天喜地，才轉了性子。

他明白「八劍之祭」對國家的重要性，但直到今天親眼所見、親身感受，才實際明白國民到底有多重視這祭典。這個慶祝規模比七年前的新王登基儀式還要盛大，他不由得承認，自己是感到驚訝的。

但對於自己是這個盛大祭典的中心一事，他並沒有感到特別興奮或光榮，只對自己說了一句話。

——我要勝出，爬到最頂，站到最後。

「話說為什麼我們不租馬車到城堡去？難得買了新衣，走在兩邊都是攤販的大道上，不怕弄髒嗎？」

這時，在愛德華後方的諾娃走上前問，同時遞上盛著泡芙的紙袋，示意他有否興趣吃一個，但被搖頭拒絕。

正如諾娃所說，為了起始儀式，愛德華特意為自己和她都訂造了新禮服。今天他穿著的再不是那件殘舊的寶藍色長外套，而是一件以高級羊絨製成，顏色如海水一樣深邃的靛藍大衣。大衣質地如絲般柔順，卻能完全阻擋冬天刺骨的寒風。其兩邊肩膀皆繡有金黃色的吊穗肩章，而中間則有一共十二顆以金絲線製成的穗扣，緊緊扣著刻有花紋的鈕扣。配合黑色長西褲，他看起來就像黑夜的化身，很切合冷淡又沉靜的氣質。

至於諾娃，她身穿一套漆黑的長裙。長裙設計簡單，沒有什麼刺繡，只在兩袖袖邊、以及兩層裙邊縫有如波浪般起伏的蕾絲，而腰部則被一件深紫色的馬甲緊緊勒住。配合她白皙如雪的肌膚和烏黑長髮，看起來就像一個活生生的人偶在街上行走。

這兩套禮服都是愛德華委託一位在阿娜理大道開業，全國有名的裁縫師製作的。說實話，他並不想在這些地方上花費，但他將要出席皇帝和眾多貴族在場的儀式，絕對不能出醜。穿著殘舊的禮服，只會淪為別人的笑柄。所以就算價錢不菲，也得用這筆錢。

他還記得當天去那位裁縫師的店裡訂製禮服時，裁縫師那一副不屑的眼神。就算他開口說多貴也願意付，連自己家族的名字也報上，裁縫師仍是一臉鄙視，一副不想接這單生意的樣子。不過幸運的是，就算那位裁縫師多麼看不起愛德華，最後他仍是接下了訂單，並為他和諾娃製作了兩件毫無瑕疵、實屬上品的華麗衣裝，完全看不出有任何怠慢之處。

可能是顧及自己的名氣而沒亂來吧？愛德華認為。

在他身上，愛德華看到人性黑暗的一面——他在這些年已經看過很多遍，但每次看到，仍是會有種複雜的感慨。

當時愛德華其實大可以利用「舞者」的身分命令裁縫師道歉，因為在安納黎，「舞者」被萬人景仰，他們的地位可以跟伯爵看齊，甚至更甚，但他沒想過要這樣做。他覺得這就是人性，但他也討厭這種以身分威脅人，貴族常用的骯髒手法。

以實力使人佩服，這是他的信條之一。

「你也知道我們在衣裝上花了多少錢吧？我們才沒有這種閒錢。」一陣回想過後，他冷淡地回應：「而且城堡離學院只有三十分鐘路程，今天路上的馬車那麼多，搞不好走路比乘馬車更快。」

「哦……」諾娃看著剛擦過的烏黑馬車，一臉失落，看來她是想一嚐坐馬車的滋味。

看到諾娃的表情，愛德華心中閃過一刻歉意。同時，看著她的背影，留意到她就算穿上三吋高跟鞋仍能健步如飛，他突然想起一件事：「你的傷……」

「嗯？」聽到愛德華叫她，諾娃咬著吃到一半的泡芙，以圓滾的雙眼疑惑地回頭看著他。

「啊，沒什麼事。」

差點又忘記了她不是普通人類，愛德華突然醒覺，沒有再問下去。

初遇諾娃的時候，她的全身都有不少傷痕，尤其雙腳，似是被什麼刺穿了一樣，應該要最少兩到三星期才能完全康復，而且在首一星期會因為傷口疼痛而不良於行。但她在相遇翌天已經能夠自由走動，就像沒有受傷一樣，而其他傷口都已經消失不見。愛德華在細問後才知道，原來她的中和能力還包括傷口，無論受了多重的傷，都能夠自動回復。

果然是劍鞘，而不是人啊。

注視眼前少女的背影，他覺得實在很難說服自己，說她是一把劍的劍鞘，把她當作物件看待。

諾娃的確有很多謎團，但無論性格、行為、反應，她都跟一般人類無異。這些日子相處下來，他發現她的觀察力強，頭腦聰敏，而且直率。雖然平日性格有點呆滯，可以作一整天的白日夢，但一遇到關於甜點的事就會立刻變得活潑而有動力，同時會盡力保護關於甜點的一切權利。例如剛才的午飯話題，如果換著是其他日常瑣碎事，她通常都不會提出太多意見的。

在愛德華眼中，這些日子和他一起生活的，與其說是劍鞘，更是一位妙齡少女。

最多，她喜愛甜點的程度和一般人類大有出入。

而他就要和她一起參加「八劍之祭」了，愛德華不禁懷疑，眼前人真的信得過，可以一同贏到最後嗎？

她突然出現在自己跟前，也可以突然叛離啊？

「諾娃，」他把諾娃叫住，再問：「我可以相信你嗎？」

「什麼？」面對突如其來的提問，諾娃一時摸不著頭腦。

「之前你不是說過嗎，會協助我得到想要的事物，也會為我見證到最後一刻，這些都是真話嗎？」

「嗯，」諾娃一臉疑惑地點頭，不明白為何愛德華要這樣問：「契約物對主人說的話從無虛假。」

「嗯……謝謝你。」

見主人沒有繼續問下去，諾娃便繼續吃，看來對剛才的問題並不在意。

愛德華從諾娃的眼神看得出，她並沒有說謊。但他問自己，真的能夠相信她嗎？

他對人的信心從來不高，這次也不例外。

愛德華從來都沒有把自己當作是她的主人。但不是主人，難道是同伴嗎？

腦海一浮起「同伴」二字，他就不禁打了一個冷顫。

二人沒有再交流，愛德華繼續靜思，諾娃則繼續享受手上冰涼又甜美的泡芙。

主僕二人間的寧靜，一直持續到城堡大門。

8

下午二時正，愛德華和諾娃準時抵達城堡正門。不同於要排隊等候進入的馬車，步行前來的二人不消一分鐘便到達守衛跟前，並被他的同僚帶到接待室稍作休息。

踏進守衛口中的「接待室」，迎接愛德華和諾娃二人的是一個金碧輝煌的空曠大房間。

位處阿娜理大道西邊盡頭的蕾露妲城堡，除了是王國的權力象徵，也是管治國家的康茜緹塔家族世族居所。城堡呈八角型，兩層堅硬的白石圍牆把城堡分成了外壁和內壁，外壁主要用作防守，而內壁則是各種重要建築物的所在地。

城堡擁有一千多間房間，由於是王室居所，因此其裝潢的華麗程度不是一般人能夠想像的。走廊布滿以金箔製成的雕飾，雕飾的仔細令人一眼能看出是出自名師之手。而走廊四周掛著的油畫皆巧奪天工，以各類油畫的數目多寡來推斷，城堡的主人似乎深愛風景畫。每條走廊一定會有數幅由名師繪製，描繪安納黎各地不同景色的油畫。綠油油的高山、閃亮如寶石的西面海岸、震懾天下的東面火山，全都收藏在闊長的走廊裡。在城堡裡走一圈，有如去了一遍環國旅遊。

而負責接待賓客的接待室，也充分反映了王室的雍容華貴。空曠寬闊的房間牆壁貼有鑲嵌金箔的緋紅牆紙，牆紙上的印花圖案美麗得令人眼花繚亂。房內沒有擺放太多家具，只有幾座奶白色地燈以及八張鮮紅長沙發——應該是為了八位舞者而特意準備的。

愛德華隨意選了一張靠近火爐的沙發坐下後，環看四周。舉目所見，連同他在內，暫時只有四位舞者到達。有一位身穿灰黑西裝、看似學識之士的老人；也有一位身穿愛德華從未見過，貌似是遠東某國民族服飾的女子；但最能引起他注意的，莫過於坐在窗旁眺望景色，留有一頭淡藍長髮的妙齡女子。

三大公爵家之一，是為水精靈的溫蒂娜家當主，安凡琳女公爵。憑藉髮色，他便猜到她的身分。跟齊格飛家一樣，溫蒂娜家也是「八劍之祭」的常客。身為水精靈的他們有一個全國皆知的特點，就是清澈如水的髮色。從遠處看，她的頭髮像是絲絹流水，又或在懸崖一瀉而下的瀑布。在陽光的照耀下，頭髮如水珠一樣透徹閃耀，加上白皙的皮膚和修長的身軀，高貴而優雅的氣息，令旁人都不禁認為，她的美麗並不屬凡間所有。

溫蒂娜家也參加……看著那位看上去弱不禁風的少女，愛德華對她的實力感到好奇，但可惜他對精靈的能力認識不深，沒法推測。

接待室寧靜得十分可怕，連風聲也聽得一清二楚。舞者之間毫無交流，只顧做自己的事。愛德華靜心閱讀手上的哲學書，完全無視身旁悶得發慌的諾娃。但他感覺到一直有人往他的方向看過來。他抬起頭，只見不遠處那位像是學識之士的老人立刻別過頭去。他起初以為是錯覺，但過了不久，又有視線傳來的感覺。他小心向上望，發現正是那位老人望過來。

感到不安的他決定開聲發問：「請問有什麼事嗎？」

他的聲音響遍整個寧靜的接待廳。似乎是沒法再隱瞞，老人在咳嗽兩聲後，便走到愛德華身前：「沒有，只是有點好奇而已，打擾您了。」

「好奇？」

「我是首次參加這種祭典，要做什麼都不太清楚呢，所以便暗中留意大家的行為了，影響到你真不好意思。對了，我叫波利亞理斯・利歐斯，在北面做研究的。您是……？」

他臉帶笑容，並伸出手。

「先生您好，我叫愛德華，愛德華・雷文。」

愛德華握手時順道打量對方全身。波利亞理斯身材瘦削，樣貌看上去應該有五六十歲，臉上布滿皺紋，腰骨挺直，精神飽滿。依照握手傳來的力道來看，他的體力不算多。

做研究的人，是教授吧。身為文人的教授要參加劍士相殺的祭典？能夠贏嗎？

愛德華感到疑惑。

「阿娜理的冬天果然比北邊暖和呢……咦，這位女士是？」

說到一半，波利亞理斯側過頭，望向愛德華身後的諾娃。二人的視線一對上，諾娃似是羞怯，身子立刻往後稍縮。

「她是……我的同伴。」

愛德華立刻介紹。他不想暴露太多資訊，所以說「同伴」便算了。

「是這樣啊，」波利亞理斯似乎接受了這個說法，並點頭：「八十年一次的祭典，就讓我們享受吧。」

「……嗯。」

不明就裡地寒暄數句後，波利亞理斯便返回位置就座，房間也回復寧靜。

繼續讀著手上的書，愛德華覺得一頭霧水。

雖然看起來波利亞理斯挺友善的，但這裡在座的每一個人都是競爭對手，會有人對自己的死敵露出如此熱情的態度嗎？溫蒂娜家的當主……好像是叫布倫希爾德對吧？她對一切都不予理會的態度才算正常吧？

而且波利亞理斯一直都沒有解釋過到底是他對什麼感到好奇，才一直注視著愛德華。很奇怪，愛德華想不透。

對了，除了溫蒂娜家，齊格飛家也是「八劍之祭」的常客，只有這兩個公爵家參加過所有的「八劍之祭」，同樣是公爵家的霍夫曼家族只有參加過一次。那麼這次齊格飛家的舞者會是誰？愛德華的視線環掃接待廳一周，看不見有任何酷似齊格飛家族的人在廳裡。

是現任當主，路易斯的父親嗎？還是他的其中一位兄長？

愛德華知道路易斯有兩位兄長，而他是排名第三，年紀最小的。他的大哥早在幾年前過世，二哥則一直下落不明。

這時，接待室的大門被打開。

怎樣想，都應該不會是那個路易斯吧，他覺得。

門是打開了，但久久聽不到有人坐下的聲音，又或交談，四周的氣氛還開始變得詭異。愛德華緩緩合上書本，抬頭看時才發現身旁正站著兩個不能再熟悉的人。

——咦？

對這個展開，他由衷地感到驚訝。

——不是吧。

「你怎會在這裡的？」兩人的其中一位——路易斯率先以不滿的語氣質問。本次代表齊格飛家出戰「八劍之祭」的，正正就是路易斯。

還可以有什麼理由……愛德華心裡一陣納悶，但仍然從容不迫地放下書本，站起來有禮地說：「我是奉皇帝之命，前來這裡參加『八劍之祭』的起始儀式。」

「大膽！區區普通人竟敢不用敬語對我家主人說話，你眼前的人現在可是齊格飛公爵家的當主，威芬娜海姆公爵啊！」他一說完，彼得森立刻出言斥責，聲音響亮得整間房間也能聽見。

「威芬娜海姆公爵」是代代齊格飛家的當主所擁有的封號。

原來如此，因為收到了被選為「八劍之祭」舞者的通知，而緊急趕回家繼承當主之位嗎？經彼得森一說，愛德華立刻明白了。

「我有所不知，敬請原諒。」他口是心非地道歉。

「哼，」路易斯臉上不悅的神情仍未消失。「我在問你，你為什麼會在這裡？你這種沒落貴族根本沒資格出現在皇宮！」

他的話充滿侮辱，但愛德華彷彿把他說的都視而不見，冷靜有禮地回答：「我是因為被選中成為舞者，才得以踏進皇宮。齊格飛大人不相信的話，可以看一下這封皇帝的親筆信。」

路易斯一邊碎碎念著「不可能」，一邊單手搶過愛德華從外衣取出的信。確定是皇帝的親筆信沒錯後，他憤怒地把信歸還原主。

「那為什麼你會被選中？『八劍之祭』可是全國性的祭典，只有被選中的人才能參與其中。你不會是用了什麼手段才得到舞者的席位吧？哼，果然是沒落貴族才會用的手段，真不堪入目！」

惱羞成怒的他口出之言比剛才來得更侮蔑，愛德華覺得再忍下去不是什麼賢明之策，始終被其他舞者看著，啞忍會有損第一印象，但他也不能直接出口頂撞。

「神的旨意不是一介凡人所能干預的，同時也非凡人所能理解。我只是遵照祂的旨意站到祭典的舞台上，還是說，路易斯大人要質疑神諭嗎？」

質疑神諭等於質疑神自身，在這個國家可是不被容許的事。被愛德華刺中痛處的路易斯頓時語塞，想罵但又想不出該說些什麼。

見路易斯沒再說話，愛德華便坐下。但這時，路易斯的眼角掃到在一旁的諾娃的身影。

「她，」金髮少年終於找到話題，不用丟架地站著不說話了。「是誰？」

他沒用手指指著她，只是狠狠盯著她。

被盯著的諾娃什麼也沒說，只是凝視著路易斯一雙如藍天般柔和的雙瞳，眼神呆愣。

「齊格飛大人待會便會知道。」愛德華報以一曖昧回答。

「難道她……」

路易斯正要反駁之時，接待室大門被打開的聲音打斷了他。二人都好奇地望向門前，只見來者不是舞者，而是城堡的守衛長。

「各位祭典的舞者，儀式將要舉行，請稍移玉步，隨本人前往王座廳。」

9

雖然仍屬華麗之列，但跟以紅色作主調的接待室相比，以寶藍色為主調的王座廳在金碧輝煌之上更添一份莊嚴感。

大廳盡頭的台階上擺放著兩張鑲有寶石、高椅背的王座。舞者們、以及從各地而來的貴族們都坐在台下的銅製布椅上，等候皇帝的到來。

舞者們均被安排坐在台下的最前排。依愛德華所見，現在只有六名舞者在場，盡頭的兩張椅子仍是空的。

「雪森勳爵為何未見人影的？不是說他也被選中了的嗎？」

「就算不是，他定會被邀請來參加典禮吧……發生了什麼事嗎？」

「別亂說！在祭典開始當天便發生事端，可是不祥之兆！」

這時，幾位貴族婦女的低頭私語被坐得較近的愛德華聽見。

三大公爵家之一，唯一沒有跟奇異生物有關係的霍夫曼家，他們也有代表參加祭典嗎？有趣，他心想。

既然貴族婦女們說的是「雪森勳爵」，那即是說，這次代表霍夫曼家參加「八劍之祭」的，很大機會是現任第二騎兵團副團長的舒伯特・霍夫曼。身為霍夫曼家長子的他，因為仍未繼承家族，所以在外會使用其父親的其中一個附屬爵位「雪森伯爵」，作為禮節性頭銜。

三大公爵家全都參加祭典，在歷史上只出現過一次。這次的舞者陣容居然如此盛大，愛德華覺得之後的戰鬥一定會很緊湊激烈。

但他完全沒有猜到路易斯也是其中一份子。

依照實力來推斷的話，理應是他的父親最有機會被選中的，神到底在想些什麼啊？……算了，還是回去思考對策吧。

愛德華的臉上露出些微不悅的神情。

而這時的路易斯，正面帶微笑，站在安凡琳女公爵面前，準備打開話題。

「妳好，安凡琳女公爵，我叫路易斯・齊格飛，」他先微微彎腰，握住安凡琳女公爵伸出的右手，在手背上輕輕一吻後，再有禮地問：「冒昧一問，請問妳對我有印象嗎？我們曾經在多年前的家族舞會上碰過面的。」

雖然他的話聽上去似是過時的搭訕，但其實所言非虛。

路易斯記得很清楚，在七歲那年，他在一個齊格飛家和溫蒂娜家合辦的舞會上曾經跟當時的溫蒂娜家獨女，也就是眼前的安凡琳女公爵，布倫希爾德・溫蒂娜碰面，並一起玩耍。當時他已被她如同泉水般清純的美貌深深吸引，多年來一直不能忘懷。難得現在自己坐在她的旁邊，他決定鼓起勇氣跟她搭話，跟她建立起關係。

「幸會，齊格飛先生。實在抱歉，我想不起關於那次舞會的事……」

說時，布倫希爾德低下頭來，讓瀏海遮掩自己的臉容，彬彬有禮地道歉。

「啊、啊，是嗎？沒關係，妳不用介意的，我不過是問問而已……」

安凡琳女公爵有了名的不常出席公眾場合，這十多年來去過的舞會聽聞只有數個，那麼她應該還記得那一次舞會的事吧——路易斯本來是這樣以為的。

為什麼會忘掉的呢？我明明記得那麼清楚。他心中閃過一絲疑惑。

「愛德華，你的家人也會來嗎？」

正當愛德華在偷聽路易斯和布倫希爾德的對話時，諾娃的一句提問打斷了她。

本來諾娃是不能與愛德華同坐的，但他跟守衛長說了一句「她是我的劍鞘」後，守衛長便請示了上級，再以一副一頭霧水的樣子為她安排了座位。對此，愛德華感激不盡——因為如果諾娃不在，他的鄰座將會是路易斯。

「為什麼這麼問？」

「這個儀式不是邀請了各地的貴族、領主前來嗎？你說自己是男爵家出身的，那麼你的父親也應該會收到邀請的吧？」

「不會的。你應該知道我家只是掛名的貴族吧，到現在仍是貴族、擁有領地就已經算是幸運，沒人會理會我們的。而且以那個人的性格來看，就算有邀請，他也不會來的。」他平淡地回應。

「但兒子可是成為了舞者，就算這樣他也不會來看一眼嗎？」經愛德華一說，諾娃開始認為他的父親定是一位冷酷無情的人，也隱約感覺到父子倆的關係應該不太好。

「他大概不知道這事。」

「你沒告訴家人嗎？」聽畢，諾娃一臉驚訝。這麼重大的事，總要跟家人說一聲吧？她認為。

「沒有，反正告訴他們又沒有什麼用處，況且……」這時，少年把頭別過去，「我不想告訴他們。」

「為什……」

諾娃正要問下去時，從王座廳東門進場的皇家儀樂隊打斷了她。

吹奏著響亮有力的進行曲，銅樂和敲擊樂的合奏一瞬間把會眾的注意力集中到一點。在音樂響起的同一時間，皇帝、祭司長、宮內大臣以及騎士團長緩緩地從最靠近王座，也是王室成員專用的西門步進大廳。

因應皇帝進場，全場肅然起立，以示敬意。

有著一頭淡金色短髮的皇帝亞洛西斯披著象徵王權，同時也是康茜緹塔家代表色的紫蘭色天鵝絨毛王袍，緩緩踏上台階，再安坐在王座上。正值三十之齡的他相貌雖然年輕，但毫無稚嫩之色。深褐雙瞳炯炯有神，臉上膚色是健康的白皙。他身材高挺，一舉手一投足都帶有王者的威嚴，令人無不肅然起敬。待音樂完結，他坐下，並揮手，示意會眾可以就坐。

「奉世代守護我國之大神聖諭，謹此宣布，第五屆『八劍之祭』起始儀式正式開始！」

在台下的祭司長以雄亮的聲線，拉開祭典的序幕。

他高舉手上金光閃閃的權杖，再宣讀另一隻手上捧著的卷軸內容：

「回應神之呼喚，八名舞者現聚集於此地，準備登上神所預備的舞台，為神獻上華麗極緻的刀劍之舞。在此，我現將宣讀祭典之規則，請舞者們洗耳恭聽：

一、只有神指明的舞者能參加祭典，舞者不得尋求他人的協助。

二、在祭典中只能使用劍作為武器，不得使用如刀、槍等其他種類的武器。

三、每位舞者只可使用一把劍，劍必須在起始儀式上的命名儀式上得到確認，方可使用。
四、舞者使用的劍必須擁有實體，不可使用以術式等方法製造出來的虛劍。
五、舞者之間的戰鬥必須為面對面的對決，禁止進行暗殺等違反對決規則的行為。
六、在祭典期間，舞者之間的殺害行為不會被追究，但倘若舞者在祭典期間殺害與祭典無關的人，在祭典結果後該舞者必被追究刑責。
七、舞者之間的戰鬥場地不限，但舞者必須注意，不得為周遭環境帶來太多破壞及危險。
八、『八劍之祭』為期四個月，在四個月內必須誕生一位勝出者。
九、除了第八項，如有違反以上規則，將受到不同程度的懲罰。輕則被禁止活動數天，重則被取消資格。」

台下眾舞者對規則毫不驚訝，有些人的眼神更是毫不在意的樣子。

說明規則後，一旁的守衛從西門搬出一個金製水盤，放到台階的正下方。皇帝把權杖放在椅旁後，便與宮內大臣一起踏下台階，與祭司長一起面對群眾。

「現在開始，將會進行命名儀式。各舞者請攜同自己的劍到這『起誓之盤』面前，報上劍的名字，劍將會依照神的旨意被盤中的聖水祝福。同時舞者將會接受封爵儀式。」祭司長說完後，皇帝向他打了個眼色，示意自己有話要說。

「除了三位公爵家出身的舞者以外，所有舞者均會被授與伯爵頭銜。」

亞洛西斯此言一出，台下立刻議論紛紛。

大家都被皇帝的決定嚇傻了——伯爵可不是隨手可得的頭銜，現在竟然如此輕易地要送給五人？愛德華和路易斯也感到很驚訝。為舞者封爵，在歷史上不是史無前例，但大多是「男爵」又或更低的「騎士」而已。亞洛西斯這次竟然一反常態，要授與眾人如此高等的爵位，愛德華對此百思不得其解。

為什麼要把伯爵頭銜賜給這些低等人啊？亞洛哥你是不是搞錯了什麼啊？路易斯也完全想不通。

一陣騷動後，貴族們總算冷靜下來，會場再次回復平靜。亞洛西斯深了一口呼吸，說：「第一位舞者，雷文男爵家，愛德華．基斯杜化．雷文，請上前。」

聞言，愛德華隨即站起來，從諾娃手上接過在儀式前已經從其體內取出的「虛空」，並在會場些竊竊私語陪伴下一同走到皇帝的面前。

「愛德華．基斯杜化．雷文，請在聖盤前展示你所持的劍，並報上其名。」

「此劍名為『虛空』。」

他把劍平放在雙掌上，供皇帝和祭司長過目。

「請問這位少女是？」祭司長問。

「她是這把劍的劍鞘。」

此言一出，再次引起貴族們的私下討論，但亞洛西斯似乎已洞悉一切，只說：「哦，有趣。」

報上名字後，祭司長便從聖盤旁取過一隻金製小酒杯，在盤內取過聖水後，便澆在「虛空」的劍身上。

「奉尊敬大神之名，此劍已被神所接納，允許在祂的舞台上揮舞。願神祝福此劍能隨心起舞，為祂獻上最大的愉悅。」

「感激不盡。」

祭司說完後，命名儀式也就結束。諾娃靜靜地回到座位上，而愛德華則走到台階的另一邊，在皇帝面前的授銜之座上雙膝跪下，靜心低頭。

當宮內大臣在會眾面前簡單宣讀愛德華的簡短生平後，亞洛西斯便從騎士長手上接過家傳的封爵長劍，依次在愛德華的右肩和左肩上拍了一下。待愛德華站起來後，他為他戴上象徵伯爵身分的五角星紋章，披上以天鵝絨製成的深藍披風，並以金黑間紋的粗繩為他繫緊披風，再替他掛上以金結與琺瑯圓章製成的領環，封爵儀式就此完成。

「您就是愛德華啊……」亞洛西斯帶著微笑，小聲地說。

「嗯？」

「沒什麼，恭喜您，雷文勳爵。」他跟愛德華握手。

「感謝陛下。」

說完，愛德華後退兩步，向皇帝鞠躬後，便由侍童帶領就坐。

接著便是路易斯的命名和封爵儀式。他面露喜悅、充滿自信地走到亞洛西斯面前，向在座所有人展示齊格飛家的家傳寶劍「神龍王焰」。

雖然路易斯已經是齊格飛家的當主，但因為只有皇帝才能授與公爵爵位，所以他也要接受封爵儀式，在眾人見證下成為一位真正的公爵。儀式的流程大致上跟愛德華的封爵儀式一樣，但因為他要得到的是公爵頭銜，根據規條，他被披上的是只有威芬娜海姆公爵才能擁有的火紅披風。

「真的如我們之前所說，你為我封爵了呢。」儀式完結後，路易斯像是跟好友說話一樣，小聲對亞洛西斯說。

「哈哈，恭喜你呢，路易。」

依亞洛西斯的回答來看，他倆私下似是好友關係。

寒暄過後，便輪到披著天藍披風的布倫希爾德走到台階前。當她向皇帝展示家傳寶劍「精靈髓液（Elfenflüssigkeit）」時，淡藍色的劍身所發出的柔和光芒令全場目瞪口呆，無一不被它的光芒吸引著。

根據傳聞，劍身之所以是淡藍色，是因為它是以精靈的神石所製造，混有精靈的力量。聽說這把劍可以號令世上所有的精靈，一想到這裡，愛德華感到有點棘手。

不同於路易斯，布倫希爾德早在兩年前便已取得公爵頭銜，所以她在命名儀式後便返回座位就坐，全程不發一言，看上去就像一個活生生的可動雕塑，跟諾娃有幾分相似。

布倫希爾德過後被叫到的舞者，在他的名字被公開後立刻引起討論。他名叫「奈特」，沒有姓氏。左眼戴著眼罩、以紫色髮帶繫著的灰銀長髮的他，在站起來時已經令會眾感到恐懼，身上一件款色普通的黑色燕尾服看似能把他給人的負面感覺給抵消，但當眾人看到燕尾服裡的是一件紅色襯衣時，恐懼非但沒消失，反而增強了。

他身旁站著一位少女。縱使她身穿絢麗的深紫長裙，但人們的目光都集中在她一頭耳前白、耳後黑的稀有短髮，以及一雙被認定是不祥之兆的紅色瞳孔。

「喂，以髮帶繫著、銀白似月的長髮，黑與紅的衣裝，還有那個眼罩……難道他是最近傳聞裡到處出沒的吸血鬼？」台下其中一位貴婦突然說。雖然她的音量很細，但在寧靜的大廳裡的一句話，幾乎大半數人都能聽到。

吸血鬼是最近在安納黎流傳的一道流言。有人目擊到有一個長得跟傳說中的吸血鬼很像的人在全國不同地方出沒。起初這道流言並沒有什麼可怕，但自從有人聲稱親眼目擊到吸血鬼在某人煙稀少的地方裡吸吮少女的血後，大家都開始害怕了，但因吸血鬼的行蹤實在太飄忽，這道流言沒獲得絕對的說服力。

「怎樣可能？那只是亂編的流言吧？還有那個吸血鬼不是會披著一件黑色披風的嗎？他沒有啊。」在貴婦身旁的另一貴婦面露懷疑之色，明顯不相信。

「傳說還說那個吸血鬼身邊經常會有一位紅色瞳孔的少女出現……說是湊巧也太難解釋吧？」這時，她們身後的另一貴婦加入對話。

此話一出，全場立刻把驚呆的視線投向二人身上。頃刻成為焦點的二人面對上百對眼睛，什麼都沒說，只是徐徐走到台階前，向皇帝和祭司長展示一把名為「黑白（Schwarzweiria）」，純白如雪的長劍。

愛德華的想法跟場內眾人差不多，但不同的是，他的注意力落在奈特身旁那位奇異的少女身上。跟隨奈特走到皇帝面前的她，被其稱為劍鞘。

「諾娃，妳認識她嗎？」

感覺情景似曾相識的少年，急忙小聲問身旁的諾娃。同時，白劍的劍鞘少女似乎留意到愛德華的視線，親切地向他微笑。

「我不知道。」諾娃低頭小聲說，眼神混亂。

同樣是擁有人型少女作劍鞘的長劍，在愛德華的角度來看，一切都太巧合了。他再追問她，但得到的只是一樣的回覆，以及搖頭。

「對於她的事，我實在沒有記憶。但在她身上，我感覺到一些異樣……有點恐怖……」

她抿緊裙擺，語帶不安。

她不敢跟黑白的劍鞘少女對上視線，身體某處好像在警告她，如果跟她對上視線的話，會有不好的事發生，同時腦內好像有什麼要湧出來的樣子。這種感覺跟她在樹林裡醒來時，因為沒有記憶而引致的空虛和恐懼比較，來得更複雜和混亂。她不知道該如何表達，只是覺得胸口越來越不舒服。

而看著奈特，愛德華在一瞬間感覺到一種莫名的熟悉。

奈特完成封爵後，就輪到剛才在接待廳和愛德華打個招呼的波利亞理斯進行儀式了。他走路毫不遲緩，身手靈活地遞上灰黑的配劍「烏霧（Svartureykur）」，再接受封爵。

第六位舞者，就是不久之前曾經跟愛德華一起在接待室裡的，身旁特別民族服飾的女士。名為霧繪千鶴的她身穿刺有甘上百種花卉的天藍長振袖。看起來才二十出頭的她，帶著一副燦爛笑容，取出藏在腰帶的劍「璃霞（Rika）」，接受祝福和封爵。

半小時過去，總算完成了六位舞者的命名和封爵，終於輪到三大公爵家的第三位——霍夫曼家的代表上前了。

「第七位舞者，霍夫曼公爵家，雪森伯爵，舒伯特・加百列・D.・M.・霍夫曼，請上前。」

正如貴族婦女們在起始儀式開始前所說的，霍夫曼家果然有被選中參加這屆的「八劍之祭」，而代表真的是舒伯特。皇帝充滿威嚴的呼聲換來的，是一陣沉默。沒有人走到台階前，眾人的眼光都聚集在屬於他的寶藍空椅上。

「舒伯特・加百列・D.・M.・霍夫曼，請上前。」

眼見人不在，亞洛西斯便再次呼喚，但舒伯特仍是不見人影。人們開始小聲討論，但等了一會，他仍未有現身。

察覺事情有異的亞洛西斯，立刻把守衛長叫到自己身邊，小聲交代命令。

「快派衛兵去找雪森勳爵，如果他已進宮，從速帶他進……」

「不用找了，他是不會前來的。」

這時，一把成熟的女聲在東門外響起。未等會眾反應過來，東門便擅自被打開，在裝飾精緻的大門後走出一個身影。

緋紅長髮、紅與黑交織而成的華麗長裙、淡而清純的妝容，猶如一朵活生生的玫瑰。

「舒伯特・加百列・D.・M.・霍夫曼，已經死於我劍下。」

第三迴－Drei－

起始－BEGIN－

1

「舒伯特・加百列・D.・M.・霍夫曼，已經死於我劍下。」

此言一出，立刻引起全場注意。幾乎全場貴族的眼神都定在女士身上，狠狠審視她的外表。

女子身材高瘦，肌膚白如雪，均稱的鵝蛋臉上有一雙亮麗的紫瞳。她的五官鮮明，玲瓏浮凸的身體曲線看得出是經過長年累月的運動而練成的。一頭顏色稀有的緋紅長髮束成盛開的玫瑰狀，繫在頭的左側；燦爛如花的長裙雖然沒有華麗的刺繡，但一層又一層的蕾絲，以及左黑右紅的鮮明對比設計已足以令她在眾人中突圍而出。但在裙的左側，則繫著一把跟身上衣裝毫不合襯的長劍。

陰暗的墨綠劍柄、柄頭的玫瑰雕刻、波浪型的翠綠護手，都不及墨綠劍鞘來得搶眼。劍鞘上數朵盛開的紅玫瑰，彷彿是活著的，而不是單單的裝飾。

「難、難道你是『薔薇姬』！」

其中一位貴族突然驚呼。他一說完，全場的貴族們，尤其女士，均陷入驚慌並尖叫。有些半信半疑的貴族仔細打量一下後，也相信剛才那位貴族所說的話了。

緋紅如血的長髮，以紅黑為主要色調的衣服，最重要是身上一把長有紅玫瑰的墨綠長劍。合乎以上所有條件的，全國只有一位——就是傳聞殺人不眨眼，長居通緝犯排行榜之首的人，大家都稱她為「薔薇姬」。

這位平日神出鬼沒、行蹤神祕的女士，竟然堂堂正正踏進守衛森嚴的皇宮，還向眾人承認自己殺了三大公爵家中以軍人世家有名的霍夫曼家長子——舒伯特的兇手，沒什麼實戰能力的貴族們不怕才怪。

未等大家反應過來，全副武裝的守衛兵們已從大廳的兩道大門衝出，一擁而上，以兩個圓型陣勢重重包圍她，並以騎士長予指向女士的頸項，令她動彈不得。

「怎樣了？」薔薇姬對廳高呼。「特意把人叫來，卻搞這種歡迎，難道是圈套？」

「終於能跟你見面了。」

站在皇帝身旁的騎士團長這時步下台階，走到「薔薇姬」身前。憑著聲線，她已經知道面前的人是誰。

「皇家直屬騎士團團長，安德烈・約翰・威爾斯大人……我應該說『很久不見』嗎？」她面帶微笑，語氣輕鬆，就像跟朋友打招呼一樣，沒把指著自己頸項的長矛當作一回事：「兩星期沒見呢，身體還好嗎？」

「『薔薇姬』夏絲妲——但這不是本名吧，妳的美貌果然名不虛傳，如果沒有劍的話應該會更美。」

安德烈的稱讚，任誰都能聽得出，只有最後半句是出自真心。

「是嗎？我倒沒怎樣在意，現在有興趣的是眼前這景況。」她的銳利視線橫掃一周：「皇帝不是下了承諾，在祭典期間不會追究我之前所犯的罪？但就現況來看，皇家的信任度確實挺低的。」

「什麼？就算想找藉口逃避追捕，也不要找這個！皇家絕對沒可能下這種承諾！」

安德烈頓時怒吼。對他來說，這是侮辱王室的行為。

「我可是有實際證據的，不相信的話就看看這封信吧。」

說完，夏絲妲向安德烈遞上兩星期前，他利用新人騎士傳遞給她的皇帝親筆信，並示意他看正文下的備註欄。

「不可能！一定是你捏造的！」安德烈一看完，臉上盡是憤怒之色，因為上面真的寫著夏絲妲剛才所講的承諾，一字不差。

「我才沒有那個空閒去捏造，不過算了，違約也沒關係，反正我一個人也能離開這裡。」說完，她悄悄把手放上臉柄。留意到她的動作，安德烈立刻握緊手上長槍，大廳裡頓時瀰漫著嚇人的對峙氣氛。

「好了，鬧劇就到此為止吧。」

這時，亞洛西斯具威嚴的聲音從後傳出。

「夏絲妲小姐所說的全是事實，是我對她下這個承諾的，沒打算反悔。」

「陛下！」不能接受事實的安德烈高呼。

「實在幫大忙了，亞洛西斯皇帝。」夏絲妲的語氣輕浮，流露著明顯的虛假之色，令人參透不到她的真心。

「區區一個平民，竟敢直呼陛下名字，實在無禮！」安德烈怒吼，再回頭望向皇帝，可是亞洛西斯只是搖頭，示意他不在意。

「那麼雪森勳爵真的被你殺害了？」一個問題解決後，他立刻詢問另一個在座眾人都想知道的問題。

「嗯，」輕描淡寫的回應，彷彿在告訴眾人她毫不在意：「不信的話可以派人到首都城牆附近的小草原看看，屍首應該還在那裡。」

「你……知否單單殺害貴族這一條罪，已經可以立刻把你送上斷頭台的了！」面對她的態度，安德烈快要氣炸了。

「騎士團長，你似乎有所誤會。我是在祭典期間殺害他的，是合乎規則，不是嗎？」但夏絲妲只是冷靜地反駁，跟安德烈的激動情緒成了很大對比。

「起始儀式才剛開始不久，仍未結束，祭典何來開始？別胡說了！」但安德烈堅決不相信。

「雖然在表面上，祭典開始之時是起始儀式完結之後，但實際上祭典開始的時間就是信上所寫的日子的午夜過後，跟起始儀式的舉辦時間無關。我只是在祭典開始後對同屬舞者的雪森伯爵提出對決並勝出，這不是合乎規矩的嗎？」

說完，她望向祭司長，對方遲疑了一會後，才戰戰兢兢地點頭。

「但是……！」

「夏絲妲小姐所言皆真。北鵝動爵，爭論就到此為止吧。」

聽到皇帝的勸止，北鵝侯爵——安德烈仍是一副不肯接受的樣子，懇求他改變決定；但亞洛西斯只是搖頭，什麼也沒說。

「切！」

不服氣的他一撥身後的披風，氣呼呼地回到皇帝身旁。夏絲妲十分清楚，安德烈是因為想現在就捉拿她才那麼激動，但她並沒打算要順從他的想法。

待守衛隊撤去，不安的眾貴族坐下後，她的命名和封爵儀式便開始了。當女士把繫在身上的配劍「荒野薔薇（Desiertomeicairma）」從劍鞘拔出來後，眾人無一不被銀白劍身的光亮和鋒利的劍尖嚇呆。各人都有很多話題想立刻跟身旁的人細聲討論，但夏絲妲壓倒性的氣場令眾人不敢作聲，連空氣也不敢吸太大口，生怕亂動便會有性命危險。

看著如針般鋒利的銀白劍尖，路易斯的身體不由自主地顫抖。他的腦海不停地重複想像自己和夏絲妲對決的畫面。一想到自己會如舒伯特一樣被那鋒利的劍尖刺穿身體，恐懼就立刻湧上心口。

我能贏的吧……全國最強的殺人通緝犯竟然是對手之一，聽說到現時為止仍未有人能夠在她的劍下存活……我沒猜到會有這種人參加祭典的啊！

怎麼辦……對了，龍火應該能夠贏她的。嗯，可以的。

他吞了吞口水，強行說服自己以壓下恐懼。

相反，一椅之隔的愛德華的心情並沒有因為夏絲妲的出現而有起伏。可能因為他一早已經有跟強者戰鬥的心理準備，他不覺得她的出現有什麼值得驚訝的。但當夏絲妲完成儀式後，披著跟一身衣服毫不合襯的深藍披風的她對諾娃投向的好奇眼神，以及對愛德華投向的不為所以的微笑，頓時令後者警戒起來。

剛才那個叫奈特的人、黑白的劍鞘，現在就連「薔薇姬」也露出這樣的表情……

看來祭典一開始便會有很多煩人的事要處理了，他心想。

2

花了整個下午，當中又發生了些微插曲，起始儀式總算順利完結。在儀式後，貴族和舞者們在國王的邀請下，到大晚宴廳參加晚宴暨舞會。

晚宴期間什麼事都沒有發生。下午那些驚人的事彷彿都被忘記了般，大家都只顧著享用皇家預備的珍貴食材，例如價值連城的深海大龍蝦、來自東方的高級牛柳等，沉醉在祭典開始的歡暢氣氛。

晚宴過後，男賓客們在大廳稍作休息，而女士們則到皇室預備的房間更換晚裝。準備好後，所有人便移步到大晚宴廳的不遠處，以城堡第一位主人命名的「瑪格麗特大舞廳」參加舞會。

大舞廳顧名思義，有近十米高，而且十分寬闊，就算近二百人的與會貴族都站在舞池中央，仍會剩下很多空間。不時會用作音樂廳的舞廳兩旁各有四層包廂，舉辦音樂會時，這些包廂都是給一些德高望重的貴族使用的，但就算是舞會，包廂也會開放，給一些比起跳舞，更想從高處觀看舞會全景，以及跟其他貴族談天的貴族使用。

舞廳主要以純白的大理石建築而成。質感冰涼、清純又高貴的大理石配上桃紅色的針織壁紙，以及金黃色的雕刻，清純在一瞬間變為華麗，高貴之上立刻增添了雅致和令人震懾的莊嚴。上千件大小雕刻裡，毫無一件有任何瑕疵，就連一粒灰塵也沒有，而它們的仔細程度跟城堡其他地方的雕刻一樣，甚至更精細，把康茜緹塔家的財力和權力之大表露無遺，毫無失禮之處。

貴族們魚貫而入，進到這個全國其中一個歷史最悠久的大舞廳等待舞會開始。但直到全部人都走進舞廳後，侍衛們才發現身為舞會主角的七位舞者之中，只有三人進了舞廳，同時身為舞會主持人的皇帝也不知道去了哪裡。

「愛德華，你沒有興趣參加嗎？」

快步追上愛德華急促的腳步後，諾娃在身後探頭問。

他們二人正身處城堡的外壁。夜幕低垂，冬日刺骨的寒風正狂舞著，弦月溫柔的銀光輕輕打在他們身上，令二人衣服上的金絲線顯得更閃亮。

「沒興趣，這些事根本浪費時間。」少年一臉厭惡，腳步更見急促，似是想盡快逃離這座巨大的城堡。

「為什麼沒興趣？」對此感到好奇的諾娃，走到他身旁，繼續問。

「只是在跳舞，根本沒什麼實際效用，你想去的話便留下吧。」

「但如果你去舞會的話，便可以認識一些貴族，利用上流社會的社交圈收集多一些情報，又或利用它來協助達成自己的目標啊。」

諾娃的語氣毫無陰險，她只是為愛德華著想，直說心中話。

深知自己擁有的情報量之少，愛德華也知道諾娃是理解到自己現在的需要才這樣說，但他只是別過頭去，語帶厭惡：「我討厭這種方法，這些事，一個人來做就好。」

說時，他的腦袋浮現出小時候的回憶。

小時候，在仍是輝煌閃爍的家宅裡舉辦過的某場舞會，蜂擁而至的賓客，到處跟人打招呼的父母，一切彷彿在昨天發生一樣，歷歷在目。當時的他仍未得知世間險惡，不知道大多數賓客都是為了拉攏關係而來，只以為他們都是家族的朋友，還敬佩父親的朋友圈之廣。

他還記得，當時雙親正跟某位高大的中年貴族輕鬆詳談。就算那人的樣貌毫不出眾，愛德華大概一輩子也不會忘記他。

就是他，教懂我世界有多黑暗；就是他，令我和我家變成今天如斯田地……

「其實你是不擅長社交，才不敢去？」

正當愛德華眉頭深鎖，拳頭緊握時，諾娃突然問。一聽到，愛德華立刻停止思考，轉頭看著諾娃，臉上有著隱約的紅潤。

「才不是！」說完，他的步速再度加快，快得諾娃要用跑的才能追上。

⚔

與此同時，在城堡的另一角，有另一對身影正要離開，但不同的是，他們走的方向跟愛德華完全相反——二人正要走到城堡的後門。

「你不打算去舞會嗎？」

耳前純白如月光的短髮，令她的樣貌在黑暗中也清晰可見。剛才在起始儀式期間曾引起一陣騷動，身為神祕長劍「黑白」劍鞘的人型少女，正詢問身旁同樣引起了小騷動的主人，奈特。

「不了，我不太擅長這些事。」

雖然跟少女耳前白、耳後黑的奇異髮色不一樣，但奈特一把如月光般的銀髮也很亮眼，走在漆黑的道路上，就算沒有牆上的火燈，他們的身影仍然顯而易見。

縱使二人並肩而行，眼神卻沒有任何交流。

「不要吧，人家想去啊……」奈特一說完，少女便立刻抱著他的手撒嬌。

「那麼莫諾黑瓏，不如你留下吧？」奈特試圖掙脫，但不成功。

「不要，人家要跟夜一起跳舞！」

這時，被稱呼為「莫諾黑瓏」的少女的撒嬌攻勢又來了。她加緊力道，令奈特感到些微痛楚。她的聲線可愛動人，但他卻無動於衷，什麼也沒說，只是繼續前進。少女似是明白了什麼，沒有再說下去。

奈特很記得，他曾經對某位少女說過同樣的話。

當天如果我跟「她」留下，到底會發生什麼事呢?他心想。

「對了，」這時，莫諾黑瓏打斷了他的思緒。她仍是抱著他的手，似乎打算就這樣走路回家：「今天見到『虛空』，你覺得怎樣？」

「沒什麼，那你呢？」

「終於可以見面了！」她興奮的心情都表達在語調上了。「很期待之後我倆再次相遇時，會是怎樣的呢……」

到底會是怎樣的呢，姐姐？

語調仍是可愛單純，但臉上的甜美笑容卻令人感到幾分驚慄。

3

蕾露妲城堡除了是皇宮居所，同時也兼負守衛首都的任務，因此城堡內自然有不少高塔。而在第一高塔「蕾歐娜塔」內，位置最高的一個房間裡，皇帝亞洛西斯正靠著窗戶，觀看城堡內的一舉一動。

「原來您在這裡，亞洛西斯陛下。」

這時，有一位外披墨綠長袍，內穿深紅羊毛燕尾服的中年男士走進這間面積不大，只有一張小書桌和椅子的小房間。雖然他已年過五十，但從樣貌、以至步伐，都給人一種仍是四十歲的錯覺。

「啊，歌蘭，你找我有事？」

看到自己的重臣之一，今年也有出席起始儀式的宮內大臣歌蘭走進來，亞洛西斯立刻轉身望向他，而歌蘭也輕輕跪下作敬禮。

「聽守衛長說陛下不在舞廳，我便猜到您在此處了。難得的祭典，為何不參加舞會呢？」

相比起三十歲的亞洛西斯，年紀幾乎是其兩倍的歌蘭一句說話，猶如長輩給後輩的衷心叮囑。

「舞會只是為了娛樂特地前來的貴族而設，與祭典本身無關，我也沒有太大的興趣。而且今晚的舞會主題是假面舞會對吧？大家都戴著面具，沒有人會發現皇帝不在的。」

就算有人發現，過了兩首舞曲後也會因為舞會的氣氛而忘得一乾二淨吧，亞洛西斯再補上一句。

「臣下想說的，是陛下可以趁這次舞會尋找適合的皇妃人選。」

「噗，」猜不到歌蘭會說這句的亞洛西斯突然笑了。「歌蘭，你和我共事已久，應該知道我對皇后人選的要求有多高吧。在一個假面舞會跳幾枝舞，便能找到符合當皇后的女士？哈哈，我實在覺得不可能。」

正值三十，但仍是單身的亞洛西斯，伴侶的問題一直是臣子之間的議題之一。他們都擔心皇帝會終生無伴侶，多年來都努力為王介紹對象，但都被他一一婉拒。

「但是陛下，你也不年輕了，是時候找一個伴侶，延續康茜緹塔家的血脈。」歌蘭說得一板一眼。

「好了好了，我之後會再考慮，現在就別再繼續這個話題吧。」每次歌蘭為這個問題而進言，亞洛西斯都只是敷衍了事，再強行轉移話題：「對了歌蘭，今天你的兒子成為公爵了啊。」

「嗯，路易斯雖然年紀尚少，但已被神選為舞者之一，希望他可以在祭典間歷練一下，好成為一位稱職的公爵家當主。」

歌蘭，全名為歌蘭・基巴特・M.・齊格飛，是路易斯的父親，也是齊格飛家的前任當主。七年前亞洛西斯登基後，立刻邀請了他來當只有貴族才能擔任的宮內大臣一職，統領宮中事務，直到今天。但在更早之前，因為家族關係，他倆早已認識，所以亞洛西斯才會直呼他的名字，而這也解釋了為何路易斯會認識亞洛西斯，並暱稱他為「亞洛哥」，皆因二人是兒時玩伴。

「路易斯的話一定可以的，歌蘭你對兒子也太嚴格了。」亞洛西斯這句給人一種客套話的感覺。

「不嚴格，怎能訓練出神龍的後人。」雖然年紀是歌蘭較大，但論地位，在整個國家裡沒有人會比皇帝高，因此平時他對亞洛西斯說話時，皆使用恭敬有禮的語氣。

「陛下，我有一事想請教。」

終於到正題了嗎？亞洛西斯輕輕一笑，再說：「什麼事？」

「為何您決定把伯爵之位授與舞者眾人呢？此問題在臣等一直爭持不定，直到儀式開始前也未能得出結論。臣不反對陛下的決定，只是想知道陛下的想法。」

「果然是為了這件事呢。」說完，亞洛西斯轉頭注視著窗外只靠火燈照亮，昏暗的城堡內壁。

「歌蘭，你覺得世上最真實的是什麼？」

對於亞洛西斯突如其來的提問，歌蘭一時間反應不過來，沒法回答。

「是生命吧，但請問跟爵位的討論有何關係？」

認識了亞洛西斯十年以上，今天是第一次猜不出他想說的話，歌蘭有點困惑。

「生命呢……那麼對你來說，爵位重要嗎？」亞洛西斯再問。

「當然重要，這代表了臣的身分，也代表了我家的榮耀和功績，就等同我的生命。」歌蘭的回答很符合一般貴族的想法。

「嗯，不錯的回答。對我來說，皇帝的頭銜也很重要，但對他們來說，卻是另一回事。」

他望出窗外，看到已經走到城堡正門的夏絲妲、在內壁城牆附近，正跟奈特撒嬌的莫諾黑瓏，還有沒有燈光根本不會看得到，衣服都跟夜空一樣黑的愛德華和諾娃二人，就不禁嘆一口氣。但這一下嘆氣，似乎不關他們的事，反似是對自己的嘆息。

「你知道在每屆祭典開始時，皇室都有授與舞者爵位的原因吧？」

突然，亞洛西斯又問了一條看似不相干的問題。

「為了感謝舞者們的付出，從第二屆祭典開始便有此傳統。」歌蘭嚴肅地回答。

「嗯，你知道祭典內情的吧，我覺得騎士、男爵等頭銜，跟他們的付出根本不成正比，可以的話我真想把公爵頭銜授給他們，而且我覺得他們需要的，不是感謝。」

歌蘭聽後心裡一陣驚嚇，慶幸亞洛西斯沒曾在眾臣面前說出這個想法，不然問題定會變得更難搞，搞不好要來個日以繼夜，夜以繼日，五天五夜的長辯論了。

「那他們需要的是何物？權力嗎……不，是榮耀吧。」

「不，」亞洛西斯一口否定了。「這是『我們』需要頭銜的理由，但他們卻不需要。應該說，不只感謝和榮耀，現在的他們，什麼都不需要。」

「既然如此，為何又要把伯爵頭銜交給他們？」

歌蘭自問已跟不上他的思維了。一時又問爵位的重要性，一時又問封爵的理由，又說什麼都不需要，感覺很混亂，但他又不像是繞圈子，似是快要奔到重點去了。

「對他們來說，爵位並不重要，但在這幾個月內，高級的爵位將會對他們有幫助，所以我便當幫他們一個忙，把爵位給他們了。」

而且我也想看看當中一些人一夜間得到爵位後的反應呢，他看著遠方的愛德華，心想。

這個理由……感覺很隨便，但他似乎是根據一個更深的理由而有此結論的。歌蘭沒有發問，只是靜待亞洛西斯接下來的話。

「歌蘭，剛才你說了，世上最真實的應該是生命和爵位吧？我倒不這樣認為。世上一切皆虛無縹緲，無論是權力、爵位、榮耀，連生命也是。生命十分短暫，我們從來不能知道它會在何時消逝，也阻止不了；生命消失的同時，權力、榮耀等等都會一起消散，不能永遠留住。

我們都沒有手握最真實的東西，因此只能以這些虛無的事物來滿足自己，但他們就不同了。得到最真實的事物後，其餘一切將顯得不文一值，而他們已經，不，將會擁有世間最為堅定不移的事物，因此之後擁有什麼，都已經沒有所謂了。」

「恕臣下失禮，陛下認為世上最堅定不移的為何物？」

歌蘭問完，亞洛西斯便轉身，走到書桌旁，帶著一把令人看不透的微笑說：

「世上唯一最為真實、堅定不移的事物，就只有死亡。」

4

溫蒂娜小姐……溫蒂娜小姐……到底在哪裡呢？

站在絢麗的瑪格麗特大舞廳一角，路易斯在人群中四處張望，期望能夠在舞會開始前找到某位女士。

那一把淡藍長髮，應該很顯眼才是……為什麼到處都看不見的？

路易斯身高一米八十，沒有太多人能阻擋其視線，但因為今天舞會的主題是假面舞會，與會者全都戴上了各形各色的面具，有的只遮蓋眼部四周，有的則把整塊臉都蓋住了，令大家都分不清各人的身分。除非那人的身體有什麼異於常人的特徵，又或戴上了易於辨識身分的首飾，否則要在繽紛如萬花筒的人海中尋覓對象，是不可能的任務。

路易斯身上仍是今午那套鮮紅燕尾服，跟臉上那副以金絲線作綴邊、紅和藍組成的眼罩配襯，加上一頭閃亮金髮，帥氣頃刻轉化為成熟，還隱約帶有神祕氣息。不過沒人看到在眼罩下，這位年輕公爵家當主正以天真的眼神尋覓心上人。

難得和溫蒂娜小姐再會，當然要趁機加深認識，跟她跳一枝舞，最少也要令她記起我吧！路易斯似乎忘了二人在祭典上的敵對關係，只是一股腦兒尋找目標，可惜遍尋不果。

就在這時，本來耀眼的大廳燈光開始變暗，看到舞廳一角的樂團已經準備好起奏，得知是舞會開始提示的男性紛紛向身邊的女士行禮邀舞，並攜手步進舞池，等待音樂奏起。

糟糕，來不及了……路易斯頓時焦急起來。

這次舞會除了需要與會者戴上面具跳華爾滋外，還有另一條規矩，就是在每首樂曲奏起前都要在身旁選定一位舞伴，並在下一首樂曲起奏前隨機轉換舞伴。雖然規定上說不能自行選定舞伴，但如果知道目標舞伴在哪裡，便可以走到他／她身邊，假裝是隨機選定的，再邀目標共舞。路易斯就是抱著這個想法，才努力在人群中尋找溫蒂娜小姐——精靈一族的領導者布倫希爾德，但時間已到，舞會快將開始，意味著行動失敗。

唉，果然是這樣啊……咦？

正當他低頭嘆息之際，忽然看到身旁站著一位少女。比他矮了半個頭的少女隱約散發著成熟的氣息。燈光暗淡，路易斯看不清她的外表，卻被其身上的一陣香氣吸引著。

很清新舒適的鈴蘭香氣……

少女什麼也沒說，就一直站在路易斯身旁。雖然二人沒有直接的視線交流，但她一直從側面悄悄看著他。

感受到從她而來的視線，猜透箇中意義的路易斯，縱使有點不情願，但作為一位貴族紳士，不能視若無睹。他有禮地微微鞠躬，並伸出右手，邀請眼前少女一起在舞會的第一枝舞曲共舞。

少女輕輕把手放在他手上，示意接受邀請的同時，雙簧管和豎琴開始奏響，劃破寧靜，以柔和的旋律宣告舞會正式開始。

雙簧管聲如流水，如緩緩流瀉的瀑布；豎琴連續不斷的分解和弦像一串串閃爍的水珠，在陽光照耀下飄浮於空中，再有節奏地「滴答」跌到水裡。柔滑不斷的旋律彷彿把會眾從暗淡的會場帶到一處人間仙境。當豎琴的和音緩緩淡出後，突然眼前景象一轉，圓號緊接單簧管的獨奏把會眾從河邊帶到附近一處茂盛森林裡。渾厚而明亮的音色恍如打進薄霧的陽光，歡迎眾人在下面共舞。音量漸強的攀升音階慢慢拓寬會眾的視線，緊接小提琴一句有力的上升音階帶領眾人進入樂曲主調，瞬間把薄霧吹散，令眾人的視野拓寬至最大。

小提琴、中提琴、大提琴和長笛相互交替的主旋律生動流暢，富具詩意，如歌般溫柔而有活力，配合低音大提琴和圓號低沉的伴奏，合同編織出優美動聽的主調。會眾彷若成為戴著面具的精靈，在這個美麗如仙的茂密森林共舞。路易斯溫柔輕快地引領少女踏出三步又三步，身體有節奏地升高、旋轉、擺盪，她身邊的鈴蘭香氣一直輕輕包圍著他。他覺得自己正在一個種滿鈴蘭的草原上跳舞，既輕鬆又浪漫。眼前少女的流暢舞姿毫無瑕疵，彷若天仙下凡。轉了一個又一個圈，眼前景象慢慢變得夢幻。他無暇留意少女的樣貌，全副心神都被她莊重典雅的舞姿吸引住。

以弦樂為主，華麗輝煌的主旋律，以及主旋律之間由長笛和圓號負責的輕鬆小段，它們之間的對比由動到靜，由靜到動，音量由大到小，再由小到大，不斷輪迴重複的旋律把活力注入每一位會眾的心中深處。隨著樂曲推進，音量和速度都慢慢增大並增快，不但加快了他們的舞步和旋轉速度，也把他們的心情帶到最高點。在一切都達到最高峰後，弦樂、木管、銅管在同一時間以短促、輝煌且強而有力的和弦結束全曲。在樂曲期間漸漸變得明亮的燈光，色彩繽紛的面具、雍容華貴的衣裝們，以及在樂曲間蛻變成熟的動作，都在一瞬間停住。從包廂上俯瞰，感覺猶如凝視草原上的萬千花朵慢慢成長，然後在同一時間盛放，場景華麗非常。

「啪啪啪啪啪……」響亮如雷的掌聲從各層包廂和舞廳四周傳出，會場充滿著讚嘆之息。仰望頭上的巨型水晶燈，路易斯覺得剛才的六分鐘就像作夢一樣，一切如幻似真。他已經不是第一次參加舞會了，但這種感覺還是第一次。

這種震撼心靈的感覺，是因為舞曲嗎，還是因為這位少女？

正當他的思緒仍徘徊在幻想、過去和現實之際，少女輕輕俯身敬禮後，什麼也沒說，便轉身離去。

「等……！」

待他回過神來，少女已經消失在人群中，再也找不到她的身影。

我還想問她的名字呢，又或談上兩句，現在連她的外貌是怎樣也不知道……

金髮少年有點沮喪，但腦中仍對她的鈴蘭香氣和舞姿念念不忘。

之後的事，路易斯不太記得了。他好像跟幾位不同的舞伴跳過幾枝舞，舞曲好像由輕快活躍的管弦樂合奏轉為輕鬆溫和的鋼琴獨奏，中間再夾雜幾首華麗輝煌的曲子，但他都沒什麼印象。每次擺盪，浮現在他眼前的只是那夢幻的影像；每次旋轉，他總有種被鈴蘭香氣圍繞的錯覺；每次轉身，他都只顧望著周圍，嘗試繼續尋找布倫希爾德的身影——他是這樣想，但每次四處張望，心裡總是浮現那模糊的身影，腦內一角想著要再找到她。就算舞伴散發著高貴的玫瑰香氣，又或清新的百合，他都無暇理會，腦袋已被鈴蘭完全佔領。

對路易斯來說，時間的流逝很慢。跳了大約十枝舞，就好像已經過了整天。無論怎樣尋找，他都找不到目標的對象。少年開始感到疲累，並且想放棄。他獨自站在舞池旁的包廂一角，隱藏在人海中，靜待時間流逝，猶疑不如就此回家。

起初他以為這次舞會跟以前曾參加過的一樣，能夠輕易駕馭期間所發生的一切，但少女的出現把他的計畫通通打亂。他從未試過在舞會裡找不到想見的人，也從未感受過如此厲害的心動。

就連路易斯自己也不明白，為何如此渴望再遇上那位少女。明明只跳過一枝舞，連她的樣貌和名字也不知道，跟在其他舞會上遇到的其他人一樣，理應只有一晚短暫緣分的過客而已。但在心深處，就是有一股動力，要他去尋找。

但就算想尋找又怎樣？舞會已經進行近兩個小時，搞不好到完結時，仍未能找到她。

他在心裡嘆氣。

唉，為什麼事情發展不如我所希望的……咦？

正當他在沮喪之時，突然有一陣芳香傳進其鼻中，驚訝的他瞬間回復精神，轉向身後，臉上露出滿足的神色。

他的身後站著一位少女，她的長髮如新月的夜空般漆黑而閃亮，大多被綁成兩個大盤龍髻，束在頭的兩邊，剩餘的則被織成一條條幼細的麻花辮，散落在肩膀和背部。她整塊臉都被面具遮蓋，面具左黑右白，兩邊眼角附近都畫有繁複的黃金花邊，大量的黑白羽毛裝飾從面具兩旁伸延至頭頂和下巴，像扇子一樣緊密覆蓋著整張臉。華麗的髮型和設計獨特的面具，加上一襲佈滿紫羅蘭刺繡，擁有多層布料的深紫長裙，在昏暗的燈光下，相對於一般少女的清純，她散發著一種高貴而不可侵犯的特別氣息。

就算不記得她的外貌，憑藉少女身上的鈴蘭香氣，他已經猜到她的身分。

路易斯不敢相信竟然能夠再次遇上她，不禁定睛看著對方，久久未能回神；而少女則用一把黑蕾絲扇子遮著自己的臉，側面看著他。但二人的交流只限於視線，一分鐘過去，仍是安靜一片。

我、我應該打招呼嗎，但說什麼好？

路易斯緊張得不自覺地捏緊褲管。他已經不是第一次參加舞會，也不是第一次在舞會上跟不熟悉的女性說話。以前，他可以輕易跟近齡的女性交談甚久，但不知為何，今天的他在她面前失去了一貫的自信。

路易斯心裡希望，如果彼得森在這裡就好了，可以替他出點意見，不用自己獨自一人在此煩惱。

正當他心裡仍然忐忑不安，此時少女把扇合上，悄悄把視線投放到他身上。

是想跟我說話嗎……

路易斯記得學院的禮儀課裡，曾經教導過女性在舞會上「把扇合上」這個動作的背後意思。

但應該說些什麼呢……我腦袋都一片空白啊……

「妳、妳好……」

好不容易才擠出一句話，但因為緊張而變得結巴。他戰戰兢兢接過少女伸出的手，在戴著手套的手掌上吻了一下。

「幸會，恕不能報上名字，因為本晚可是假面舞會，直至午晚前每人都需要把身分隱藏在面具後。」

少女的聲音雖然有點低沉，但依然動聽，彷彿一字一句都能在人心中引起陣陣迴響。

幸得少女提醒，路易斯才記起假面舞會期間，在午晚的鐘聲響起前，是不得詢問別人身分的。他慶幸自己剛才緊張過頭，沒有問出口，不然就會顯得失禮，而且會破壞對話的氣氛。

但問題來了。他本來打算用這句打開話題，但現在卻不能用，而腦袋裡又沒有後備話題，結果對話才開始了兩句，又再回到靜寂。

怎麼辦……路易斯回想起以前參加舞會時，他經常會跟與會女性談的話題。

通常大家都是知道他的身分而自動前來，並打開話題，所以路易斯一直沒有什麼打開話題的煩惱。

他悄悄望向少女，她仍是不發一言，遠望著舞池裡跳著舞的人，似是靜候路易斯繼續說話。

我可以說什麼？炫耀一下自己的出身？學院的趣事？取笑一下愛德華？

不——現在不能公開身分，怎能炫耀；而且她看起來不會對學院，甚至愛德華的事感興趣。

到底應該怎麼辦啊……嗯？

就在他煩惱得腦袋快要爆炸時，一首舞曲剛好完結。舞池的人互相向舞伴敬禮，有的更相伴走到旁邊的包廂去，準備細水長談。路易斯看到此情此景，心裡登時想到以跳舞來解決現在這個尷尬的氣氛。

但是他們已經跳過一遍，再邀請好像不合乎規矩吧？

猶豫不決的他轉頭望向少女，只見她的視線也投向這邊，那把已合上的扇正懸掛在她其左手上。

——「我想被邀請」。

就當是隨機再次遇上吧！誰會留意到呢？

一貫的自信瞬間回歸，他伸出左手，眼望舞池，未幾，少女便把纖細的右手疊在他的手上，二人繼而緩緩步下包廂的階級，進入舞池，面對面，靜候音樂開始。

隨著小提琴溫厚的低音奏起，在舞池裡的人都開始牽著舞伴跳起華爾滋。相對上一首二人共舞時那首以弦樂為主，木管和銅管為副的華麗舞曲，這首樂曲只有弦樂負責拉奏，以小提琴為首，為會眾獻上優雅流暢的一曲。

小提琴清新的高音順滑如絲綢，配合大提琴柔和的低音，兩種樂器就像女高音和男高音般一唱一和，令人聯想起兩位戀人正在銀月照耀下的優美森林裡翩翩起舞，並以歌聲互表愛意。因著旋律，舞池裡各人的舞步都自由輕快。在三步內向右轉一圈而組成的一連串右轉步、動作幾乎一樣的左轉步、原地轉、路線如波浪般高低起伏的迂迴步之間轉換得十分自然，散發著優美的詩意。路易斯和少女也不例外。雖然這首舞曲的節奏跟第一首一樣，但可能是因為沒有鏗鏘有力的銅管樂作伴吧，他覺得這首樂曲的旋律比較慢，旋轉速度也好像比之前緩慢了。雖然看不到那個夢幻的景象，但他終於有心神留意到少女的樣貌，和仔細欣賞她的舞姿。

少女的舞姿跟第一首舞曲時的一樣，溫柔又輕快、莊重而典雅。輕盈的轉步令她的麻花辮在空中自由飄舞；水晶燈橙黃的光打在黑白的面具上，雖然有種深不可測的感覺，但在路易斯眼中，燈光卻是最好的點綴，把她的典雅高貴表露無遺。隔著面具互相注視雙眼，他隱約看到一雙如海洋般優美的海藍眼瞳，那種深邃光芒跟她身上那條如紫羅蘭般的長裙相映成輝，散發出獨特的高貴。

就算二人之間沒有言語交流，但從眼神交流中，路易斯越來越被她的氣質吸引了。但跳著跳著，他開始有點猶豫了。他仍然覺得她的美如鈴蘭般清純，但同時卻開始在想：就只是這樣嗎？

他一直深信，舞蹈能反映一個人的性格，而老實說，他對徒具表面的美沒有興趣——就如一些盆栽小花，看上去的確是美麗，但之後會覺得十分單調，因為它們的美麗只有表面，沒有內涵。他認為真正的美麗，一定要有獨特的內涵；只有表面，沒有內涵的美麗，只是一具虛有其名的空殼而已。

參加舞會的女士，無論來自何方，都一定是貴族出身。她們從小就被教導要成為大家閨秀，就算本來性格豪邁奔放，但都要變得清純典雅。有些則是表面看起來很高貴，但很快便會發覺內裡空空如也。去過數次舞會後，他開始覺得，這些美麗根本只是做作，每人都是別人的複製品，毫無個人魅力。

第一眼看見這位少女時，他就已經覺得她的氣質跟之前遇過的少女都很不同，有種獨特的魅力，好像在面具下收藏了跟表面清純的「白」相對比，另一種他人沒有的「黑」之美，但在這段交流的時間裡，他都只能看到她典雅的一面。

她到底是跟其他人一樣，還是獨特之處仍未展現出來而已？

抱著這個疑惑，他和她一同穿過舞曲中段——相對抒情的小段。之後全曲重複一遍，加上一小段尾聲後，舞曲也就完結。但未等眾人回過神來，燈飾瞬間變暗，小提琴奏響一段節奏鮮明的低音，瞬間把舞廳的氣氛由清新浪漫變得魅惑。因為兩首舞曲連在一起，眾人都沒有交換舞伴，就這樣繼續共舞。路易斯和少女也不例外，他牽著她的手，她把手搭在他的肩膀上，二人一起，隨著第一和第二小提琴相互交替合奏的三拍子跳出毫無紊亂的原地右轉步。

隨著第一和第二小提琴所合奏，輝煌奔放的上升音階，會場眾人都跳起節奏輕快的右轉步。明明剛才那首舞曲也跳過右轉步，但這一刻路易斯看得出兩者之間有著明顯的分別——柔和變為瀟洒，旋律速度變快使得舞步顯得更有動力。

當以不停上落的音階組成的首段主題旋律完結後，隨即迎來另一段震人心弦的第二主題。剛才漸進的上落為整體旋律製造了強大的引力，也加強了節奏感，令變得低沉的旋律越變激昂。弦樂魅人的主導，配合管樂強而有力的伴奏，以及定音鼓的敲擊，把鮮明的旋律突顯出來。路易斯和少女彷彿心有靈犀，先跳出蜿蜒似浪的迂迴步，再換成右轉步，跳出一個快速旋轉後，再次跳出迂迴步。這個挺高難度的舞步轉換如波濤般連綿不斷，毫無紊亂，從旁看，絲毫猜不到二人是第一次見面，而且沒有事先商量過舞步。

路易斯也解釋不到這一切。明明舞步是由身為男士的他主導，但覺得自己像是被她拉著跳，跟著她轉動；身體好像是自己擺盪旋轉的，他毫不清楚自己所跳的是什麼，心神只在她身上。

因著舞曲，舞廳像是變成了萬花筒的世界般，繽紛多彩，以黑為底色，閃耀著五顏六色的光芒。在這個炫目又誘人的世界裡，她的舞姿仍是那麼輕型靈活，華麗自然，但這一刻，溫柔中包含著野馬般的不羈，瀟洒而不失典雅，似是反映了她的真實性情。在這個萬花筒世界裡，她搖身一變，不再是鈴蘭，而是紫玫瑰，在繁星點綴的夜空下絢爛盛放。

我好像看到了……她的「黑」之美。

路易斯定睛看著少女在面具下的雙瞳。縱使他有眼罩遮掩著一部分臉孔，但驚訝的表情經已完全流露出來。

二人不知不覺從舞廳左邊移步到中央。而當樂曲再次回到首段主題，再經由小提琴所奏出，以連續的八分音符所組成的上升音階後，樂曲突然進入了一段輕快小段。這小段擺脫了前段的華麗繽紛，段落開頭的跳音一瞬間把會眾從剛才的黑、紅與紫的世界引領進另一個以白和黃組成的輕鬆世界。

因著旋律的轉變，眾人的舞步也有很大改變。他們先是跳出流暢的右轉步，在女士逆時針自轉一圈後，便緊接短而快的追步。而在臨近第一節完結時的一顆短音，會場眾女士，包括少女，都在男士的支撐下跳了一下；但在第二節的最後一顆短音，路易斯雙手捧起少女後，就沒再有放她下來，在眾人的目光下，他的身體隨著漸慢的四分音符左轉，同時抬頭定睛看著她。

漸慢的四分音符像是把時間停頓了般，路易斯絲毫聽不到四周讚嘆的掌聲，音樂也好像從耳邊消失了。這一刻，世界的目光彷彿都在二人身上，而他的目光，就只在少女身上。

路易斯定睛注視著少女，現在的她就像一顆閃耀的黑鑽石，沒有水晶吊燈的照射依舊光芒四射。隔著面具看，少女的眼神似乎有點驚訝，但路易斯留意不到。在他心中，從舞曲開始時一直積聚的感情和思緒，在這一刻全爆發出來。

溫柔的「白」、不羈的「黑」，屬於她的兩面性格，完美地混合在一起，沒有一面是虛假的，也絲毫不做作。溫柔中有不羈，瀟洒裡混有高貴，白與黑互相混合，充滿獨特內涵的才是真正的美麗……這才是我所喜歡的美！

他的口微微張開，覺得自己的腦袋已經不聽使喚了。

是驚喜嗎？讚嘆嗎？感動嗎？

他沒法回答。

他無法形容現在的心情，整個人早已被她迷到神魂顛倒。

過了一段時間——雖然路易斯覺得已經過了很久，但其實只有十秒，隨著樂曲回歸激昂的第一主題，他才回過神來，把少女放下，但已爆發的感情非但沒有消失，而是通過舞蹈，積聚到更高點。隨著充滿爆發力的鼓聲和小提琴動人心弦的長音，二人就在舞廳的中心，眾人的目光之下，跳著比剛才更為奔放的舞蹈，甚至放開對方，互相向相反方向旋轉。從高層包廂俯瞰，彷如看見一對根莖相連，紅和紫的雙生玫瑰，互相在對方身邊旋轉。這一刻，舞廳彷彿成為了二人的舞台，其他的人都只是陪襯。

當連續八分音奏出，把氣氛和情緒帶到高點後，接著長高音一響，這段短暫的奇幻旅程也就完結。舞廳裡掌聲如雷，都是給路易斯和少女的。平時的他會滿足地鞠躬致謝，但此刻他無暇理會，心裡的感情和想說的話都要滿溢而出。

金髮少年沒有離開舞廳中心，就在眾人面前單膝跪下，無視目光和舞會的規矩除下眼罩，握著少女的手，堅定地問：「我乃齊格飛家的當主，路易斯・基巴特・J・齊格飛，這位閃耀著異於常人光芒的女士，請務必把您的名字告訴我！」

就算違反規矩，就算看起來像是對溫蒂娜小姐變卦，但我也不管了！我已經找到所追求的，那就不會放手！他的心思十分堅定。

就在這時，午夜的鐘聲徐徐響起。少女沒有回應，只是緩緩把黑白面具從臉上除下。路易斯瞪眼看著漆黑髮色緩緩向髮尾淡去，只留下泉水般清澈的淡藍在舞廳大放異彩；藍寶石般的雙瞳，如流水般的淡藍長髮，一副熟悉到不行的臉孔，就在自己眼前。

原來從一開始，他已經找到那位一直記掛著的對象，只是隔著面具，自己沒察覺而已。他的心從未變卦，一直都是想著同一個人。

「再次自我介紹，我乃溫蒂娜家的當主，布倫希爾德・漢娜・M.・溫蒂娜。威芬娜海姆公爵，很高興能與您共舞，您的舞蹈實在令人難忘。」

從舞會一開始便令路易斯心動不已的少女，原來就是布倫希爾德。她俯視路易斯，聲線雖然比剛才隔著面具對話時些微高了點，但依然動聽。

路易斯不知道她到底是怎樣把頭髮從藍變黑的，也猜不透她故意隱藏身分的原因，但這一切都不重要，他現在要知道的，只是令他如此心動的黑白之美，擁有獨特內涵的少女，就是自己多年來未能忘懷的，他所喜愛之人。

感動、感觸、感慨、滿足之情一時間從他的心裡滿溢而出，心跳急促得快要不受控制了。仍然跪著的他，在布倫希爾德的手上吻了一下後，說出一句一星期前便準備好的話：

「溫蒂娜小姐……不，安凡琳女公爵，您願意嫁給我嗎？」

此句一出，路易斯的聲音頓時引來四周貴族的目光。從旁看過去，可能會覺得是個未曾見識過世面的天真小男孩無視周圍氣氛，一時衝動說的話而已。但他的真摯眼神，堅定的語氣，告訴了周圍一些比他要年長，甚至年齡是他的兩倍的貴族，他是無比認真的。

一星期前，當路易斯知道自己當上祭典的舞者，將要參加起始儀式，並會在儀式上跟布倫希爾德見面後，他就有藉此求婚的念頭，只是一直未決定好，心有猶豫。

但經過三支舞，以及今晚二人所渡過的時間，現在的他十分清楚，自己要選的，就是她。

當他說完，全場頓時變得鴉雀無聲，目光都轉到布倫希爾德身上。她只是繼續一貫的寡言，臉上表情由些微驚訝轉為一個會心的微笑，再看著戰戰兢兢地抬頭的路易斯，輕輕點頭。

5

在那個令全國為之興奮，驚奇事接二連三發生的起始儀式舉行後，已過了四天。

起始儀式只需一天舉行，但之後有很多相關的慶祝活動，例如露天音樂會、皇家儀仗隊巡遊等等。全國上下都沉浸在高漲的氣氛中，而隨著慶祝活動的完結，短暫的國家假期也就結束，所有人都在今天回復本來的生活。

愛德華總算等到這天了。今天學院將繼續授課，他終於能夠結束房內自習和思考的生活，可以上課學習知識。

幾天以來他都沒有出遠門，除了購買生活用品外，就只曾跟諾娃一同到二人相遇之地附近的山丘上尋找關於「虛空」的情報。

在起始儀式過後，尤其見過同樣擁有人型劍鞘的長劍「黑白」之後，愛德華醒覺自己不能再怠慢，要多掌握一些關於「虛空」的資訊。讀完整本《刀劍大全》，並發現絲毫沒有關於「虛空」的記載後，他把諾娃帶到兩星期前她滾下來的山坡，試圖尋找她被封印的地方，以及查看山丘會否留有關於當晚追殺二人的黑狼線索。

走上略為陡峭的山坡後，愛德華才發現原來它是連接著一個更大的山原。四周種滿大樹，鋪滿枯葉的路上絲毫看不見人或動物經過的痕跡，就只有一片褐色。他請諾娃確定前進的方向，可惜的是，諾娃當晚依靠本能逃跑，而且是在黑夜中，絲毫記不清自己到底跑了多遠，以及方向，只隱約記得自己是從一個荒蕪的山原跑到眼前的樹林裡的。他們曾經嘗試尋找染有血跡的枯葉以確定路線，但事隔已過兩星期，阿娜理已悄然入冬，山丘上的樹都變成枯枝，兩星期前的枯葉都被埋在新的屍骸下，所剩無幾的線索就這樣深藏泥土，在世上消失。他們也曾經嘗試尋找類似狼的腳印，但別說狼了，什麼腳印都找不到。

愛德華思索過封印「虛空」的地方會否是山洞，並以此為目標搜索。但走了數小時，是找到一個長滿雜草的廣闊平地，但一個山洞都找不到。

二人尋覓了一整天，最後毫無所獲。

清晨的陽光輕輕穿過雪白的窗簾，打進面積不大的房間裡。愛德華正藉由這些柔和但不溫暖的陽光，站在桌旁的鏡子前檢查儀容。

「你真的要去上學嗎？」坐在床上，只穿著純白睡衣，頭髮蓬鬆，睡眼惺忪的諾娃問。

「嗯，學費已經交出去了，我不想浪費。」

諾娃和愛德華仍在同一間房間裡共處。他們二人每天輪流睡地板或床，例如今天諾娃睡床上，愛德華睡地板，那麼明天便會輪到愛德華睡床上，諾娃睡地板。本來愛德華是以夏季用的棉被充當睡地板時的棉被，但因為天氣越來越冷，就算有暖爐也不太能幫得上忙，實在忍受不住的他最後在嘉年華會裡，趁著大減價以低價買下一套高級棉被套裝，還自己一個舒適睡眠。

「但你現在已經是舞者，理應隱藏行蹤，去上學的話會引來其他舞者的攻擊……」諾娃把頭埋進手抱的枕頭裡，一臉擔憂。

「嗯。」可是他似乎完全不在意，只顧著扣好襯衣的扭扣。

愛德華不明白為什麼諾娃要擔心他。就算他沒法把她當作物件看待，她也不過是一個劍鞘，沒法戰鬥；而且就算有敵人來襲，解決他們的不也是我嗎？

可能只是客套話吧，他心想。

扣好鈕扣後，他便走到衣櫥取出一件外衣。這次取出的不是經常穿的那件寶藍外衣，也不是之前為了儀式而訂造的靛藍大衣，而是一件黑色皮大衣。

「這件外衣是……」

「你不記得了嗎？是那個裁縫師給我的，你不也是有一件新做的長裙在衣櫥裡嗎？」

望著這件新外衣，愛德華登時百味雜陳。

他還很記得，就在起始儀式後一天，當他買完棉被套裝，經過那位裁縫師的店時，裁縫師突然急忙衝出來，十分恭敬地半拖半拉，把二人拉進店裡，說想為之前的無禮道歉，並作為誠意，會免費為二人訂造一套新的衣服。之後還把做好的衣服親自送到宿舍——之前都是他的學徒代為遞送的。

之前那個看不起自己的著名裁縫師竟然有那麼大的態度轉變，愛德華在他道歉時就已經想到原因了——應該是那位裁縫師知道他當了伯爵，而且是舞者，心怕他會為這件事而報復而先行道歉，順便希望以後能多多關照吧。

當然，他從沒打算過報復，但每次一想起這件事，心情就很複雜。

唉，為著人的身分轉變而見風使舵，人心就是如此。

而他知道，之後到學院，會看到更多人心的虛偽。

「泡芙和馬卡龍已經放在桌上，記得不要離開房間啊！」

穿好衣服，愛德華就拿起筆記和書本，離開房間。

雖然嘴上是這樣說，但少年有種預感，今天應該有需要諾娃離開房間的情況出現。

⚔

走在學院的暗紅的走廊上，明明只過了幾天，但景象跟之前有很大的不同。

他走過的時候，一如以往，仍是有人會小聲討論他的事，但他聽得到，今天討論的重點跟之前的很不同。

「喂，又是那個窮家子嗎？」

「噓！他現在可是伯爵了，別亂得罪人啊！」

「伯爵？！別說笑吧？你之前不是說他是男爵家出身的嗎，怎會突然間變成伯爵的？」

「你到底是真蠢還是裝傻啊？前幾天那個『八劍之祭』的起始儀式，他在那裡被受封成伯爵啊。這個消息已經傳遍首都了，你怎麼可能不知道？」

「『八劍之祭』？那、那即是……他是舞者？」

「你們二人真是的……除了這個，還可以有其他理由嗎？」

「不是吧，全國萬人景仰的舞者竟然就是他，到底為什麼會這樣的……他看過來了，噓！小聲點，可不能被他聽到啊！」

……整段對話我都聽得一清二楚，現在才迴避也太遲吧？愛德華心裡一陣無語，但他並沒打算為那段對話而作出任何行動。

雖然身分不同了，但他並無打算以此炫耀又或欺壓任何人。他是一個實力主義的人，認為以自己的力量，例如知識，使人跪下的，才是真正的實力，不願依靠任何名譽、欺壓手段而令人強行聽令於他。所以就算學院的人怎樣看不起他，他也一直能忍受；這同時也是他討厭路易斯的其中一個理由，因為路易斯所做的跟他所討厭的完全吻合。

當然，這不是他討厭路易斯的單一理由。他對他的憎恨，還有更多的原因，有些甚至是愛德華自己也不察覺的。

「愛德華……不，雷文勳爵，我一直都在尋找您啊。」

這時，有人在身後叫住他。愛德華轉頭一看，原來是路易斯的兩位跟班之一——騎士家族出身的葛拉漢。平日一向直呼他名字的葛拉漢，今天竟然一改死性，以敬稱稱呼之，愛德華已經大概猜到接下來他想說些什麼了。

「請問有什麼事，葛拉漢？」

因為葛拉漢未正式受封成為騎士，所以愛德華一如以往，以他的名字稱呼之。

「我……一直都想向雷文勳爵您道歉！」說完，他低下頭，滿臉歉意。

「像平時一樣叫我愛德華就好……咦？」

「其實之前我對您所做的事都是路易斯……威芬娜海姆公爵所強逼的，完全不是我的本意，所以想請您網開一面，不要計較之前的事！」說完，他的頭垂得更低了。

「葛拉漢所言甚是！」這時，路易斯的第二位跟班——同是騎士家族出身的卡爾突然出現在葛拉漢身旁，跟他一樣低頭向愛德華道歉。「我們都是被威芬娜海姆公爵所強逼，而不情願地做出那些事的，所以請原諒我們吧！」

一瞬間，愛德華成為了整條走廊的目光集中處。雖然臉上流露著些微驚訝的表情，但這個場面對他來說並不意外。

他大概猜測到會發生這類事件的了，但沒猜到是第一天上學的早晨，更沒猜到他們二人會願意放下尊嚴來道歉，因為他們一直跟隨的路易斯可是成為了公爵，而且跟他一樣是舞者。照道理來說，路易斯的地位仍然比他高。

我早就猜到有人會見風轉舵，但不是這麼快吧……

他在心裡嘆氣，情願二人沒跟他道歉，那麼事情的進展也許會再有趣一點。

「二位先抬頭吧，其實我……」

「啊呀，到底一大早發生了什麼事啊？走廊那麼多人的？」

正當愛德華要說他並不介意時，一把高傲的聲音打斷了他的話。聞言，所有人的目光頓時轉往聲音傳出的位置，在那裡站著一位身穿鮮紅外套，趾高氣揚的少年，以及在他身後，背著一把長劍的褐髮少年。

來了嗎，愛德華在心裡說。

是路易斯和彼得森。

「路易斯大人！」

一見到路易斯，葛拉漢和卡爾立刻走到他身旁，一臉得救了的樣子，再跟以前一樣，以鄙視的眼神看著愛德華，剛才的道歉如變白紙。

這二人見風轉舵的速度真的有夠快的……但這才是他們啊！

愛德華心裡的感情與其說是鄙視，不如說是失望。

「我還在想是誰，原來是愛德華啊。」路易斯充滿自信地走近愛德華：「還安好嗎？起始儀式後已經過了幾天，應該休息夠了吧。」

「嗯，承您貴言。」面對路易斯充滿挑釁的「問候」，愛德華只是處變不驚地回應。「早安，威芬娜海姆公爵，回到久違的學園，不知道還習慣嗎？」

「還可以吧，冬天清晨的空氣果然涼爽，之前一直都不知道。」

「嗯，清晨的空氣一直都很涼爽，可惜只能夠維持到上課之前。不知道威芬娜海姆公爵大人一大清早便前來學院，所為何事？」

聽畢，路易斯立即蹙眉。他聽得出，愛德華剛剛的一句是暗諷他平日到最後一刻才來到學院的壞習慣。

「沒有，只是想特意對同為舞者的同班同學打個招呼而已，」他笑得燦爛，假裝沒事。「順便想告訴他，就算同為舞者，我們二人之間的差距仍舊沒有改變。」

「原來如此，那真是麻煩威芬娜海姆公爵了，但不知道公爵是憑藉什麼根據說我們二人之間的差距仍跟以前一樣呢？」

換著是以前，愛德華一定會息事寧人，在這裡打個圓場便算；但今天他卻採取不同的態度，似乎是有所計畫。

「哼，看平時的表現就知道吧。成績一直是我最高，你只是位處中遊；我們在劍術課上的對決，每次都是我勝出的喔？難道你忘記了？」

說完，路易斯神氣地望向四周，彼得森、葛拉漢和卡爾三人頓時大力點頭。

「即是說，威芬娜海姆公爵認為『八劍之祭』跟劍術課是一樣的？劍術課不過是課堂，只教授基本中的基本，做個樣子而已，但『八劍之祭』可是強者之間的真正決鬥，以性命和實力來斷定強弱，可不是做個樣子和依靠虛榮便能輕易取勝的。」

「你……只是成為了伯爵，別以為自己很了不起！」

愛德華一句刺中路易斯的痛處，一語道出他平時所幹的事。憤怒的他把愛德華逼到牆上，再揪住他的衣領大吼。

「雖然在頭銜上，公爵的確比我厲害，但別忘記我們都是舞者，根據祭典的規矩，我們的地位是同等的，沒有誰高誰低的分別。」

縱使在這種情況，愛德華仍舊處變不驚，冷靜、有禮、平穩地把話說出，彷彿早就知道該如何應對這種場面，又或一早已預計到有這種場面發生。

「在『八劍之祭』中決定誰高誰低的，就是對決的結果，不是嗎？」他問。

「你……」咬緊牙關的路易斯再用力揪著愛德華的衣領後，過了幾秒，他似乎想到甚麼，呼了一口氣後，鬆開了雙手。「正如你所說，既然我們都是舞者，那麼就讓我們以自古以來制定的神聖規矩進行對決，讓我來告訴你我們之間的真正差距！」

說完，他從彼得森手上接過其一直背著的「神龍王焰」，並從劍鞘裡拔出劍，令劍身的火焰光芒照亮昏暗的走廊。緋紅色的護手和劍身之間有一個酡紅的龍頭雕刻，上面的眼珠像在狠狠注視四周，散發出令人震懾的威嚴。波浪型的劍身從龍頭雕刻的口中伸延出來，橙黃的中部兩邊有火紅色的幼邊，令整個劍身看上去就像龍在噴火一樣。

不愧是齊格飛的家傳劍，把家族為龍族後人的身分表露無違。

「我，路易斯・基巴特・J.・齊格飛，以此劍和家族榮譽起誓，向愛德華・基斯杜化・雷文提出挑戰，於本日下午，路特維亞學院的大禮堂裡，依照『八劍之祭』的規則，進行堂堂正正的決鬥！」

果然來了嗎，愛德華在心中暗暗微笑。他整理好衣領後，便挺直身子，鏗鏘有力地說：「我，愛德華・基斯杜化・雷文，願意接受路易斯・基巴特・J.・齊格飛，威芬娜海姆公爵的挑戰，根據『八劍之祭』的規則，以劍與之決鬥。」

整條走廊頓時鴉雀無聲，二人的宣言令走廊充斥嚴肅的氣氛，大家都被這個突如其來的發展嚇著了。學院裡同時有兩位舞者已經算了，這兩位舞者竟然是欺凌和被欺凌的對象也算了，二人竟然在然祭典後第一天上學便要決鬥？

嚴肅的氣氛沉重得令很多人都不敢呼吸。

「哼，就這樣說定了。先讓我說一句，這世上沒有『神龍王焰』贏不到的對手！」

宣言過後，路易斯充滿自信地說，明顯是想表示「你一定會落敗的」。

「先看看吧，對決不只是依靠劍的力量的。」

愛德華仍是一樣，在平靜的話中藏刺。

「切！」

不滿意地以一聲發洩後，路易斯便拂袖而去，跟彼得森三人消失在走廊的盡頭。

待他離去後，走廊上的人立刻鬆一口氣，同時開始滔滔不絕討論著剛才發生的事。身為討論中心之一的愛德華什麼也沒說，只是往走廊的另一邊走去，如同什麼事都沒發生過一樣。

這麼容易便被挑釁得提出決鬥，這傢伙真的是有夠易懂的。

一邊走，愛德華一邊在心中微笑。剛才他的態度是故意的，除了想試探路易斯的反應，也是想引誘他提出決鬥。

雖然有考量過路易斯在上學第一天便提出決鬥的可能性，但愛德華本來以為要數天才能令他自動提出決鬥挑戰。因此現在他覺得十分舒暢，皆因事情完全依著自己所想的進行。

不過，走了一會，他的臉色便沉了下來，依偎在牆邊，開始低頭沉思。

雖然事情是依照我的計畫進行，不過，面對齊格飛的家傳劍「神龍王焔」，真的要思考一些對應方法……

沒過幾秒，他似乎是想到什麼，立刻抬頭，快速步離學院的走廊。

6

下午的路特維亞學院的大禮堂，罕有地聚集了很多人。

本來有一個班級需要在這個時候於禮堂上劍術課的，但臨時被取消了——就算不取消，或者更改上課地點，大概也會因為大部分學生蹺課而被逼取消。整間學院，上至院長，下至校工，都來到這間主要以木製成，以數條巨大木柱支撐，接近六米高的空曠禮堂，等候觀看一場精彩對決。

眾人都坐在禮堂的露臺席上，從四方八面注視站在禮堂中央，本次對決的兩位主角——愛德華和路易斯。

「他們二人竟然是舞者……真不明白到底神在想些什麼。」

露臺席上，一位男生低頭小聲地說。留有一頭栗色短髮的他雖然相貌不差，但打扮平凡，好像是特意令自己變得不顯眼。

「你也是這樣想啊。我敢打睹，就連他們二人也有這個疑問。」這時，旁邊另一位素未謀面的年長男生插口，他的外貌成熟，應該是高年級的學長。

「學院的兩大死對頭，竟然成為擁有同等地位的對手，我覺得神一定是故意的。」

「唉……」

栗髮男生聽畢，頓時嘆了一口氣，並想起二人上課時發生過的衝突。他是二人的同班同學，雖然不喜歡路易斯的所作所為，但知道站在愛德華一邊的話一定不會有好日子過。不喜歡牽涉麻煩事的他一想到衝突以後有可能會升級，便開始頭痛。

我只想平靜地過校園生活，畢業後再繼承家業而已……不要再增添煩人的事好嗎，他想。

相信班上大部分人的想法跟他沒有太大的出入。

「咦？你好像是跟他們同班的對吧？那麼今早宣戰過後，在課堂期間有發生什麼事嗎？火藥味應該很重吧。」學長好奇地問。

「那又不是，愛德華整個早上都沒來上課，就只有路易斯一人來了。」

「那個愛德華竟然會蹺課，我還以為蹺課的一定是路易斯。」

他不時蹺課，用得著找這個藉口嗎？栗髮男生在心裡不禁反駁。

而在禮堂中央，愛德華和路易斯正各站一邊，提著劍互望對方。

「你今早幹什麼一直不見人？是宣戰之後開始怕了嗎？」路易斯一臉自信地指著愛德華問，聲音大得都在禮堂裡迴響了。

「我要去哪裡是我的自由吧，反倒是威芬娜海姆公爵，您為什麼這麼關心我的行蹤？」愛德華的言語間流露出堅定的自信。

「你……我只是擔心你會臨陣脫逃而已！還有你身後的少女，到底是什麼一回事？」路易斯見這樣沒法動搖愛德華，便急忙把話題轉到他身後的諾娃身上。「她到底是誰？學院應該有說不能讓外人進來的吧，而且還是個女生！」

語畢，全場眾人都把目光放在諾娃身上，並開始議論紛紛。

「她是我的劍的劍鞘。」愛德華冷靜地回答。

「這個我在起始儀式上聽過……但人怎能當劍鞘？一定是你編造出來的吧。說，她到底是什麼人！」

「正如皇帝和祭司所確認的，她正是我的配劍『虛空』的劍鞘。世上無奇不有，威芬娜海姆公爵，既然我國擁有龍族後人和精靈，那麼人型劍鞘的存在也不足為奇吧。為何要如此大驚小怪呢？如果覺得人型劍鞘的概念太難理解的話，便請把這位女士當作我的副手，不就行嗎？」

愛德華的一席話令路易斯語塞，沒法駁斥。而看著站在身後的諾娃，他想起幾小時前發生的事……

⚔

果然，需要諾娃離開房間的情況出現了。

宣戰過後，愛德華沒去上課，而是急步回到宿舍。因為他要找諾娃，以取得「虛空」。

「虛空」是單手劍，面對長達兩米的雙手劍「神龍王焰」，很難取得優勢，那麼我要……

不對不對，現在先要想取劍的事，沒有劍，戰術再好也沒用！

劍的話可以在房間裡取出，那麼就沒有人看得到「那個」取劍動作，但我應該讓諾娃出現在決鬥場上嗎？如果在房間把劍取出了，那麼把她留在房間也不會有什麼麻煩。

但是路易斯在起始儀式上已經見過她，已經知道她是「虛空」的劍鞘。

雖然以路易斯的思考能力來推算，他應該還未理解到為什麼她是劍鞘，或者索性把整件事都忘記了，但還是小心為上比較好。

如果他問起她的行蹤的話，我應該怎樣回答他……

愛德華的腳步與思考速度互相加乘——想得快，便走得快，走得快，令思考運轉更快。就在這個循環當中，他不知不覺轉進一條無人的走廊，還不經意地狠狠撞倒迎面而來的人。

「諾娃？你怎會在這裡的？」

愛德華聽到在學院不會聽到的女生尖叫後才回過神來，驚覺穿著那件裁縫送的新裙的諾娃，正狼狽地跌坐在自己身前的地上。

「我不是叫你不要離開房間的嗎？桌上的泡芙和馬卡龍應該夠吃三天的啊——」

說完，他才發現自己把重點放錯了。

諾娃一臉不安，似乎不是因為貪玩或肚子餓而偷走的：「我感覺到有異樣，所以便決定來找你。」

難道是她感應到我即將和路易斯對決？心裡的不安經由契約傳達給她了嗎？愛德華聽後一臉疑惑。

不會吧，應該是單純的直覺而已。

但怎樣說也好，她已經出來了，現在二人一起回房間的話有機會被什麼人看到，不如就直接把她帶到禮堂去，當我的決鬥副手吧。瞬間在心中下了決定的愛德華四處張望，確認四周無人後，再把諾娃拉進走廊旁邊的一間無人房間。

「做、做什麼？」

突然被人撞倒，還未回神便被對方拉進一間幽暗房間的牆邊，還被定睛注視著，本來已經有點不安的諾娃心裡在這一刻添上害怕。

「正如你感應到的一樣，我在下午便要跟那個路易斯決鬥了，所以要取出『虛空』，時間無多。」愛德華一本正經地望著諾娃說。

「嗯，果然是這樣啊。你突然把我拉進這間只有一絲陽光透進的古舊房間，還把我壓在牆上，我還以為要做什麼呢，」聽畢，諾娃放鬆了。「不過，你的態度改變了不少呢，之前每次取劍時都一臉不願意，今次卻這麼主動，是那個嗎……習慣了？」

諾娃的語氣不像是挑逗，而是單純的有話直說。

「你……你想到哪裡去啊？我只是覺得不能在大庭廣眾下做『那種事』，才把你拉進來而已。而且問題應該在於你的取劍方法吧！普普通通的話根本不用這麼鬼祟吧！還有那種事怎會習慣到啊？」

剛才還一臉嚴肅的愛德華因為諾娃的一句而臉紅起來。他把頭別過去，假裝沒事，但突然變得激動的語氣已經出賣他。

「跟我說有什麼用，又不是我想出來的。」諾娃低頭無辜地說。

「唉……總之快點吧，時間真的無多了！」

⚔

從回想返回現實，愛德華看著諾娃手上的「虛空」，心裡暗暗下決定，一定要找個不用接吻也能把劍取出的方法。

「既然她是你的副手，那麼就請她公平公正地見證我們二人之間的決鬥吧！」

決鬥雙方一般都會委任一位副手，由他們決定一處決鬥場所，同時負責檢查雙方的武器是大致等同，但這次因為路易斯已經衝動地決定了決鬥場所，所以就不需要副手來決定地方了。

「現在將會開始路易斯・基巴特・J.・齊格飛，威芬娜海姆公爵和愛德華・基斯杜化・雷文，雷文伯爵的決鬥。本次決鬥將會跟隨『八劍之祭』的規則進行，而決鬥將會在一方受重傷或任何理由而無法繼續戰鬥時終止。」

站在二人中間，同時也是二人的劍術課老師撒拉丁先生，以其雄渾的聲線向二人宣讀決鬥的規矩。

「我作為二人所委託的見證者，有著見證決鬥結果的義務。決鬥期間必須堂堂正正，不得有背刺、朝對手扔劍等舉動。現在請決鬥雙方拿起您們的劍，在我發信號後開始決鬥。」

說完，二人依照指示，從各自的副手手上取過自己的劍。

路易斯一臉神氣地從彼得森手上取過跟其名字一樣，如火一樣擁有威嚴的「神龍王焰」，把如同火焰般的波浪型劍刃的巨劍從劍鞘拔出，再把鑲有寶石的劍鞘交回他手上。整個動作瀟灑非常，看來他對這次決鬥的勝利志在必得。

愛德華沒有理會四周的驚呼和歡呼聲，安靜地從諾娃手上取走漆黑如夜的「虛空」。諾娃抿緊嘴唇，低著頭。

「沒事的，」他把手疊在諾娃手上，輕聲說：「我絕對不會輸，尤其那個人。你在一旁看著就好。」

「……嗯。」

雖然口上是這樣說，其實愛德華心中並不明白為何諾娃要如此擔心。要戰鬥、受傷的是自己；況且二人相識的時間不長，只有兩星期，她用得著為自己擔心到這個地步嗎？

他想起諾娃的擔憂表情，從今早遇見她之後就一直維持到現在，沒有改變。

但有人願意為自己擔心，也是值得高興的事。

算是安定了諾娃的心情後，他取過劍並轉身，擺好起手式，冷眼看著路易斯，讓心靜下來——但一看到路易斯的起手式，他差點忍不住笑了出來。

怎樣看都應該是焰型雙手大劍的「神龍王焰」，正被路易斯以單手握著。

「哼，想投降就趁現在吧，之後被我打到重傷就不要發怨言啊！」

路易斯的臉上雖然滴落幾顆汗珠，握劍的手也在微微顫抖，但他似乎沒發覺自己的握劍方式出了問題。

這傢伙為什麼連這些簡單的事都能搞錯的啊……真的笨得可以，弄得一直在提防的我都變傻瓜了。

但能夠單手提著這麼重的劍這麼久而未有察覺問題，臂力實在不能小看，還是小心為上。

愛德華努力令自己冷靜下來，並提醒自己不要輕敵。

「啪」一聲，宣告了決鬥的開始。掌聲一落下，路易斯立刻飛快衝前，從上而下斬向愛德華，見他避開，再從左下和右下向上抽斬，逼他退到柱前。愛德華一直只有左右側身閃避，被逼到柱前也只是一個滑步竄到路易斯身後，並架劍防禦，沒有攻擊。

見挑釁不果，路易斯決定改變策略。他一個戳刺步上前，刺向愛德華的胸前，但劍在快要得手時被黑劍卸到左邊。金髮少年立刻把劍抽回，再朝愛德華的右側刺去。攻擊同樣被卸開了，但路易斯還未放棄，他抓緊機會，高舉大劍，朝沒有防禦的愛德華頭頂斬去——

後者右手持劍、左手托著劍身，牢牢擋住攻擊。身高差不多的二人爭持得不相上下，正當大家以為這場力氣對決還會持續一陣子時，愛德華稍微側身，朝著對方中門大開的胸前狠狠地踢了一腳，解除了交纏。沒料到有這一著的路易斯登時驚訝得瞪大眼睛，踉蹌十步後才能穩著跌勢。

愛德華沒有浪費自己製造出來的機會，路易斯還未重調姿態，他立刻乘勝追擊，畢直朝他的腰側刺去，還未反應過來的路易斯躲避不及，只能眼白白看著左腰被劍劃破。但痛楚並沒影響金髮少年的判斷，他立刻穩住重心，從左下方往上揮斬——

愛德華急忙把身子向後仰，在千鈞一髮之間避開快要劃到頭和肩的一擊，但仍有數條頭髮被削，額頭也有一條傷痕。正當路易斯以為愛德華會在避開後立刻攻擊，並因此擺起防禦架勢，愛德華卻打了一個後翻筋斗，退回決鬥開始時所站的位置，劍架在腰側，劍尖指向路易斯的顏面，沒有進一步的行動。

「你到底是不是認真打的？左躲右避的……不想打的就直接說！」

見愛德華一直不肯主動攻擊，路易斯發怒了。

愛德華沒有回話，只是繼續防守。

很明顯，他是防範著「神龍王焰」。

黑髮少年大概估計到，以輕巧的單手劍「虛空」面對重型的雙手大劍「神龍王焰」，要做到全身而退並不容易。而「神龍王焰」的最大問題是其劍身的設計，就算路易斯沒有瞄準他的重要部位攻擊，只要被其焰型劍身劃到皮膚，所做成的傷口很容易會大出血。因此愛德華從決鬥開始，就一直採取被動姿態，除了是避免受傷，也是為了看清楚對方的攻擊模式，以制定對策。

同時，他在等一個機會。

見愛德華沒有進攻的意圖，喜歡攻擊的路易斯沒有打算浪費一分一秒。他傾前身子，將劍舉到胸前，一個箭步，刺向愛德華——

但後者似是看穿了他的行動，在大劍的劍尖位置以橫架擋住攻擊，再捲劍把大劍卸到右邊。金髮少年「切」了聲，解除交纏，再從右上斜向下揮斬——

黑髮少年往後一踏，以右手持劍、左手支撐劍身的方式牢牢接住斬擊。攻擊是擋住了，但黑髮少年必須儘快想辦法改變劣勢。

從上而來的重擊總是帶著頗大的殺傷力。速度加上劍的重量所組成的力量，躲避不及的話身體定會被斬出個大傷口，可能會即時死亡。如果兩劍相撞的位置是劍身末端的話那還好說，但現在「虛空」是架在「神龍王焰」的劍身中段，就算用上雙手握劍，或者以左手托著劍身，也不好用力。

他想把劍身滑到對方的劍首，刻有龍頭的位置，以方便彈開攻擊，但面對如火焰一樣的波浪劍邊，把劍向下滑不但會傷及劍身，更有可能在滑落的時候被對方抓著重心轉移的一瞬間，到時候就不用再想什麼反擊了。

火紅的劍身正逐漸壓過來，面對路易斯志在必得的神情，愛德華扣緊牙關，手腕傳來陣陣刺痛，看起來很痛苦，但並無要退縮的決心。正當他深呼吸，準備一口氣反擊時——

突然左手一麻，火紅的光立刻映入眼簾。他已經一躍避開，但還是慢了一秒。鮮紅的劍尖狠狠劃破他的白色外衣，以及外衣下的襯衣，再重重撞進木製的地面。

「愛德華！」諾娃在背後高呼，但少年完全集中在決鬥裡，聽不到她的呼喊。

「切！」

因為衝擊力而被撞跌到地上的愛德華半跪著，以右手掩著受傷的左肩膀，血紅之色正從劃痕兩邊慢慢滲出，雖然看起來不算嚴重，但應該挺痛的。

「呼……呼……」

路易斯似乎開始感到疲憊了。他滿頭大汗，大口大口地喘著氣，但當他把插在地上的劍拔起時，一陣刺痛從手上快速傳到肩膀，令他不自覺縮起手，要另一隻手的協助才能把劍拔出。把劍擺在身前的他單眼閉著，滿臉全是汗水。

——機會來了。

愛德華留意到那一瞬間的縮手，以及路易斯右手腕上的紅腫，心裡覺得肩膀總算傷得有價值。他不讓機會走漏，強忍著肩膀的痛楚，快速衝前攻向他的中門。路易斯雖然已改用雙手握劍，但體力流失和右手腕的刺痛影響了他的反應速度，遲了足足一秒，才架著快要斬到眼前的漆黑劍光。不同於剛才，這次愛德華抓準了用力點，他一使力，便把仍未擺好架勢的路易斯給推後。

路易斯以為愛德華會像剛才一樣，在攻擊後採取被動狀態，怎料不然。愛德華一反決鬥開始時的被動，開始主動攻擊。先是胸前，接著是腰側，接連使出前刺和斬擊，金髮少年一時反應追不上，兩邊肩膀、腰部都被劃傷，鮮紅的外衣開始滲出不一樣的紅色。他反擊了數回，但力道和速度都不再像決鬥開始時一樣快，攻擊全都被愛德華擋住了。

「嗄！」

路易斯好不容易才抓著連擊間的空檔，從左下揮出一劍，這才令愛德華後退。

心知剩下的體力不多，而對方肩膀的傷似乎也開始成為負擔，路易斯知道時機不能再錯過。他沒有給自己休息的時間，一個箭步衝前，雙手提劍，瞄準愛德華的頸項，從右上向下斜斬——

「啊！」

偏偏就在這時，手腕傳來針刺般的劇痛，令本來筆直的劍路出現了誤差。這一秒的空隙為已經蹲下身子的愛德華帶來絕好的機會。防禦姿態一反變成攻擊，漆黑的劍尖快要插進路易斯的胸口——

「我才不會讓你就此勝出！」

就在千鈞一髮之間，路易斯先逆時針轉一個圈，避開從左方攻來的黑劍後，再無視手腕的刺痛，高舉大劍，欲要斬向愛德華的頭蓋。就在此時，如火焰一樣的劍身竟冒出了火苗。火苗一下子變成了火焰，眨眼從劍身末端擴散至劍尖，還有繼續擴散的跡象。

「這、這是什麼……」

面對突如其來的情景，路易斯完全抓不著頭腦，止住了攻擊的腳步，還開始害怕；相反，為了避開斬擊而往左方打了個跟斗的愛德華在著地後看到此景時大吃一驚，但並不是因為不能理解因由，而是預計不到這事會在此時此刻發生。

切，這個時候才來這招嗎！

他打聽過，齊格飛家的家傳寶劍的恐怖之處除了在於它的重量和劍身外型，還有一點，就是只有擁有齊格飛家血統的人才能做到的能力——能夠令火焰在劍身上具現化並加以使用。而且據說那些不是普通的火焰，而是比火更為熾熱的龍火。

他從決鬥開始，便一直擔心路易斯會使出這個技能。但就現在看來，就連路易斯自己也不知道這個能力，更不要說控制了。

「嗄——！」

心知道時間不多，路易斯把剩餘的所有力氣都從身上擠出來，向著愛德華的頭顱斬去。當眾人覺得愛德華只能全力躲避，但出乎意料之外，黑髮少年居然全力往地面一蹬，一個箭步主動接住火劍的攻擊。包圍著波浪劍身、跟火柱已經沒兩樣的熊熊烈火就在一瞬間消失得無影無蹤。

「咦……？」

未等路易斯回過神來，愛德華再踏前一步，一把抓住他的手，搶走巨劍，同時一腳把他踹開到柱邊。當路易斯再次睜開眼睛，映照在眼前的是一道如無底黑洞般恐怖的閃亮黑光。

全場鴉雀無聲，空氣彷彿停止了流動，路易斯更是一口氣也不敢呼，心怕一動，就會被頸項前的劍尖刺穿咽喉。

到底發生了什麼事……「神龍王焔」呢？

他的眼球戰戰兢兢地向左右移動，不一會兒便看到自滿的「神龍王焔」被隨便扔到禮堂的中央。失去火焰的它好像洩了氣一樣，再感覺不到那種震懾人心的威嚴。

「勝負已定，放棄吧。」

聞言，他驚恐地望向上方，俯視著自己的愛德華。

愛德華漆黑的雙瞳如冰一樣冷，彷似一旦反抗，下一秒就會毫不留情地把劍插進他的咽喉。

我……輸掉了嗎？

他的眼神迷茫，還未弄清楚發生了什麼事。

「慢著！」

正當腦袋仍在混亂之時，他聽到彼得森的喝止聲。

「勝負還未分！是你用骯髒的手段才能勝出的，根本不公平！」彼得森張開雙臂擋在路易斯身前，語氣雖然堅定，但能聽得出有些微顫抖。

「那麼願聞其詳，我到底用了什麼『骯髒的手段』？」愛德華的語氣嚴肅，令彼得森下意識後退一步。

「這個……」

「算了，彼得森，」聽過二人的對話，路易斯總算整理好思緒，理解到發生了什麼事。他勉強爬起來，把手托在彼得森的肩膀上。帥氣的金髮已變得凌亂不堪，樣子十分狼狽：「別再說了。」

「但是路易斯大人，這個人……！」

「不要再說了。我們的決鬥是堂堂正正的，釀成這個局面就只能怪我能力不足，他並沒有錯。」

他望著愛德華，無力地說。決鬥開始時的神氣和自信，換成了疲憊和挫敗。

「這次決鬥，是我輸了。」

7

阿娜理的晚上跟早上十分不同，寧靜非常。明明是一國的首都，但除了仍是燈火通明的阿娜理大道，其他小街道上的行人都少得可憐，不說還以為是哪裡的小城市。就在某條無人的街道上，有一男一女正踏上回家之路。他們並肩而行，但步速一點也不合拍。男的把雙手插進衣袋裡，低頭行走如趕路；而女的則停下腳步，抬頭凝視不怎能見到星星的夜空。

「啊，看來今晚要下雪了。」瞧見女生停下來，少年——也就是愛德華也停下，抬頭看著在漆黑中仍是灰色一片的烏雲說：「怪不得氣溫突然變冷。」

雖然灰雲遮蔽著星光，但隱約仍能看見銀白的月光，這令素來喜愛月光的愛德華輕輕微笑了一秒。

在他旁邊，總是跟他形影不離的女生——諾娃聞言，立刻呼了一口氣。果然跟早上不同，呼出的氣都變白煙，慢慢消失在昏暗的橙黃燈光下。

「沒有那件新的外衣，你不會覺得冷嗎？」

諾娃一拉披在肩上的黑色絨毛披風，關心地問。她頭戴灰黑毛帽、手穿厚厚的手套，看起來十分怕冷。

「不要緊，我有這件新的絨毛大衣。」愛德華一指身上新穎的海藍大衣。「幸好還有它，不然只靠父親給我的那件古舊外衣，根本擋不著今晚的寒風。」

說完，他想起那件穿了一天還沒有便要送去修補的美麗外衣，心裡閃過一刻可惜。

今天下午，雖然他在決鬥勝出，但決鬥時兩者的激烈戰鬥令那件黑外衣添上不少傷痕和血跡。一向節儉的他本來打算繼續穿的，但無奈穿著傷痕累累的外衣見人實在有失面子，唯有把黑外衣交給那位著名裁縫，請他幫忙修理和清潔。

但現在他身上穿著的新大衣，並不是那位裁縫給他的，而是同為伯爵家族，也是他的前僱主羅素家族所送的禮物之一。

今天傍晚，跟平常差不多，愛德華跟諾娃一起前往羅素家，繼續當書童。諾娃在之前都不會跟來的，但因為「八劍之祭」已經開始，為免在外出的路上遇上需要「虛空」的突發事件，愛德華覺得還是二人待在一起比較安全，所以讓諾娃跟自己一同去工作，並打算在羅素家時讓她以隱身的方式待在自己身邊。這是他自祭典開始後的第一次工作，起初他以為跟以前不會有分別，怎知當他一到達羅素家家門，去的不是三子湯姆森的房間，而是和未能及時隱藏身影的諾娃一同被總管家恭敬地請到飯廳，跟早在那裡等待的羅素家當主佐治，以及湯姆森一起吃飯。羅素伯爵好像一早已打聽過愛德華的事，沒過問諾娃的身分，把她一同當作上賓看待。

飯局的菜餚十分豐盛，上至作為主菜的深海蒸龍蝦，下至作為甜品的櫻桃酒巧克力蛋糕，選料都十分上乘，美味可口，全都是招呼貴賓才會拿出來的珍藏食材。而根據總管家介紹，所用的櫻桃酒原來有三十年之久，這在安納黎裡可是價值不菲的昂貴高級品。在飯局期間，年紀老邁但精神不錯的佐治表示，因為愛德華跟他的地位已經變得一樣，所以不能再委屈他當書童，飯局是為了道歉而設的，而為了感謝愛德華一直以來的努力，佐治把一筆可觀的金錢，以及幾套特意訂造的衣服送給他和諾娃，希望他多多包涵之前工作期間所發生的小事。

是知道那個被寵壞的兒子對我做過些什麼，怕我會趁機會報復嗎？愛德華想起飯局期間，佐治命令湯姆森跟他道歉的樣子。平日把他當狗看的湯姆森，今天在自己面前竟然抬不起頭來，看到此情此景，愛德華差點要笑出聲來，幸好在最後一刻忍住。

雖然由一開始便沒想過報復，但為了未來著想，他當然欣然接受包括錢在內的所有禮物。始終沒有人知道未來幾個月將會發生什麼事，有錢一定最安全。

「對了，今天的決鬥，為什麼你不殺了路易斯？」

走了一會，諾娃突然停下腳步，轉身問：「當時你已經把那把巨劍扔走，還以劍指著他的頸項。一劍殺了他，不就能減少一個舞者對手嗎？」

她說得輕鬆，但字裡行間流露著凝重的氣氛，但愛德華不以為然，深了口氣，平靜地回答：「當時勝負已定，而且他不在最佳狀態，對這種人下殺手實在有辱我的身分。」

他以為這樣就能完結討論，並繼續行走，怎知諾娃擋住他的去路：「騙人，你從挑釁他的一刻開始，便以殺掉他為前提，我是知道的。而且你根本不在乎自己的名聲，那麼何來『侮辱名聲』的說法？」

「你到底想說些什麼？」

雖然她平時說話直率，但如此一針見向的質問還是第一次。愛德華抬起頭來與她四目相投，語氣變得沉重，有些嚇人。

「你根本不是不屑殺他，」諾娃無懼他的語氣，繼續問下去。無論是她的眼神，或是語氣，就像已看穿他埋藏在重重心思下的真心：「而是不想當眾殺人吧？」

「還是你下不了殺手？」

「是誰！」

正當二人在街道上互相質問之際，一把陌生的聲音插進他們的對話。瞬間警惕起來的愛德華立刻把諾娃推至自己身後，並還顧四周。

「原來這就是傳聞中下落不明的『虛空』啊……不錯不錯。」

話音剛落，一道黑影便徐徐從愛德華身前的木屋頂跳下。「他」的動作輕盈，就算從三層高的小屋跳下，也好像平常跳躍一樣自然。

「你知道『虛空』……到底是誰！」

對方一眼便認出「虛空」，愛德華登時有不祥的預感。他大概猜到眼前人是什麼來頭，只差確實身分而已。身影沒有回答，只是緩緩踏離小屋的影子，到街燈燈光能照到的地方，並徐徐脫下遮蓋面容的闊邊黑帽。

首先吸引愛德華的眼球的，不是對方身上那件及膝的暗紅大衣，也不是腰旁掛著的長劍，而是隨著帽子脫下而隨風散落的緋紅長髮。

就算不自報姓名，憑一頭全國罕有的紅髮，已足夠令愛德華記起她的名字。

被譽為本次祭典的最強優勝候補，全國為之震懾的殺人通緝犯，「薔薇姬」夏絲妲，現在就站在身前，低頭有禮地對他鞠躬。

「晚安，雷文勳爵，有興趣陪小女子在這個冬夜裡打一場嗎？」

第四迴－Vier－

理由－REASON－

1

少年再次在阿娜理某處的路中央停下腳步，抬頭觀看月光。距離上次抬頭才剛過三十分鐘，月光仍是一樣的柔和，但現在的他已經失去欣賞的心情。

他的心有如纏綿的毛線一樣混亂，這種混亂同時為他帶來煩躁。而原因，不是來自形影不離、正站在左邊的黑髮少女，而是站在他右邊，才剛見面，但沒法輕易趕走的紅髮女士。

女士雖然比他矮半個頭，但從身旁四周所散發出來的氣場卻完全勝過他。愛德華努力地說服自己，這不過是因為聽聞過她的強大而產生的錯覺，但很快便失敗了。

因為他確實感覺到，這不是錯覺。

眼前的人實在強大得可怕。

剛才他在回家的路上，突然遇上這位擁有巨大氣場的女士——「薔薇姬」夏絲妲。彷彿一早已經知道愛德華會在那個時間走過那條街道，她埋伏在那裡等候，並向他提出決鬥的要求。愛德華毫不猶疑答應了，但因為小路比較狹窄，打起來不太方便，而且會吵到附近居住的人，因此他和諾娃二人依照夏絲妲的提議，一起移動到首都近郊的一個小區，好讓決鬥不被任何人打擾。

愛德華在行走時一直偷偷留意夏絲妲的身體動作，只見她的呼吸毫不紊亂，步調看起來雖然像散步般輕鬆，但步伐沒有絲毫的多餘，踏出的每一步都很穩實，很難找到破綻。她的雙手看起來像是自由地擺動，但愛德華看得出它們不會擺動得太高，尤其右手，只會在右腰旁，劍的護手兩端之間擺動，很明顯是有所防範，一有異樣便能立刻拔劍。

他也看得出，她不是因為防範著他而有以上動作，這些動作都十分自然，是長期的習慣。能夠把身體動作調整至這個地步，只有強者能夠做到──就連愛德華也只能做到些少而已。

這些事實，令他為不久之後的決鬥更為擔憂。

「對了，你的肩傷怎樣了？」突然，夏絲妲以輕鬆的口吻問，其語氣跟其氣場成了巨大的對比。

「你指的是？」愛德華對於她知道自己有肩傷的事感到驚訝，並提高警覺。

「就是今午跟那個齊格飛小鬼對決時所弄的肩傷啊，」夏絲妲一語道出事實，令愛德華的心一震：「應該還未好吧，還痛嗎？」

其實傷口不算太深，包紮好後已經沒什麼大礙了，但還是有點刺痛──愛德華才不會蠢得如實相告，但似乎無法繼續扮無知。

「你怎樣知道的？」

「不知道呢，不過今天你們的決鬥真的很精彩。雙手大劍對單手劍，明明有那麼大的戰力差距，你還可以反敗為勝，而且還在千鈞一髮之間吸收了齊格飛小鬼的火焰，『虛空』選擇你似乎沒錯。」說完，她望向諾娃，一副「對嗎？」的神情。

可是諾娃沒有給予回應，甚至沒有跟她對視，只是低著頭，不發一言地走著。剛才認真反駁愛德華的她不知道到哪裡去了，現在她的心神很亂，就像早上從房間出來時一樣。

不單是因為從愛德華心靈傳來的不安，更因為夏絲妲所說的話。

正如夏絲妲所說，今午路易斯劍上的火焰之所以會突然消失，是因為「虛空」的能力──能將一切無效化的特性。

「虛空」這把劍的設計原意與其名字一樣，是代表世界創始前的虛無。「萬物生於虛無，會被虛無抵消。」因此無論是劍還是劍鞘，都能將一切無效化——就像萬物接觸到作為其起源的虛無，然後被中和、抵消。所有觸碰到「虛空」的物質，例如視線和魔法，劍的主人和劍鞘都能令它們消失。

這股力量的原理，是劍和劍鞘釋出一種與該物質相反的物質或能量來中和。例如路易斯劍上的火焰，當時「虛空」釋出了一種無形的力量中和了火焰，令它消失——但該力量並不是與火相剋的「水」，而是與其相對的「某種物質」。而兩種力量碰撞之後，釋出了肉眼所看不見的能量，殘留在大氣之中。因此「虛空」的「無效化」並不是「消滅」、「吞噬」，或夏絲妲所說的「吸收」，而是中和。而且「虛空」的力量對無機物是沒有效用的，因此不能靠接觸令劍的一部分消失，或者憑空「中和」人體的一部分。

夏絲妲剛才的語氣就好像知悉「虛空」的一切。身為主人的愛德華，只知道「虛空」的特性，其他的只知道個大概，但眼前這位外表如玫瑰一樣，從頭髮到大衣都是紅色的女士好像知道一切。不只是劍的特性，諾娃總覺得她好像連自己仍未能記起的過去也知得一清二楚。她說的一字一句就像在偷窺她的內心，令諾娃很不舒服。

「你當時在禮堂看著嗎？」

愛德華留意不到諾娃的不安，只專注在夏絲妲的話上。她的說法有如親眼見證過一樣，令他感到不安。

「不知道呢，」她一副輕佻的口吻，令人不能從言語間猜透真相。「只不過，我大概知道你沒有下殺手的原因。」

愛德華決定不再說話，免得被她窺探更多。

安靜走過一段路後，夏絲妲突然在一條石橋上停下來，說已經到了。

愛德華環望四周，發現原來他被帶到一條小河的河畔。河畔兩岸整齊地排著兩行褐色小屋，它們外貌一致，經昏暗的街燈照亮，橙色混著褐色，流露出一陣古韻風味。夜深人靜，站在橋上，四周就只有潺潺流水聲，以及呼嘯的冬風聲，絲毫不見人影。

阿娜理只有西面有河流，而且這種整齊一致，不高於三層的褐色磚屋是近二百年前的建築風格，現在已經失傳，只有少數地方仍保留一些個別古屋。到現時為止，全國就只有數條村落仍統一採用這種建築。因此愛德華一看便猜到了，他現正身處阿娜理西北面的一條古村——這裡是安納黎南方唯一保存著這種建築的村落。

夏絲妲沒有說什麼，只是走到橋的末端，右手架在劍柄上，示意就在這裡決鬥。愛德華見狀，也走到橋的另一邊，但當他跟諾娃四目交投的時候，才想起一件重要的事——

他還未找到接吻以外，能把劍取出的方法。

他登時尷尬地看看夏絲妲，又回望諾娃，不知道該怎樣辦。

「啊，那個取劍的方法吧，你覺得介意的話，我轉過身子不看就是了。」未等愛德華開口，夏絲妲就已經察覺到了。「不過好心提醒一句，除了『那個方法』以外，並沒有其他的取劍方法啊。」

看來不但是「虛空」的取出方法，她連愛德華的想法也一清二楚。

雖然心裡不爽，但愛德華並沒有說什麼。待夏絲妲依照承諾轉身後，他立刻快速把劍取出。當女士再次轉身，少年已經把漆黑如夜的劍架在身前，劍尖朝上，劍身扁平處正面朝向對方，諾娃則退到更遠的位置靜觀二人動向。

夏絲妲見愛德華已經準備好，便笑著把「荒野薔薇」從墨綠的劍鞘拔出。劍鞘上沒有盛開的紅玫瑰，只有綠葉和數個尚未成熟的細小花苞；外型看起來跟一般劍鞘無異的墨綠倒三角，在劍被拔出後頃刻變成一條墨綠長藤，隨意躺在夏絲妲身旁的地上，一動也不動。

愛德華有留意到劍鞘的變化，卻沒有在意，全副心神都放在夏絲妲身上。

在這個寒冷的冬夜裡，她身穿一件長度及膝的暗紅絨毛大衣，袖邊和領邊都縫有漆黑羊毛。跟起始儀式上時的她不同，今天的夏絲妲並沒有穿裙子，取而代之的是一條黑色長褲，以及一雙後跟約一吋高的短靴，明顯是為了方便活動和打鬥——裙子就算怎樣設計也沒有長褲來得方便活動；而在安納黎，把雙腳裸露於空氣中可是低俗的行為。這樣的她以左手握劍，劍尖向地，中門大開，面容輕鬆，掛著一副微笑，似乎不怎樣緊張，跟眉頭緊皺的愛德華成了很大的對比。

是左撇子？愛德華心裡疑惑。

左撇子的劍士十分稀少，可能一百位劍士裡就只有一人。就算天生是左撇子，很多人都會為了方便戰鬥而練成右手握劍，只有很少人會堅持用左手握劍。

她為何要堅持用這個相對辛苦的握劍方式？愛德華想不明白。

「就算這場決鬥跟那些無聊的貴族決鬥很不同，但我還是根據禮儀，先自報家門吧，」夏絲妲輕鬆地說，好像什麼都不在意似的：「夏絲妲……現在好像是女伯爵對吧，不管了。佩劍名為『荒野薔薇』。」

荒野裡怎會有薔薇？愛德華為止疑惑了一會：「愛德華．基斯杜化．雷文，佩劍名為『虛空』。」

聽畢，夏絲妲露出一副「我就知道」的笑容。

「開始之前能先讓我問一下，為什麼你剛才沒有逃走？」明明已經在身前舉劍，氣氛僵硬到不得了，但她的語氣依舊從容。

「就算是我埋伏你，但不過是邀請你進行決鬥，而不是強逼，你大可以選擇拒絕的啊。」

「我判斷自己逃不掉，」回答的時候，愛德華並沒有放鬆警戒。「就算今日逃得掉，他日你又會找上門，而且我討厭逃避。」

「不錯的判斷，不過如果你剛才選擇拒絕，有可能逃過死神的呼喚啊。」夏絲妲這句的意思很明顯——「你將會敗在我劍下」。

「這些事遲早總會來臨，既然如此，不如儘早面對，免去不必要的煩惱。」

女士聽畢，其笑容露出一絲滿意：「我現在再給你一次機會。離去，還是決鬥？」

她的微笑，加上那把成熟的聲線，就像是威脅，而不是簡單的詢問。

話音落下，四周是一片可怕的死寂。

「正如我剛才所說，我討厭逃避，」過了半晌，打破寧靜的是愛德華：「決鬥吧。」

話音剛落，對方還未來得及答覆，少年已經一個刺步衝前，拉開這場深夜決鬥的序幕。

他大步衝上石橋，把劍拉到腰旁，瞄準夏絲妲的右腰刺去。但快要碰到鮮紅外衣的一角時，響亮的「鏘」一聲響起，黑劍被銀劍輕易架著，再被往上推開。少年接著捲劍向下，刺向她的左腰——

但夏絲妲似乎早就預測到此動作，她敏捷地向右邊一閃避開攻擊，並趁機移到少年身後。

愛德華收回劍後，立刻轉身防禦，二人皆把劍架在身前，劍尖朝向對方顏面，面向對方圍著中心走一個圓，互相警戒。

一輪對峙過後，愛德華一個箭步衝前，從右邊斜斬向夏絲妲。銀劍俐落地擋下這次，以及緊接其後，從右下方而來的抽斬。當愛德華再次從他的右邊斬向夏絲妲時，女士再像之前一樣防禦——

少年在攻擊被擋下的瞬間立刻把劍向上推至銀劍劍尖，再用力把她推開。「鏘」聲緊接金屬磨擦聲，再以另一「鏘」聲作結，整個動作看起來就像是一體的，毫無破綻。被推後的夏絲妲露出一抹微笑後，大步踏前，從防禦改為主動。她重心往前傾，欲從右邊一刀劃過愛德華的前腰，可是後者在銀劍快要劃破其腰側時，及時用「虛空」反手架下其攻勢。

二人現在都不是能夠輕易用力的姿勢。他們幾乎同一時間把劍翻到正手，正當愛德華以為較力戰會繼續時，夏絲妲竟然收起劍，再刺向他的頭。他急忙避開，但臉上還是留下一條劃痕。少年身子向左一傾，黑劍隨即向右揮向夏絲妲——

黑劍在夏絲妲的肩和臉上皆留下一刀。女士收回劍後立刻退後，一笑過後，再斜步上前斬向少年。愛德華也在同一時間往前進攻，二人就朝著雙方的胸前、前腰、腰側、頸項開展了刀光劍影的對決。一攻一守，從橋中央打到橋邊，再由橋邊打回到橋中央，依然未能分出勝負。愛德華從上而下的斬擊被夏絲妲用反手輕易擋下，明明應該不容易用力，但她依然自信滿滿。

下一步應該怎麼辦——嗯？

正當愛德華思索該如何突破這個膠著狀態時，一團黑影突然從他的左邊衝了過來。他立刻把劍收回，解除交纏狀態，並向右迴避，但還是趕不及，大衣的左邊肩膀位置被劃破了。

他用手一摸，只見手上染有鮮血，似是傷口被劃到而裂開了。從血量來看，應該只是輕微劃破，暫時不影響行動。

是什麼……

他心裡疑惑，但眼前能夠有攻擊力的物件除了夏絲妲的銀劍，就只有躺在地上，一動也不動的那條綠藤。見愛德華退後，夏絲妲也退到橋邊，靜心觀察。

不愧是傳聞中的薔薇姬，她真的很強。愛德華在心中暗暗佩服。

他平時喜歡先觀察再攻擊，但面對眼前的強者，為了抓著先機，他決定採取主動，認為先攻可以令自己有更多機會摸清對方的劍路。

相比起外型巨大而且重量差距大的「神龍王焰」，「虛空」和「荒野薔薇」之間無論在劍身形狀和重量上都沒有太大的戰力差距。同樣是單手長劍，兩者所能使出的最大攻擊力在理論上應該不相伯仲，但問題就在劍的主人身上。

愛德華發現作為女性的夏絲妲力氣並不算大，每次交手都感覺不到蠻力的推撞，但她總能準確不偏地抓住最佳用力點，以最小的力氣使出最有效的攻擊。愛德華的攻擊手段也是偏向抓住最佳用力點，再推開對手，以便在下一輪攻勢取得主動權，但經過剛才的交手，他確實理解到對方在這方面比他更優秀。

而在另一邊，夏絲妲也有相似的感想。她對愛德華的劍技之好感到些微驚訝。

重心站得穩，沒有中門大開、隨便暴露弱點等新手劍士常犯的錯誤。她本來打算以攻擊對方的重心和攻擊期間暴露出來的弱點作為攻擊手段，但對方在積極進攻之餘也有穩固的防守，不容易找到時機對這些目標進行攻擊。

她知道愛德華的出身，稍微調查過他，也觀看過今午的對決，對他的劍技程度有大概的認知，但直到剛才的交手，才切實感受到對方的實力。她佩服對方的冷靜判斷和快速的反應，就算處於不利狀態也能快速挽回，而且從剛才的戰鬥中，她只能知道愛德華傾向以用力點來取得優勢，而他的每個動作都很熟練，因此無法得知哪一點是相對弱的。隱藏得那麼好，在這個年紀是不易做到的，尤其他只是一位學生，而不是職業劍士。

雖然很多地方都做得好，不過就差一件事。

五分鐘，她輕輕一笑。

⚔

距離上一回合的中斷才不過一分鐘，一直處於被動的夏絲妲竟然採取主動，飛快地衝向著愛德華，並對其右腰側使出連刺——

愛德華立刻向左閃避，但卻中了夏絲妲的下懷，才一瞬間，他的左上腰和中腰側就多了兩條小劃痕，所幸他在千鈞一髮之間接住緊接而來的胸前刺。他先把她的攻擊卸向左側，再捲劍向上，令銀劍偏離目標，然後解開交纏，以一個追斬逼得夏絲妲退後，趕及挽回劣勢。

但這只是開始。一反剛才的保守策略，夏絲妲在攻擊被擋下後，非但沒有回防，反而更進取地攻擊。她依舊笑著，出手快如閃電，連續對愛德華的腰側、前腰、胸前使出刺、斬等不同招式，後者好不容易才以兩記劃傷作代價，才能重奪主導權。

漆黑長劍快速刺向夏絲妲的左上腰和中腰側，緊接刺向右前腰。正如愛德華預測，首兩發都被對方避開了，這也令她的身子偏右，正中第三刀的攻擊範圍——

就在這時，左肩的傷口突然傳來麻痺的痛覺，握刀的手抖了一下，遲緩了他的攻擊。夏絲妲沒有讓機會走漏，她輕鬆架開失去力度的黑劍攻勢後，刺向少年理應反應變慢的左側——

黑髮少年在千鈞一髮間側身避過，毫髮未傷，到她回過神來，自己的左腰側已被劃下一刀。痛楚和意外令她停下攻勢，單手掩著血淋淋的劃痕。

「哈，好一招演技，連我也被騙到，頭腦不錯啊。」

她說了對決開始以來的第一句話，言語間似帶諷刺的氣味。

「彼此彼此。」

愛德華沒什麼表示，只是繼續架劍防範。

左肩的痛楚不是裝的。打從答應這場決鬥起，愛德華就知道她一定會集中攻擊他的左邊。傷口無法瞬間復原，所以他便想到好好運用這一點，令弱點變成計謀。但有很多不確定因數，包括確實的時機、以及夏絲妲的可騙程度。

喘著氣，望向那個挺深的傷口，他無意自豪，只覺得是湊巧。

——！

突然，他感覺到什麼似的，急忙側頭向右邊躲避，臉頰傳來冰涼的觸感，眼前浮現模糊的墨綠。腦袋還未理清情況，便聽到背後傳來諾娃的尖叫。

這一叫令他分心，回頭察看，同時銀色的劍尖從右斜上方襲來——他及時以橫架的方式勉強接著攻擊，未等他開口，一條藤鞭突然從他的身後出現，回到夏絲妲身邊。少年頃刻明白發生了什麼事。

「明明只是跟我對決，為什麼要傷及旁觀的人！」

剛才映入眼簾的墨綠，就是不久前才攻擊他的那條藤鞭，也就是對決開始前，夏絲妲的劍鞘所變成的綠藤——腦袋總算把線索們都連在一起了。

雖然看不見，但他肯定諾娃是被藤鞭弄傷了，而剛才自己的臉也被藤鞭劃破。

縱使原理不明，但他猜得到對方能夠自由控制藤鞭。先不論在劍的對決中混入藤鞭是否犯規，但攻擊的動機——無論剛才對自己的攻擊的只是佯攻，目的是瞄準諾娃；還是藤鞭是朝著自己攻擊，諾娃的傷只是意外，這兩個解釋他都不能接受。

「攻擊無關人士，不覺得卑鄙嗎？」

說完，他覺得問得有點愚蠢。對方可是全國有名的通緝犯，又不是那些喜歡講求表面禮儀的無聊貴族，會注重什麼是卑鄙不卑鄙嗎。

對決場上只有勝負，沒有卑鄙不卑鄙——他想起小時候從某位血親身上學過的一個教訓。

兩把劍正在互相角力，在交叉的對面，他看到一副從容的笑容。

「兩分鐘。」

話音剛落下，她再使力從上壓開愛德華，本來要斬向左肩的銀劍突然轉了半個圈，襲向少年的右肩——

他急忙側身避開，再從下往上揮劍讓夏絲妲退後。緊接其後，右上、左上、左腰的三連擊，他逼得對方節節後退，但卻未能為她帶來具影響力的傷害，最多只有輕微劃傷而已。但在刀光劍影中，他看到了——女士握劍的手從左變成了右手。

是角力的時候換手的吧，他一瞬間猜到了。

就算換了握劍手，攻擊力道卻絲毫沒有減弱，還因為位置方便了而變得更有利。如閃電般高速襲來的連擊，其帶來的戰慄，加上剛才得知的情報令他產生了恐懼，好不容易搶來的主動權再次被搶去。

竟然可以左右開弓！

——不對，書上有說，課堂有教，左撇子的人通常可以練成左右開弓，我怎會在一開始時忘記這點而不作防範！

慢著，就算她從一開始時是以左手握劍，但並不代表她是因為是左撇子才練成左右開弓，可以是右撇子但又懂得雙手用劍——

這些根本都不重要！重點是她現在能夠雙手使劍，卻隱瞞著這一點，直到現在！

察覺到眼前的強大劍士原來到現在才開始顯示實力，在思考的同時，少年也聚精會神於交手上。縱使他咬緊牙關，努力擋下或是避開只能憑反射神經去應對的高速斬刺，但仍是從石橋中央一路被壓打到橋墩後。

「——！」

心知不妙的少年急忙彎下腰，避開了從左上而來的斬擊，繼而衝進對方的懷裡，彷彿完全感覺不到左肩的痛楚，狠狠使出一記左拳——

女士露出罕見的痛苦之色，少年乘勝追擊，在剛才出拳的地方再使力補上一腳，把她踢回橋上。

——時間無多，要趁這個機會反擊！

他大步追上去，把劍舉至中段，對準對方的前腰——

被踢至背部仰後的夏絲妲見狀，趕忙調整重心，本來朝天的銀劍開始慢慢向下，準備迎擊——

「鏘！」

夏絲妲一早計算好，當兩人的距離拉到最近之時，「荒野薔薇」會剛好進入「虛空」的攻擊路線，打算殺他一個措手不及。怎知愛德華在奔到她身前忽然改變劍路，就在兩劍快要碰到的瞬間把劍拉回其左腰側，再從左邊中腰來個大力揮斬。

動作快如閃電。彷彿使盡全身力氣的斬擊一點即中最佳用力點，傳來可怕的衝擊力，格開了銀劍，令它被高舉在半空——

「虛空」的劍路在狠狠格開「荒野薔薇」後並未終止，它在紅衣劍士的右肩左右的高度突然向下轉彎，畢直刺向她的胸口。

這樣無論她的動作有多快，也一定趕不及防禦——

「啊——！」

伴隨著這次對決中首次發出的凜然吶喊，黑劍的光芒筆直奔向夏絲妲的胸前——

「真是令人敬佩的反擊，但是，對不起呢。」

銀劍仍被高舉著，她還是掛著那副令人恐懼的笑容，溫柔的聲音在此刻有如惡魔的細語。

「時間到了。」

2

「時間到了。」

此句隨著夏絲妲的微笑一同被說出時，快如閃電的漆黑劍光在她的胸前停了下來。劍尖碰到大衣的絨毛後，就像被石化了般，絲毫沒法再往前移動。

咦？為什……

劍的主人未及反應，忽然有一道強烈的麻痺感從其雙手傳至全身。黑劍頃刻從手上滑落，整個人也因麻痺而動彈不得，跌坐到磚製路面上。

「——！」

與此同時，左肩的傷口傳來撕裂的痛楚。這種痛楚轉瞬蔓延至全身，與麻痺感混合，少年冷汗直流，覺得自己的體內像是有什麼在翻滾似的，十分痛苦。

不知道是上天故意開玩笑，或是偶然，一片又一片的雪花這時緩緩從天上飄落，落到二人之間。純潔的雪花，一黑一紅的對峙，形成一種充滿諷刺的對比。愛德華強忍快要把身體撕裂的痛楚，咬著嘴唇，抬頭質問俯視自己的女士：

「是……那條藤鞭幹的好事嗎？」

女士只是輕輕一笑，手一揮，墨綠的藤鞭立刻從不遠處竄到兩人之間，並圍繞銀劍的劍身飄浮。藤鞭上的花蕾慢慢變得成熟，並綻放，從劍柄到劍尖，近十朵大小不一的深紅玫瑰就在雪下展開它們婀娜的身姿。

如鮮血般豔麗的玫瑰，與四周單調的景色、以及緩緩飄落的白雪產生強烈的對比。在冬夜盛放的紅玫瑰好不美麗，但在愛德華眼中，它們就如同宣告絕望的號角。

「嗯，你猜得挺快的。」她的一貫微笑肯定了愛德華的想法。

她的笑容明明跟之前一樣，但現在看起來就有如惡魔的微笑一樣，恐怖非常。

「這到底是……」

「愛德華！你沒事嗎？」與此同時，察覺到不妙的諾娃也跑了過來，急忙坐下檢查傷勢，再狠狠盯著夏絲妲。「你到底做了什麼？」

她的語氣嚇人，就好像決心要從對方的嘴巴擠出話一樣，跟平時那個可愛的少女判若兩人。

「就下毒啊，」面對她的可怕態度，薔薇姬卻是一臉從容。「是這把劍的能力。」

「但那條藤鞭不是這把劍的劍鞘嗎？怎會有毒……」未等諾娃出聲，愛德華已在呢喃。

「既然你的『虛空』劍鞘是人型少女，那麼能夠變成藤鞭的有毒劍鞘會有什麼奇怪？」紅髮劍士聽到愛德華的呢喃，立刻反問。

真的不會奇怪，愛德華不禁同意夏絲妲的邏輯。

一直覺得自己身邊的少女是個特例，卻忘了這個「特例」的概率不會小得只有她一人。

「啊，我讓你猜猜吧，你覺得為什麼這把劍的名字叫『荒野薔薇』？」這時夏絲妲突然問。她把雙手放在背後，中門大開，側望著愛德華，語氣充滿自信。

「就是在荒野盛開的薔薇吧，但荒野裡怎會有薔薇？」

愛德華覺得腦袋越來越沉重，但他仍強忍身體上的不舒適，直盯著夏絲妲，語氣堅定。就算已經處於下風，也不想讓對方覺得有機可乘。

「沒錯，荒野裡本應沒有花的。但如果某天有一朵花在荒野裡盛放，大家都會把它當成希望的象徵，不是嗎？」

「……嗯。」他點頭，人類的確喜歡朝這個方向思考。

「但我卻不太認同。人類只看到好的一面，卻忘記了絕望的另一面。就算那朵花能在荒野盛開，但在沒有營養的荒野裡孑然一身，你覺得它能活多久？結果就是會失去希望，並化為無盡的絕望。」

語畢，她突然俯身挨近愛德華，用銀劍抵著他的頸，在耳邊細語：

「這把劍也一樣。它是一把將人的希望奪走，再轉成絕望的劍。」

聽到這裡，愛德華明白了。

剛才他總覺得夏絲妲的攻勢就好像在引誘他一樣，無論是攻是守，她都好像特意把機會讓給他，讓他覺得自己有機會勝出，然後藉著毒發作出大反擊。

毒發的延遲時間有如希望的倒數……原來如此，是因為她要先讓我覺得有希望，然後就狠狠地把它反轉為絕望嗎？

他在心中不禁斥責自己的愚蠢，竟然輕易中了對方的計謀。

不過正如她所說，現在留給他的選擇大概就只有一個——

在對決的絕望盡頭，就只有死亡。

「不要殺他！」

見夏絲妲快要在主人頸上劃下一刀，諾娃急忙用力推開她，並站起來，雙手橫開，隻身擋住薔薇姬。

「諾娃！」

在身後的愛德華盡力喝止她，但聲音有氣無力。他清楚這位紅衣女士是擋不住的，更何況是手無寸鐵、不諳戰鬥的諾娃，只會是白白送死。

「原來你稱呼她為『諾娃』啊……不錯的命名呢，不過先不管這個，」見諾娃挺身而出，夏絲妲改為用劍指著她，令後者忍不住打了一個冷顫。「你保護他，皆因他是你的主人？」

「我們定了契約，我將會把他帶到勝利之所，他的願望所在之地，所以現在不能讓他死在這裡。」諾娃平淡的回答裡流露著堅定的決心。

「那麼你本人是怎樣想？就只是因為契約的內容而挺身保護他？」

「嗯。」

「冷淡的答案呢。竟然不是因為真心，而是為著契約的義務而行動。」

聽畢，愛德華的心震顫了一下。雖然早就猜到，但親耳聽到時還是會有點衝擊。也對，他在心中嘆氣。我在期待些什麼，不是一早已經知道的麼。自己不相信人，又怎會獲得信任。

「不過手無寸鐵的你，要怎樣保護他呢？」

「誰知道呢？」

諾娃勉強露出自信的笑容，俯身欲撿起掉在愛德華腳旁的「虛空」。

但夏絲妲先下手為強，先把黑劍踢到諾娃觸不及的地方，再把「荒野薔薇」輕輕插進少女的胸口。後者感覺到有數滴溫熱的鮮血在衣服下流淌，但她仍咬著嘴唇，強忍痛楚，一步不移。

「以為我不知道嗎？你是無法使用『虛空』的，更不要說握起它了。劍鞘怎能揮動本應由自己保護的劍。」

語畢，劍輕輕一揮，黑髮少女便隨著劍路被推跌到地上，其胸前有一道頗深的刀痕。她掩著傷口，樣子甚是痛苦。

「要埋怨的話就去埋怨你的創造者，明明創造了人型劍鞘，卻沒有擺脫劍鞘與劍的刻板設定……」

話音未完，薔薇姬好像想起什麼似的，把話打住，並上下打量諾娃，然後露出一副恍然大悟的表情。

「剛才我的藤鞭也傷了你，依照毒發時間，現在你也應該會出現跟少年同樣的中毒症狀……原來如此，『虛空』的中和能力也包括毒的啊，嗯，還有傷口。」

聽見此句，愛德華才記起諾娃的中和能力。無論受到多重的傷，她都能在一定時間後自行復原，所以理論上見到諾娃受傷，是不需要感到憂慮的。

為什麼剛才想不起的呢，不然就不用因為分心而失去主攻優勢了。少年心裡不禁抱怨。

「還有你，」打量完諾娃，順道確認她在短期內不能再阻止她後，夏絲妲便把目光轉回愛德華身上。「出現中毒症狀，加上左肩的傷，隔了這麼久，現在你理應被它的可愛毒素害得死去活來才是的，但你的意識尚存，看來情況未算嚴重。嗯，看來『虛空』的能力也會對其契約者有影響呢。不過……」

說完一堆愛德華不能消化，似是自言自語的話後，她再次把劍指向他的胸口。

「看來並沒有完全中和，毒的效果尚存，只是延遲死期，並不代表不會死喔。」

就算夏絲妲不說，愛德華也大概猜到。

從毒發開始，他就冷汗直冒，身體越來越沉重，呼吸也越變急促。毒的效果，加上傷勢和漸大的雪，令他的身體不停顫抖，頭也越來越重。縱使如此，他仍用盡一切努力擠出氣力以維持意識，才得以撐到現在。

他狠狠瞪著眼前的紅髮劍士——縱使雙眼已經不太能夠聚焦。

「呵呵，」留意到他的堅定眼神，紅髮劍士從心裡笑了出來。「少年，還想跟我打嗎？但以你現在的身體狀況，以及周圍的天氣，命運似乎不會改變喔。」

「無論如何，你仍是敵不過我」——她的一句猶如挑釁，但語畢，她卻利用藤鞭把「虛空」帶到愛德華身前，彷彿在說「如果你不認同，便來攻擊我吧」。

愛德華的腦袋已經不太能轉動，腦海只迴響著剛才夏絲妲的一句話。

——「並不代表不會死喔」。

——死，我會死嗎。

愛德華的身體頓時顫抖。不只是因為寒冷而生的顫抖，更是來自內心的恐懼。

我在害怕嗎，他問自己。

從祭典開始前，不，從收到邀請信的一刻開始，我就不停跟自己說，這是個賭上性命的大賭局，在何時何地結束生命也不足為奇。

今天也如是，從接受決鬥的一刻起，我就有捨命的決心。

但現在，我不甘心。

我的人生，要在這裡完結嗎？

這時，少年的腦海浮現幾星期前，他遇上諾娃後被黑色不明生物追趕時的瀕死記憶。那時候的發抖、襲向內心的恐懼，此刻仍然歷歷在目。

什麼都還未開始，便得結束？

那時的他，現在的他，都問了同一條問題。

何等荒謬！他不禁在心中吶喊。

——但現況無法被改變，理性的他很清楚這一點。

……不，我不應該想現況「能否」被改變，而是「我要改變現狀」！

他在意識中賞了自己兩巴掌，但仍是撇不清心中那股恐懼。

要改變現狀？為什麼？

要活下去？

為什麼我一定要活下去？

為什麼我這麼想活下去？

支撐我到今天的，到底是什麼？

我到底為了什麼……而戰鬥著？

——「世界總是這樣……」

……！

這一問，竟然勾起了茫茫腦海中的某個聲音。他隱約看到一個十歲未到的男孩背影。男孩面對大門，雙手正緊握拳頭，稚嫩的聲音裡充滿憤怒和怨恨。

——「溫柔不能改變什麼，只會失去一切……」

——「果然，那人說得對，強者才能生存，弱者終有一日會被淘汰。只有用盡手段爬到最高的人，才能活下去。」

愛德華的內心，隨著句子的推進，與男孩的怨恨和決心開始同化了。就好像男孩的感情本是出於他自身，現在只是再次回到自己的心靈裡去而已。

——「既然如此……那麼我就要不擇手段爬到頂峰去，在成功之前，我絕不放棄！」

……啊。

男孩這一句話，頃刻撇清了愛德華心中的迷霧，他的內心變得堅定，身體再沒有顫抖。

對，我不會放棄。在心裡，他堅決地說。

所以要活下去。

用盡一切辦法，不擇手段，活下去。

「結果還是只有這種能耐嗎，那麼……」

「嚓」。

當夏絲妲以為呆滯的愛德華失去了戰意，而打算像平時面對其他對手一樣解決他時，異樣的聲音從她的耳邊響起。腦袋還未來得及反應，已看到有數條緋紅髮絲在眼前飄逸，冰冷的觸感也從臉頰傳來，爾後慢慢轉變為溫熱。

然後身體自己動起來了，本來正準備前刺而微微被拿起的銀劍急忙抵住欲取頸項的黑劍，但由於對方的力道比自己預期的大，還是被推後了數步。

女士稍微吃驚的而睜大的紫瞳直視交叉雙劍對面的少年。他滿頭大汗，臉色蒼白，但仍咬緊牙關緊握著黑劍，眼神就像猛獸一樣兇狠。

在少年身後不遠的少女一臉驚呆。事情發展得太快，本來一動不動的主人突然拾起手邊的佩劍，以迅雷不及掩耳的速度揮向夏絲妲的左臉頰，斬斷了她的部分瀏海後，再轉為攻擊她的頸項。

她不能理解，他不是中毒將死了嗎？為什麼還能動？

但在毒發的狀態下進行劇烈運動，她想到的後果只有一個。

與此同時，正在跟愛德華比力氣的夏絲妲露出一副肯定的微笑後，衝前攻向其胸，藉著奔跑的動力把少年推開。後者一時失去平衡，往後踉蹌幾步，但在快要跌倒前以單手穩住跌勢，再大步上前。

不錯的意志力呢，就是得這樣！

紅髮劍士由衷感到滿足，從心底湧上一股興奮的溫熱。果然眼前的少年沒讓她失望。

黑劍從左上、左下、再從右邊揮向左胸的連續攻擊，都被銀劍格開了。這些招式在不久前也有用到，但女士留意到，少年的劍路比之前更快了，而且用力點都拿捏得好。

明明已經中毒不輕，加上傷口，一般人就算想反擊，攻勢也會因為身體狀態和心理狀態而減弱——這是大部分在毒發後仍決定反擊的對手的情況，像愛德華一樣，攻擊力道比毒發前更厲害的屬於少數。

這才是他的真正實力嗎？她心想。

不被表層意識所壓制的，本來實力。

雪下得越來越大，地面越變濕滑，要穩住身子就得花更大的力氣，但二人好似都沒有被環境影響，銀黑兩劍依舊有規律地在雪夜裡發出「鏘」、「鏘」的響亮聲音，互不退讓。愛德華主要集中在中段攻擊，夏絲妲從攻擊裡感受不到武器的重量，每一擊彷彿都是經過仔細計算似的，不像是失去理性的胡亂攻擊——也許應該說是潛意識仍維持著計算和思考。交手約二十回後，她為了躲避而退後，中止了這段交纏。

「就算你能夠活到現在，但劇烈運動會令毒素更快擴散至全身喔。」

紅髮女士充滿自信地說，但跟之前不同，此刻她的語氣多了一分活力，似是越來越投入和享受這一場對決。

正如她所說，愛德華開始體力不支。見夏絲妲避開，他剎停了腳步，以黑劍支撐著半彎的身體，大口地喘著氣。見此機會，夏絲妲把劍提到耳側，筆直往前刺。感覺到殺氣的愛德華立刻拔起黑劍，在千鈞一髮之間從下大力格開銀劍。但這一舉並未有解除危機，銀劍再次從上襲來，這次筆直揮向頭——

他沒有移步，上半身輕輕後仰並往右轉，銀劍劍尖只能削到數條髮絲。緊接右手一揮，紅衣劍士的小腿就此多了一條深長的刀痕。接著黑劍快速從下反手往上揮，狠狠地把銀劍反彈回去。

少年抓緊時機把身子轉正，瞄准女士的胸口刺去——

銀劍被狠狠推高，人也因為反擊的力道而稍微傾後，加上兩人之間可說是毫無距離，無論怎樣快，夏絲妲也來不及防禦——

但就在黑劍快要刺穿紅衣的胸口時，劍路竟然慢了下來。縱使只是閃電的一瞬間，但夏絲妲留意到了，她急忙單手觸地，打了一個後翻斗，退後防守。

剛才，他在猶疑嗎？

她疑惑著，身心仍殘留著先前那生死一瞬間所帶來的驚慄。

明明就能取我性命，但卻在這個關鍵時刻猶豫？

這個問題頓時勾起了她今午在路特維亞學院看到，愛德華和路易斯對決時的一個瞬間，以及不久之前她在阿娜理大街叫住他時，所問的那一條問題。

——「還是你下不了殺手？」

呵呵，她在心中笑了起來：就算已接近死亡，意識仍舊尚存啊。

剛才的驚慄猶如催化劑，更為激發了她的興趣和戰意。二人再次同時進攻，互相攻向對方的頭、胸、腰等部位。不過數秒，雙劍再次在夜空中相撞——

夏絲妲把劍橫架在胸前，擋住了愛德華從上而下的筆直斬擊。

「到底是什麼促使你走到今天，你想藉著祭典達成的願望是什麼？」

她想知道到底是什麼支撐愛德華走到現在。

她一邊防守，一邊問，但沒有得到回答。

愛德華無視自己已剩下不多的體力，欲強行推開夏絲妲。與其說無視，也許應該說是他留意不到體力和身體狀況，因為意識已經所剩無幾。現在的他腦海一片空白，只知道一定要贏。

——贏，就能活下去。

就是這一句話，驅使著他的身體超越極限似的活動至今。

見形勢不利，在黑劍快要壓到胸口時，夏絲妲先是以左手抵住銀劍劍身，用雙手合力把愛德華微微推開，再俐落地把身一轉，以側踢把他踢倒在地。

愛德華痛苦地倒地，並吐出一口血，夏絲妲趁機會衝前，用銀劍抵住愛德華的頸項。

「不過放棄吧，現在的你是做不到的。」

冰冷的劍身與她的白皙皮膚一樣冷如冰，溫柔的細語如寒風一樣令人顫抖。

「不，絕對不會……」

出乎她的意料之外，愛德華竟然回應了。他的語氣十分肯定，眼神依然兇狠堅定。正當銀劍要在他的蒼白皮膚上劃下一刀時，他一拳狠狠把她推開——但就只有兩步之遙，看來他的體力已差不多到極限。

「活下去……」少年利用「虛空」撐起身子，同時咬牙切齒地細語。

「嗯？」

「在到達巔峰之前，我是絕對不會停下的！」

這一句看似普通的宣言，卻令夏絲妲愣住了。

這句話，怎麼好像在哪裡聽過……

不，但這句話，這個場景，實在似曾相識……

乘著怒氣，愛德華衝前，使出更快的攻擊。現時夏絲妲的心思完全不在格劍上，只依靠身體的反射本能跟他爭個不上不下。

到底是哪裡？

她不停地問自己，心裡渴求著答案，快速地在記憶庫裡尋找答案。

——「我呢，在比任何人都要強之前，是不會停下自己的腳步的。」

不意間，腦裡響起一句說話。

模糊的聲音記憶伴隨著下午陽光的溫暖感覺——她的腦海中隱約浮現一道金黃色。

那是一把令人感到溫暖的男聲，但此刻她不能記起聲音誰屬。

——「在變得比任何人都要更強之前，我是絕不會停下的！」

這時，畫面一轉，金黃頓時變成了雪白，除了雪白，她就記得緋紅——跟她的髮色一樣的紅。

仍是同一把男聲，但現在卻由溫和轉為兇惡。發自內心的吶喊，就像戰士的誓言一樣堅決。

從紅的角度看過去，她看到一個身影。她對那個高俏的身影沒有什麼印象，但當一抹金黃掃過眼前，便她立刻記起了。

——「我呢，在比任何人都要強之前，是不會停下自己的腳步的。」

——「在變得比任何人都要更強之前，我是絕對不會停下的！」

那個聲音頓刻變得無比熟悉。這兩句話不停在她的耳邊縈迴，成為了扳機，激發更多的記憶，同時第二段記憶也越變清晰。

她記得，這兩句話都是同一人所說的，而第二句，就是在某場和她的對決，陷於情勢不利時所說的——跟剛剛愛德華的情況十分相似。

那一頭如下午陽光的金髮……這輩子都不曾忘記，也不會忘記的身影……

是那傢伙嗎？是那傢伙嗎！

她下意識握緊劍柄，在心裡，開始有什麼要湧出來。

——「在變得比任何人都要更強之前，我是絕不會停下的！」

「嗄——！」

伴隨著充滿憤怒的喊叫，夏絲妲大力從左下揮開欲從上段斬向自己的黑劍。未等少年反應過來，銀劍飛快地刺穿愛德華的左腰側。

夏絲妲並沒有停下來，她立刻衝前，從中段使出氣勢凌厲的橫斬，幸好愛德華趕及反應，才不致於受傷，但不過兩秒，就因支持不住而被推後。
夏絲妲的眼神變了，不再是從容自信，而是冷酷認真；她看不到黑髮，黑髮在她眼中變成了金髮。
愛德華好不容易站起來，這時夏絲妲的左手一揮，本來不知所蹤的藤鞭突然從她身後竄出，像長矛一樣在他的右腰刺穿一個洞。
「啊！」
少年的微弱痛叫和少女的高聲驚呼重疊在一起。
但藤鞭並未就此停下。刺穿右腰後，它飛快纏上愛德華的右肩，再牢牢綁著他整隻手臂。刺進皮膚的藤鞭尖刺所帶來的疼痛痛入心扉，令他動彈不得，只能任由藤鞭攀附到手掌，「虛空」也就從手上滑落。
與此同時，夏絲妲筆直一個衝刺，劍尖直指他的胸口——
「停手啊！」
諾娃聲嘶力竭的一聲呼叫，令夏絲妲停下手來。
銀劍抵著愛德華的胸口前方，劍尖剛好碰著深藍大衣，如果諾娃喊遲了半秒，也許劍早就已經插進身體去了。
到底……我做了些什麼……
一向給人從容印象的夏絲妲這時雙眼睜大看著自己的劍，氣喘吁吁。雪越下越大，一道又一道的白煙不停從她口中呼出，即使大雪個聲音都吸收了，還是能用視覺看見她喘氣的程度。
在劍的另一方，已丟失「虛空」的愛德華站著沒動。他遍體鱗傷，鮮紅的血正不停從腰部和手臂滴落到地上；他單眼半睜著，臉色蒼白得連雪落在臉上時都看不出那裡是雪，那裡是臉。他的呼吸微弱得看不見白煙從嘴裡呼出，不知道是怎樣的意志力支撐著他站著。

舉劍的手仍舊沒動，夏絲妲以眼掃描他的全身，盯著每一條由她做成的傷痕。

為什麼……我會這樣做……

她記得，剛才好像是某一句話刺激到她，令她使出真正實力認真地打，但不是太記得發生了什麼事，只記得心中突然湧出的那股強烈的憤怒。

我明明不是想殺他……

無論是這次對決，還是之前的，她都不是為了殺人而行動。她只是喜歡觀賞人類由希望墮入絕望的瞬間，以及觀察他們從絕望爬起來的反抗。在她刀下的亡魂，都是不能從絕望翻身的失敗者，又或曾經嘗試翻身但敵不過眼前勁敵的勇者。

「荒野薔薇」的毒不能在毒發時立刻置人於死地就是這一動機的具現。她藉由毒發給予人絕望，但仍然留給他們些許機會，就看誰會抓著它，並好好利用。

說實話，從愛德華中毒後仍舊決心反抗的那一刻開始，她就有不殺他的念頭。她看得出，這小子有才幹，而且有趣，放他一條生路，觀察以後的行為也是一種樂趣。

她本來打算問過他的願望後就收手的，但卻變成現在的狀況。

看著自己仍在輕微顫抖的手，她回想起，剛才自己是滿懷殺意去攻擊的。

不是為了給予人絕望，也不是享受著戰勝絕望的人的決心，而是實實在在，滿腦子想著要用盡一切手段擊殺眼前人，要讓他消失。

那種恨意，到底有多少年沒有出現過呢。
這時，她回想起在剛才的對決時，心裡突然浮現的一個身影——那一道金黃色的擁有者。
艾溫。

心裡浮起一個名字。
是啊，是這樣嗎。
好像想通了什麼似的，她嘆了一口氣，再收起劍和藤鞭。銀劍被墨綠藤鞭包圍後，愛德華終於支撐到極限，往後昏倒，幸得諾娃及時跑來接著他，以至頭不會著地。
「愛德華！愛德華！你聽得見我嗎？愛德華！」
愛德華的眼睛微睜著，但瞳孔無光，失去了焦距。從各處傷口流出的血染得地面一片紅，連飄落到血水上的雪花也被染上其鮮血的顏色。幾乎聽不到他的呼吸聲，無論怎樣叫也沒得到回應，諾娃急得快要哭了。
「今天就先放過你，他日有機會再戰吧，少年。」
說完，夏絲妲轉過身，就此打算離去。
就算不殺他，以這樣的身體狀況來看，也不能活太久吧，她心想。
諾娃那一把令人聽得心酸的呼喊從她身後不斷傳來，但過了一會便停了。
果然，是死了吧，夏絲妲心裡一震。

她繼續走，但阻止不了想窺探的欲望，終於在幾步後停下。

就看一眼吧，她這樣說服自己。但當她轉過身子後，卻看到一個意想不到的場景。

……嗯？

她看到那位黑髮女孩，正吻著躺在膝上的男孩。但跟一般的接吻不同，她似乎沒有要放手的意思，就一直吻著他的嘴唇。

是人工呼吸嗎？

……啊，原來是這樣啊。

她聽說過，「虛空」的劍鞘除了有自行痊癒的能力，也能通過某種媒介，治療主人的傷口，但沒想到居然是以接吻的方式進行能力傳遞。

她差點「噗」一聲笑出來。

「你這樣做的話，他會窒息的啊。」

她說，但諾娃似乎聽不見。

雖然是能夠治療主人的傷口，但不知道這種治療方法到底要多久才能把他身上的傷口都治癒，更不要說吸走「荒野薔薇」的毒素了。面對隨時都可能死亡的愛德華，可能還未成功治癒，人就先因為窒息而死了。

看著已剩下一口氣，奄奄一息的愛德華，她想起他剛才說過的那一句話。腦海裡再次浮起那個名叫「艾溫」的金黃身影，和他曾經說過的兩句話。

唉，她想到什麼似的，嘆了一口氣。

「讓開。」

本來決意離開的她突然回頭，在諾娃身旁跪下，從她手中搶過愛德華，並在大衣裡取出一小玻璃瓶，把裡面的紫色滴體倒進他的嘴裡。

「你對他做了些什麼！」

諾娃急忙地問，語氣充滿敵意，似是怕她又下毒。

「解藥，」夏絲妲語帶疲憊，似乎不想作太長的解釋。聽見喝下解藥的愛德華的呼吸聲稍微變粗，雙眼也像是放鬆了般自行閉上後，她便放下心來似的鬆了口氣，隨即取出繃帶，為他的腰部、肩膀和手臂的傷口止血。

俐落地包紮完他的大傷口，順便也包紮好自己身上的傷痕後，夏絲妲脫下自己的大衣，包裹著少年，再雙手抱起他，打算就此離開。

「走吧，你也跟來，『虛空』的少女……是『諾娃』對吧。」

她的語氣如同命令，不許她反抗。

「去哪……裡？」

諾娃的語氣起初仍帶著敵意，但到最後變為疑惑。她已搞不清楚眼前發生的事，不知道該給什麼反應。

「久留也沒有意思。再不走，就算喝了解藥和做了簡單包紮，也會因為寒冷和傷重而死。」她看了看懷中的少年，再對諾娃使了個眼色。「走吧，快點。」

「你到底……」

先前才跟愛德華鬥過你死我活，還差點殺了他，現在竟然一心想救他？

她到底想做什麼？

少女完全搞不明白，眼前這位薔薇姬到底葫蘆裡賣什麼藥。但反正主人現正在對方手上，自己又鬥不過她，如果她真的可以治癒愛德華，那麼自己也會得益……

「快點吧，走！」

暗中決定要靜觀其變後，黑髮少女拾起「虛空」，踏上積滿白雪的石橋，與紅衣女子一同消失在茫茫白雪中。

3

距離夏絲妲和愛德華的決鬥的那一晚，已過了四天。

那一晚，阿娜理下了今年冬天的第一場雪，這場雪一直持續到翌日中午。之後一直都有斷斷續續地下雪，因此到現在，整個首都仍是白茫茫一片。除了下雪，首都的一切如常。小孩在雪地上開心地玩，學生在學院認真地讀書，上班的上班，開店的繼續做生意，幾日前的對決似乎對他們的日常毫無影響。

不少人知道幾天前的下午，舞者之二的愛德華和路易斯進行了一場決鬥，結果是愛德華勝，但路易斯大命尚存。直到今天，仍有不少人把這件事當作茶餘飯後的話題來討論，嘲笑一下齊格飛家的小當主竟然因為敵人的恩德才得以保命，順便猜測愛德華會否是這次祭典的黑馬。

安納黎國民普遍都很關心「八劍之祭」，這一點可以從祭典開始時的慶祝規模略見一斑。對他們來說，「八劍之祭」是為了他們所信奉的神而舉辦的重要祭典，只要安納黎每八十年舉辦一次祭典，祂就會保佑這個國家豐盛平安，不會滅亡。

誰不想生活平安，不希望被戰火牽連呢？

尤其近幾年，安納黎南邊的亞美尼美斯帝國開始壯大，並開始對安納黎的邊境村莊進行侵略，令民眾開始擔憂。同時，安納黎西部對出的大海，本來天氣就已經不穩定的普加利珍海，近年天氣越變反覆，發生了不少船運意外，對依靠船運的這個國家來說是一大憂慮。所以民眾都希望這次祭典能夠順利舉行，那麼神就會繼續保佑他們繁榮安定，因此他們才如此關心祭典的進程。

但關心歸關心，畢竟「八劍之祭」不是大規模的對決，而是八人之間的事，除非有人做出毀壞公物、傷及無辜等會引起公眾注意的事，否則民眾一般都很難受到直接影響，甚至知道他們幹了什麼。他們能做的，就只有當個旁觀者，不時八卦消息，再互相討論。

⚔

而遠在阿娜理東北面的城市「威芬娜海姆」，則是另一景況。

威芬娜海姆是全國最大的郡「威芬娜海姆郡」的郡治，而這個郡是屬於齊格飛家族的領地。距離阿娜理有幾乎五百公里遠的威芬娜海姆，雖然位處阿娜理東北，但因為周遭地理環境和風向等關係，整座城市一點雪也沒有——換來的卻是刺骨的寒風。

在威芬娜海姆的中心豎立著一座高大的城堡，這座建在死火山上的巨大城堡已經有過千年的歷史，一直都是齊格飛家族的城堡。無論從威芬娜海姆的任何角度，都能清楚看到這一座深褐色的宏偉城堡，象徵這個火龍後裔家族的強大權力。

現在不過是早上十時，冬日溫柔但不暖和的陽光緩緩打進城堡的窗戶，照亮花園的綠草，也照亮城堡的每一角落，當中包括某位正揮筆疾書的少年……

「啊！」

突然，一聲痛苦尖叫傳遍城堡裡某一幢大樓的樓梯，打破了美好的寧靜。手持一盆熱水和毛巾的彼得森本來正緩慢地在鋪滿紅色地毯的樓梯上走著，一聽到這道悲叫，便立刻跑到聲音傳出的地方——樓梯旁的大房間。

「路易斯大人！您沒事吧……不是說了還不能握筆嗎？要先等腫退了才行，醫生也是這樣說！」

彼得森急忙把銅盆放在一張角几上，再走到書桌旁關心路易斯。只見路易斯略顯痛苦地握著右手手腕，桌上有一枝被隨意放在一旁的羽毛墨水筆、一條被隨意扔在一旁，已經變涼的毛巾，還有一封剛寫好的書信。

「不是說不能寫的嗎？」

看到那一條毛巾，彼得森就猜到了。剛才是路易斯叫他換過敷料，他才走去換過一盆新的熱水，原來不過是想使開他，趁沒有人監視，偷偷繼續寫那封寫了三天，但還未寫完的信。

「要你管！再不寫完就來不及的了！」

路易斯說的同時大力揮出右手，但這一舉動又動到腫脹如雞蛋的手腕，令他連連叫痛。

「遲幾天再寫也不是個問題，反正對方不是已經答應您了嗎？」

「你懂什麼，再遲幾天，人家就會想為什麼會一直沒有音訊，以為那次提婚不過是小兒戲的玩笑而已！」

路易斯在寫的，正是給溫蒂娜家當主——布倫希爾德的信。自從一星期前在舞會上的求婚後，他倆便沒再見面，更不要說聯絡了。覺得事情不能放著不管的路易斯決定鼓起勇氣，把自己的感情以文字記錄下來，再藉著書信傳遞給她。但礙於對決時因為握劍方法錯誤而做成的腫傷，結果用了三天，直到剛才才把信寫完。

「反正已經過了一星期，再多幾天也沒有分別吧。」

彼得森倒是不明白主人到底在心急些什麼。書信寄出日期早遲事小，勉強用力，導致腫傷一直都未能痊癒那就事大了，搞不好會影響到之後握筆，甚至握劍呢。

「會啊！搞不好溫蒂娜小姐在這一刻就在懷疑我是不是反悔呢！」

但他的主人卻不怎認同。路易斯大聲反駁，看來比起自己的手傷，他更著緊和布倫希爾德的聯絡。

「好的好的，」知道再說下去也沒用，彼得森嘆了一口氣，決定轉換話題：「不過話說，歌蘭大人的氣消了沒有……」

「不是說好了不提這件事的嗎？」一聽到父親的名字，路易斯的身子抖了一下，再斜睨彼得森。

「啊，抱歉。」

「他真是的，幹什麼發那麼大的脾氣……我也知道沒問過他就跟溫蒂娜小姐提婚是不對，但我現在可是公爵啊，是當主啊，就不能自己作主嗎？」

正如路易斯所說，幾天前他被父親歌蘭召回家，並告知父親提婚一事後，歌蘭氣得幾天都沒跟他說過一句話，今早起程回到首都前也沒留下一句話。歌蘭責備他，說這些事不能由他擅自決定，但路易斯就覺得這是他和布倫希爾德之間的事，為什麼得讓身為第三者的歌蘭介入並決定？

「話可不能這樣說，就算您已經接下當主之位，他仍是您的父親，得聽他的話吧。」彼得森的看法卻不同。「但他最後還是同意了，不是好事嗎？」

「嗯，」路易斯的臉容瞬間變得甜蜜。他從桌上取過剛才寫好的信，抱在胸前，一臉陶醉：「不知道溫蒂娜小姐收到這封信時會想什麼呢……」

「但路易斯大人，我總覺得要小心，搞不好歌蘭大人在計畫些什麼……」跟路易斯的甜蜜成反差，彼得森卻一臉擔憂。

「此事何解？」

聽畢，路易斯雙眼睜大看著彼得森，水汪汪的雙瞳裡流露著真誠的疑惑。

「您不是不知道，齊格飛家和溫蒂娜雖然是鄰郡的世交，但一直在土地的問題上存有不和。而且歌蘭大人素來就不喜歡精靈一族，現在竟然允許您跟牠們的女王成婚，這不奇怪嗎？」

正如彼得森所說，屬於火龍後裔的齊格飛家和精靈一族的統治者，被稱為精靈女王的水精靈溫蒂娜家一族雖然是世交，但雙方都清楚這不過是表面關係，在底下有著積聚了多年的不滿。

先說土地問題。精靈們——尤其是火精靈，認為威芬娜海姆郡北部的部分土地本來是屬於牠們的，是來自東方山脈的齊格飛家族侵占了牠們的土地，因此要求交還，但一直沒法成事。

再說關係問題。在大約一千年多前，安納黎還未立國之時，兩大家族就已經坐擁今天所擁有的土地了。溫蒂娜家所管理的精靈王國和齊格飛家的多加貢尼曼王國之間只相隔著一座寧芙米亞山脈。多加貢尼曼王國當時國力強盛，其勢力差點觸及一河之隔的精靈之國，而他們當時又一直想把領土擴展至精靈國土範圍，所以兩國不時有零星的戰爭。直到四百年前康茜緹塔家把兩族領土納入安納黎國土範圍，才暫緩了爭鬥，但兩個家族在口頭上依然有所爭辯。

而且溫蒂娜一家的直傳血脈聽聞就剩下布倫希爾德一人。不邀人入贅，而是把自家最後的血脈嫁給別人，這不奇怪嗎？

再者，就算不提歷史問題，兩家在祭典上一直都是敵人，為了家族的各自夙願而互相敵對，怎會這麼容易便成為同盟呢？

路易斯的父親一定知悉這一切，但仍給予同意，意即他一定有相關計謀；而對方的想法應該不會相差太遠，也就是說，雙方都對這場婚事抱有不同計謀。

彼得森害怕的，是他的主子不知不覺間中了別人的圈套，甚至自己親生父親的背後計畫。

侍候路易斯多年，彼得森也算是認識歌蘭的為人。他總是覺得，這位老人家在其嚴謹的面容下，總是隱藏著無人能看透的想法。路易斯畢竟是舞者，而且是家族的繼承人，他覺得歌蘭大概不會推他去死，但卻害怕他正計畫著一些會傷害到路易斯的計謀。

「沒什麼奇怪的，多了同盟不是一件好事嗎？而且爭鬥過了這麼多年，是時候要畫下句號吧？還有這場婚事成功的話，那就能夠把精靈一族納入我們族裡，他不會覺得高興嗎？別想太多了。」

彼得森十分擔心，但路易斯就只覺得他多疑。

話不能這樣說吧！彼得森對主子的大條思路感到無奈，但知道再跟他解釋也是沒意義——在這一星期內，他已經三番四次叮囑他要提高警覺，但每次路易斯都是同一款態度，有用的話早就已經見效了。

他覺得自己能做的，就是留意主子身邊的所有動靜，盡力提醒和保護他。

「但真正令他氣得火冒三寸的，是決鬥的結果吧。」

「哼，」一被提起這件事，路易斯便惱火了。他放下手上的書信，抱著胸，一臉不滿：「輸了又有什麼辦法？我也沒猜到那個愛德華居然在平時保留實力，早知道就不會受挑釁了！」

在決鬥的第二天，似是收到路易斯在對決敗給愛德華的消息，歌蘭命令路易斯立即休學，回到威芬娜海姆去。一回到家，他便被父親責備了整整一天，說他大大損害了齊格飛家多年來建立的威嚴，竟然敗給一介沒落男爵家的孩子，還要敵人施捨才得苟且偷安。

如果路易斯的手腕不是因為腫傷而不能運動，歌蘭早就命令他去練劍場日以繼夜，夜以繼日地練劍，直到練得能夠打敗愛德華，挽回屈辱為止。不過雖然手不能動，但身體可以，所以路易斯現在每天都要圍繞城堡跑最少五圈——早上五圈，黃昏五圈，而一圈的長度約為一千米。

對於對決一事，彼得森沒打算說什麼。始終他也有錯，如果當時能夠冷靜一點，沒跟主子一同被愛德華挑釁，就不會落得今天的下場了。

「提到愛德華，我兩天前回學院處理休學手續時，在大街聽到有人說在對決的同一晚上，他和那位『薔薇姬』進行了對決，之後下落不明，好像是死了。」

「……咦？你聽誰說的？」

突如其來聽到愛德華的死訊，路易斯一臉驚訝，差點從椅子上彈起來。

「就大街酒館的某位大叔。那天我聽說那個愛德華已經兩天沒上學，便打算在回來前打探一下消息，怎知走到一間酒館前聽到一位大叔說，自己在對決的那一晚經過阿娜理南方的某條村落時，看見一位留有長紅髮的女士和很像愛德華的人在對決。當時他因為害怕而掉頭逃走，之後回頭時發現二人已經失去蹤影，地上則留下一大灘血，從此之後就沒人見過愛德華，所以便猜他是不是被那個『薔薇姬』殺了……試想想，從來沒有人能夠在她的劍下生還啊。」

那時候彼得森聽到後也是十分驚訝。才沒過兩天怎會那麼快死了啊？他之後有明查暗訪，嘗試追尋消息，但遍尋不果。

「薔薇姬」的恐怖程度全國皆知，有不少說法指她殺過的人可能比現時所知道的更多，只是找不到屍首而已。

可能是被殺掉，然後屍首被收到不為人知的地方去了？當時彼得森心裡疑惑，但不太願意相信。

「……啊，是這樣嗎。」

出乎彼得森的意料之外，前一刻還在驚訝的路易斯，在聽完他的一席話後突然變得平靜，似是對消息毫不感到興趣。

「但就只有那位大叔在說，似乎沒有引起討論，就連周圍的人都在問他是不是眼花看錯了，所以可以是誤傳。」

「反正都跟我沒有關係，」這時，路易斯別過頭去，雙手抱頭，彷彿一臉不在意：「那種人，死了不就好嗎？」

口上是這樣說，但彼得森覺得眼前的主子心裡其實並不想他死。

「其實路易斯大人，您為何如此討厭愛德華？」

半晌，為了打破異樣的沉默，彼得森問。

在心底裡，彼得森也不是很喜歡愛德華——畢竟誰會喜歡一個頭腦比自己聰明許多，而自己又無法超越的人，但他知道心裡這股憎恨主要是源自路易斯。因為主子憎惡他，所以身為僕人的他也一同繼承了這股憤怒而已。可是他一直以來都不知道，主子為何會如此憎恨這位出身相對低微，但頭腦聰明的男爵之子。

「從開學第一天見到他開始，便覺得這個人一定不是個好人，之後越發討厭，便這樣。」

路易斯故意抱緊著胸說，注意不到手腕傳來的痛楚，只顧裝出一副毫不在意的樣子。

「恕我敢言，但我覺得您對他的怒火似乎多於表面上的憎恨……」

如果只是討厭愛德華的外表，或者妒忌他的成績表現，那麼只要在見面時諷刺數句，或者玩一些小手段就行了吧，但彼得森覺得，路易斯對愛德華的欺凌行為似乎是想把他趕盡殺絕一樣，要盡全力令他不能活下去。這種憎恨會是源於「看不順眼」這四隻字，如此簡單？

「你懂得些什麼？還不快把信交給郵差，信必需要在今天之內送到溫蒂娜小姐手上，明白了麼？」

似是被問到不該問的，路易斯立刻氣得拿起羽毛筆，飛快地在信封上寫好收信人名字，讓彼得森用火蠟印章封口後，再打發他離去。待確認這位有點囉嗦的僕人身影消失後，路易斯轉過身，仰望窗外的巨樹。光禿禿的黑色樹幹，令他想起那一把閃亮的黑髮。

切，又輸給他了，可惡！

他通過左拳，把心中的憤怒發洩在桌上。手掌的疼痛傳不到去腦袋，腦海浮現出的是在決鬥場時，以劍指著自己頸項，以一副冷酷眼神俯視自己的愛德華。

他還記得，當時全身都感到恐懼，以及挫敗。

我什麼都輸給他，從來都沒有贏過！

他突然想起第一天在學院見到愛德華時的回憶。那是新學期開始的第一天，課堂還未開始，他在走廊上與其他貴族子弟談天時遇上迎面而來、對周遭人事毫不感興趣的愛德華。當時他還未知道愛德華的身分，但到現在仍舊記得，二人四目交投之際，他的心裡就浮出一股莫名的厭惡感。

就好像心靈被窺探般的噁心感覺。

之後親眼見證到愛德華在各方面能力的優秀，令他更討厭愛德華。每次見到他，心裡都有一把無名火在燃燒；他不能容忍這個人比自己更強，一定要用盡方法令他消失。

他用盡各種大小方法，包括羞辱、群起排斥，以及強烈要求老師一定不能讓愛德華得第一等方法試圖擊潰這個眼中釘。可是每一次耍手段後，看到愛德華毫不動搖的背影，那種被窺探的噁心感覺又會襲來，而且一次比一次強。他認為要除去這些令人煩躁的感覺，唯一的方法是要逼使愛德華完全屈服。

見到愛德華後來毫不反抗，路易斯還以為自己已經贏了，但直到上星期才切身體會到事實——原來一切都沒有變。

那一對冰冷的眼神彷彿在告訴他，自己仍是三年前在走廊遇上愛德華的無知少年。愛德華仍舊比他強，差距甚至比三年前更大，只是自己原地踏步，而不自知。

他不願承認，所以要除去這個眼中釘，怎知現在卻被告知他已經死了？沒可能，那個愛德華沒可能這麼簡單便死的。

路易斯心中閃過希望愛德華仍活著的念頭，但就連自己也對此念頭感到不解。我為什麼想他活著？他死了，我不就無需再面對那種噁心感覺？

——不，路易斯握緊拳頭。我一定要親手除去愛德華，不能等別人殺死他。只有我親手打敗他，才能除去心中所有煩躁的感情。

4

少年對爺爺的印象是個嚴格又蠻不講理的人，一點好回憶都沒有。

少年的爺爺——肯尼斯・韋伯・雷文男爵，在世時是一位全國有名的劍士。不只他，雷文家族的劍術造詣之高在全國一直很有威望，以「月下黑鴉」之名聞名全國，而肯尼斯更被譽為全國十強劍士。

雖然劍術強勁，但不只他的獨孫，就連他的獨生子也從來沒有喜歡過他。

少年仍清楚記得，這位年過六十，但仍像四十歲一樣生龍活虎的爺爺十分霸道。家裡的所有事他說了算，其他人連提個建議，又或指出錯誤也不行；但如果計畫出錯，肯尼斯總是會把責任推卸到旁人身上，彷彿忘了自己是那位下決定的人。而且他的指令朝令夕改，令人無所適從。

簡單點說，在肯尼斯的世界裡，他就是標準，所有人做什麼都總會被罵。就算不做，下場也會一樣。這位老人整天只顧埋首於自己的工作裡，從來沒有理會過少年的父親，甚至自己的妻子。少年一直以來都不明白到底他在忙些什麼，只知道他對爺爺的印象稀疏，如果不是會偶然一起共餐，他搞不好連爺爺的外貌也記不清，甚至不知道自己有一位爺爺。

但最令少年討厭的，莫過於他的做事手段。

「要不擇手段達成目的」，這句話好像是為肯尼斯而設計的，也是他的信條。只要是他想做的事，必會用盡所有方法做到，就算要用不見得光的手段，也在所不惜。

他討厭弱者，只要是比他弱的人都會被貶得一文不值，彷彿沒有生存的價值；他信奉實力主義，認為只有強者才能擁有生存的權利。在他眼中，強者就是站在所有弱者之上的人，所以要成為之，必須得爬到人之巔峰。而人世間本來就兇惡無道，所以取得強者之位的手段，只需計較成效，對錯一律無視。

賄賂、包結、誣蔑、利用，只要能夠達到他想要的目的，他都必定會去做。結果，肯尼斯的確進入了國家中樞——以男爵身分當上本來只有伯爵以上階位才能擔當的樞密院成員，更成為國家的其中一位騎士團長，甚至得到整個希蕾妮亞郡的管理權。

管理一整個郡是伯爵才有的權利，一般男爵只能獲封一個小鎮加上周邊數條村莊。肯尼斯的成就足以令他被封為伯爵，但本人拒絕了，因為他想以男爵身分得到伯爵級的權力，以突顯自己的實力。但無論是他的同儕，甚至領地的人民們，都沒有人喜歡並尊敬他。

他是強，強得無人能夠動他一條毛髮，但這種力量卻是把別人強行壓倒而生的結果。

如果說肯尼斯是黑暗，那麼對少年來說，他的父親大概就是光明。

似是為了否定肯尼斯的個性而生，少年的父親——基斯杜化．肯尼斯．雷文的個性溫柔，溫柔得看不出他跟肯尼斯有血緣關係。在朋友圈中，他是一位和善的好好先生，朋友圈子廣闊，而且十分慷慨，只要身邊朋友需要幫助，他一定會第一位出去幫忙，而且從不計較。

從小見盡肯尼斯的骯髒手段，與他成反比的基斯杜化成為了少年的偶像。他多次在心中發誓要變成跟父親一樣的人，否定肯尼斯的做事手法，覺得和善對人才是世間正道，就算不是強者，也在世上擁有生存的權利。

但這一切美麗的幻想，在他九歲的時候被現實狠狠打破。

他的父親有一位認識了三十多年的至親好友，在少年七歲開始左右遇上財務問題，多次向他的父親求救。基斯杜化每次都慷慨解囊，沒有要求還款，就算自己的財政開始出問題，還是一如以往地為他借錢。

漸漸地，少年的家庭經濟狀況從富貴人家陷入貧窮邊緣，不知變賣了多少名貴古董，還四處借款，最後連家族大宅也抵押了，多年來積聚的家族名聲逐漸跌到谷底。但直到少年九歲的那一年，從他人的口中，他的父親才知道原來自己被騙了。原來那個人一直把借來的錢用在賭博，以及當時新興的房屋投資上。他沒有動用自己的一分一毫，只從少年的父親的手上把錢借來並使用。賺到的錢歸自己，有虧蝕的話就再編藉口去借錢。在他的眼中，少年的父親不過是一部好用的金庫，所謂的友情不過是利用的手段。

如果肯尼斯當時仍在世，這一切都不會發生吧；但可惜，他在少年六歲的時候便突然因病過世。

事情暴露後，少年的父親當然沒有再借錢給他。但出乎少年的意料之外，基斯杜化竟然遵守了跟朋友的約定，沒有問他取回借出的錢，而且還饒恕了他，好像跟什麼事都沒發生過一樣。

少年一直不明白，為什麼他的父親還可以那麼和善？明明被騙了，被背叛了，還因為這種人而失去了一切，差點連爵位也丟掉，為何他仍能依舊視那人如朋友？

而他也醒覺，人與人之間的關係到底有多薄弱。

他的父親明明有不少「朋友」，很多都受過他的幫忙；而他在領地的威望也很高，每次走在街上總是會聽到來自不同人的感謝之言，更說有問題請務必告之，他們一定會合力幫忙。但當他們一家因為財困而真正需要幫忙時，那些人好像都消失了似的，紛紛跟基斯杜化劃清界線。那些誓言瞬間化為白紙。

「溫柔不能改變什麼，只會失去一切……」

少年記得，在送走打算收回抵押的大宅的債權人後，當時快要十歲的他站在桃木門前雙手握拳，咬牙切齒地細語。

「果然，那人說得對。」

那時候，他想起肯尼斯曾經說過的一句話。

——「強者才能生存，弱者終有一日會被淘汰。只有用盡手段爬到最高的人，才能活下去。」

想當初，肯尼斯就是用盡一切手段達到目的，捨棄溫柔，才得到無人能威脅的地位；但否定了這一切的基斯杜化卻失去一切，成為被淘汰的弱者。

他們失去了既有的威信，失去了大宅。就算他的父親仍是希蕾妮亞郡的領主，但生活環境的轉變，周圍的人對他們「沒落貴族」的看法，甚至領地裡人民的態度改變，都令少年覺得自己已成為被人唾棄的弱者。

肯尼斯曾經說過，溫柔是軟弱，只有捨棄軟弱，才能成為強者。

少年不甘就此被世界的漩渦吞噬，而想在這個殘酷的世界生存下去，就一定要成為強者。

「既然如此……那麼我就要不擇手段爬到頂峰去，在成功之前，我絕不放棄！」

因此他發誓，必須爬到頂峰去。比任何人都要高，無人能夠威脅到他，只有他能傲視眾人的高處。而在達成目的之前，他必不停下腳步。

自此，他用功讀書，努力研習劍技和戰術。離鄉別井到路特維亞學院上學，都是為了同一個目的。他要離開家庭，否定父親的一切，以自己的方法爬到頂點。

本來對人友善的他變得冷淡。他不再相信任何人，深信人類只是互相利用的動物，一旦把真心交付，只會落得跟他父親一樣的下場。

但有趣的是，他雖然表面上同意肯尼斯的想法，但實際上卻不像他一樣「不擇手段」。賄賂、巴結、依靠人脈和名譽等手段通通被他視為「旁門左道」，他只會以自己的實力來證明一切，不想以骯髒手段站在人之上，而是希望以自己的力量——知識勝過所有人。能夠忍受世人對他的鄙視眼光，以及路易斯和羅索家三子湯姆森對他的羞辱，都是因為他把這一切都視作成為強者的試煉。

他認為，每人在成為強者前必先經過弱者的階段，只要能夠忍辱負重，捱過這階段，必能成大器。只要他成為被所有人認同的存在，那麼就算是路易斯這種沒有慧眼，但有權力的愚蠢之人，也不能再威脅他。

決定參加「八劍之祭」也是因為這個想法。來自全國的八位舞者，只用劍技來決定強弱，強者生存，弱者死亡，這種簡單直接的對決深得他心。他不在乎什麼神所賜予的願望，只要在祭典裡勝出，勝過最強的強者，便能成為眾人公認的最強者，能夠站在眾人之上，受眾人敬佩而無需被懷疑實力，不受任何人的擺佈，他的願望便已達成。

他是這樣希望的。

但現在又有什麼用，祭典開始才不過幾天，便被打敗了。

敗在那位全國最強的女士的手下。

敗在強者手下，即是說自己只不過是一介弱者，他一直這樣認為。

弱者只會落得被淘汰的命運，這樣的他卻活下來了，但變得迷惘。

只要跨過那道最強的高牆，才能達到自己的目的；但他卻在牆前狠狠絆倒，而且牆看來高聳入雲，似是不能輕易跨過。

他問自己，到底應該如何繼續追尋自己的道路？

5

「唔……」

從討厭的夢境中醒來，首先迎接愛德華的是一道柔弱的光線。

從窗戶透進來的光線藍裡帶灰、毫不刺眼，似是清晨時分。

他對時間的流動感到困惑。感覺好像過了很久，又似乎不是。

久久未曾睜開的雙眼花了一段時間才能聚焦和適應光線。在成功聚焦過後率先映入眼簾的，是由木板組成的天花板。

嗯……？感到困惑的他大力眨動雙眼。

我記得明明之前自己還在黑夜裡的，怎會變成清晨的？

而且這裡是哪裡？

他感到身體四周軟綿綿的，似是躺在一張床上。

我……不是跟薔薇姬對決，然後……

……不行，頭腦很沉重，不太能夠思考……

「咦，你醒了？」

這時，他聽到低沉的「嗄嗄」聲，接下來身邊傳來一把女聲和腳步聲。

「唔……」

他欲開口回應，但張開嘴後才發現喉嚨乾得發不了聲，腦袋還浮沉得有點混亂。

「早安呢，剛才有一瞬間以為自己身處天堂嗎？」

他想轉身，但身體僵硬得動彈不得。未幾，一副微笑的臉進入他的視線範圍，擋住了天花板，低頭看著他。起初他雙眼呆滯，但當雙眼捕捉到有如鮮血般的紅髮後，便立刻反應過來了。

眼前的人不是別人，正是那位曾經跟自己對決過的「薔薇姬」夏絲妲。

本來困惑的眼神頃刻變回冷淡，他吞了一口口水，再說：「才沒有，我從不相信天堂的存在，而且這個灰暗又骯髒的地方，怎會是天堂？」

「你這小子可真失禮呢，」夏絲妲仍在微笑，但似乎閃過一絲殺氣。「就不能客氣點嗎？」

「我為什麼要向敵人，還要是想殺掉我的人客氣。而且，」他輕輕咳了一聲，以方便說話。「你一直微笑著，證明根本就不介意吧。」

「呵呵，果然是個有趣的小鬼呢。」輕輕笑了兩聲後，夏絲妲便隨意坐在床旁的一張木椅上。此舉令愛德華更能看清她的外貌。

當晚那位身穿鮮紅大衣的女劍士，現在把頭髮隨意束成一個大髮髻，鮮紅大衣換成一條暗紅吊帶長裙，長裙下穿了一件白色長衣。那夜感受到的高貴和恐懼，此刻換成平凡。

愛德華有點驚訝。他沒想像過薔薇姬會有這樣的一面。

——不過這不是現在該管的重點。

「我不是應該被毒害，然後死掉的嗎？」他轉過頭後冷冷地問。在記憶裡，他只記得自己中了那條不明藤鞭的毒，然後眼前人暗示自己將會喪命——之後反擊的事一概不記得。

「沒錯，不過現在毒已被消除了，」夏絲妲答得理所當然，彷彿毫不在意。「已給你喝了解藥，剩下就是等待肉體的傷口康復。」

「你在打什麼算盤。」

夏絲妲才剛坐下不久，椅子仍未坐得暖和，就已被愛德華送上一枝又一枝的冷箭。

「什麼？」

「不是毒害了我，想我死的嗎？那麼現在我為什麼會在這裡。」似乎他的腦袋已經變得清醒：「不是嫌上次不夠滿足，還想再多殺一次吧？」

原來你對我的印象是一介變態殺人狂嗎？雖然我知道有不少人都有同樣想法。夏絲妲在心裡為著自己的大眾形象輕笑一陣子後，淡定地說：「沒什麼，只是讓你在這裡養傷，直到全好為止而已。」

「……為什麼？」愛德華又開始感到疑惑。他從未聽聞過薔薇姫有救人的興趣，而且二人是敵對關係，殺了自己便能向祭典的勝利邁進一步，那麼留他一命的目的是什麼？

大概是我有利用價值吧，他得出這樣的結論，卻想不出自己能怎樣被利用。沒錢、沒人脈，最重要的是沒實力。

經過那夜一戰後，他確切感受到自己和眼前女士的實力差距。

「只是對你起了興趣，不能讓你死在那裡而已。別想太多，只覺得是幸運中獎便好，畢竟沒幾個人能在我的劍下活過來的。」

平淡的語氣加上一貫的微笑，以及平凡的裝扮，反而令人看不透她的本意。

她交叉雙腿，單手托腮，溫柔地說：「不過就算你想逃走，也是不可能的，這裡距離阿娜理可是很遠的。」

「是阿娜理近郊的小鎮嗎？」聽到此句，愛德華開始猜測。

「你認為我會說嗎？」

「但一定是在阿娜理郡內吧？怎樣想，都不會是在妮惇妮亞郡或是蒂莉絲莎璃郡吧？」

妮惇妮亞郡位處阿娜理郡的西南面，是安納黎最南的郡；而蒂莉絲莎璃郡則位於阿娜理郡的北面，兩郡之間相隔著一條下蒂莉絲莎河。

但阿娜理和妮惇妮亞郡邊界之間最短都有六十四公里的距離，更不要說蒂莉絲莎璃郡了，最近距離也是六十四公里，而且需要渡河，帶著一個重傷的人似乎無法做到。

夏絲妲只是笑著，不作聲。

異樣的靜寂持續了才不過三分鐘，便再被總是微笑著的那位打破：「不過你真的很貪睡呢，竟然睡了整整一星期。」

「一、一星期？」聽畢，愛德華一驚。

「對啊，整整一星期不醒來，你的『虛空』小妹都要擔心死了。」

……啊，我都差點忘了她的存在。愛德華現在才想到諾娃在何處的問題，但覺得自己既然在這裡，她大概也會在一起，應該在這所房子的某處吧。

「所以今天是紫堇月二十八日？」經過一輪計算後，他問。

「嗯，大概吧。」夏絲妲爽快地回答。「為什麼這麼問？」

「沒什麼，想確認一下而已。」他別過頭去。

剛剛過了生日嗎，愛德華這時的心情百味雜陳。他的生日是紫堇月二十七日，不知不覺已經十九歲了。

他心裡突然浮上一陣感慨。又成長一年了——每逢他在生日數算歲數時都會有如此想法。不過十九歲的生日竟然是重傷躺在床上渡過，這不是什麼值得高興的事。

「話說你之後要向『虛空』小妹……好像是叫諾娃對吧？記得要向她道謝啊，沒有她，你可能不會康復得那麼快，而且當晚也是因為她，你才撿回一命。」

說時，夏絲妲回想起這幾天以來，諾娃定時為愛德華治療的場景。

說要道謝，不過「那種」治療方法……噗，還是別讓他知道好了，或者待完全康復之後再告知吧，好想看到他的反應。

夏絲妲努力忍住不笑出來。

但在另一邊廂，愛德華卻沒像她一樣把重點放在治療方法上，而是想起當晚諾娃為他擋劍時，與眼前人的對話。

她保護他，只因為他是她的主人。那麼她願意花心力為他進行治療，也是基於同一原因吧。

想到這裡，他不禁感到唏噓。相處了差不多兩星期，二人的關係竟然毫無進展。但再仔細思考，她和他之間的確只有契約關係。他一直只視她為突然出現的少女和保管「虛空」的人，那麼她只把他當主人，也是正常不過的事。

我在期待些什麼呢，他不禁責備自己的愚蠢。

「怎樣都好，感謝你的照顧，我不能再久留……唔！」

一輪對話過後，他決定離開，但起來時不慎動到左肩和腰的傷口，頓時痛苦得面容扭曲。

「你別動！」見到愛德華痛苦地抽搐，夏絲妲登時從椅子上彈起，到床邊扶住他，不讓他再動一分毫。「雖然說差不多全好，但仍未能活動，好好躺著吧！」

她的一雙紫瞳流露著真誠的擔憂之情，近距離留意到的愛德華呆愣了——但只是一瞬間。

「先不說我們之間的敵對關係，但我不喜歡欠人情。感謝你的照顧，這個人情之後會還的。」他欲推開對方的手，但左臂一推就動到肩膀，同時也拉到右腰的傷口。更何況對方的臂力強勁，現在的他完全不是她的對手。

「不是說了讓你在這裡養傷嗎，那就乖乖休息吧。多休息，傷口才會快點復原。」夏絲妲使力把他壓回床上，並露出一副略帶邪惡的微笑：「再不躺下，我就多送兩個新傷口，或者直接打昏你吧。」

「……」她果然是為了想再殺一次才留我一條生路吧。聽到如此強硬的威脅，愛德華總算放棄了：「我睡就是。」

「那就好，我也得回去了。」見到眼前的少年總算願意聽話躺下，她露出滿足的神情：「晚安。」

……晚安？注視著從窗戶射進來的白光，愛德華一臉呆滯地目送鮮紅的身影離去。而在踏出門檻的一刻，夏絲妲回頭看一看愛德華，臉上露出深邃的笑容。

「嗯？」愛德華以為她又想說些什麼。

「不，沒什麼。」

隨著喃喃自語似的話音落下，木門悄然關上。

「他醒來了啊。」

離開愛德華的房間——其實那是她本來的房間，夏絲妲緩緩走上閣樓，看到諾娃正凝望窗外。頭髮蓬鬆的她正看著窗外的黎明天空發呆。從窗外灑進來的光線照亮她的黑髮，以及雪白的睡衣，從夏絲妲的角度看過去，這情景如畫般美麗。

「是嗎。」諾娃的聲音顯得疲憊。

「果然是感應到的吧，不然我也不會那麼早起床。」夏絲妲說完，打了一個長哈欠。

「嗯。」

正如夏絲妲所說，本來她正睡得香甜，但在天剛亮的時候感覺到有異樣，發現身旁的諾娃整夜沒睡，坐在窗旁發呆。一問之下，才知道原來她是感應到一些奇怪的感覺，這種感覺一直不消散，因此徹夜未眠。覺得這種感覺可能跟愛德華有關的夏絲妲便決定到樓下一探究竟，怎知就發現他醒來了。

「虛空」的主從契約比想像中厲害和有趣呢，她心想。從一星期前開始，這種想法就維持至今。但有些事，似乎不能單單用契約來解釋。

「我之前問過你，之所以挺身而出保護他，只是因為契約嗎？」夏絲妲的聲音帶點疲倦：「真的沒有別的想法？」

如果只是為了滿足契約的內容，其實只要把他的傷治好到不會死的程度，不就可以了嗎？剛才跟愛德華的對話令夏絲妲記起，這一星期來諾娃對愛德華不眠不休的照顧。

對決當晚，辛苦把愛德華運到這所木屋後，才剛安頓好，諾娃便立刻追問愛德華的情況，並要求她儘快為主人治療。當時的諾娃焦急得很，很想幫忙但又不得其門而入，只能聽從自己的指令做些簡單的準備工作，夏絲妲看得出，當時的諾娃十分無助。

之後就算愛德華的傷勢已經穩定，只是不知為何仍未醒來，諾娃還是一副擔心，堅持每天最少要進行一次治療——也就是以接吻為媒介，試圖把她的自我治癒能力傳遞給他。

有幾天早上醒來時，她發現理應睡在旁邊的諾娃不見了，尋覓之後才發現原來她正睡在愛德華床邊的椅上。她的睡容並不安穩，看不出是徹夜無眠地照顧而感到疲倦，還是在夢中仍在擔憂少年的傷勢。

如果單純以契約義務來解釋她的行動，實在有太多不合理的地方。

定是有私心吧，但她想不出確切的答案。

「……我不知道，只是心裡想做，就直接行事而已。」一陣沉默過後，諾娃略帶吞吐地回答。

連自己也不清楚的感情嗎？夏絲妲再次回想起愛德華當晚在諾娃挺身而出後的反應，以及剛才跟他談及諾娃時的冷淡表現，心中有種興趣油然而生。

慢慢觀察吧，她微微一笑。感覺事情會很有趣。

「總之他醒了就萬事不用擔心，天未亮就起床真的很累，我再睡個三小時吧。」夏絲妲說完，又再打了一個長哈欠，並伸了一個懶腰。「你也是，整夜沒睡，不睡一下對身體不好的喔。」

「我不睡也沒關係的。」

「啊，是嗎，那麼晚安……好像應該是早安？不管了。」

未等諾娃回話，夏絲妲已經鑽進自己的被窩裡，呼呼大睡。

諾娃望出窗外，心想：現在不是已經天亮了嗎？

夏絲妲不過是大約半小時前才起床，現在卻又繼續睡？

人類，尤其劍士，不是都會有一套嚴謹的生活習慣，習慣清早起床的嗎？雖然已經相處了一星期，但她還是看不透這位女劍士。

不過愛德華已經醒來，她總算放下心頭大石，鬆了一口氣。

為什麼要如此為他著想？她凝望自己的雙手，一臉漠然。

被解開封印之後，她的不少行動都是依照身體本能而做的。感應到異樣而到學院找愛德華也是，在恐懼下仍舊挺身而出，欲從薔薇姬劍下保護他亦是，只是心裡有股衝動，便如此行事。

她無法從腦海裡尋覓到答案，空白的記憶代表沒有前例能參考。

依照身體本能——但真的是這樣嗎？

兩星期的相處，令她更了解愛德華的為人。她知道他嘴硬心軟，知道他對自己要求甚高，也知道他對周圍的人沒有信心，包括自己，但在心裡又暗中相信著。

在對決的那一晚挺身保護他，以及看到愛德華遍體鱗傷、奄奄一息時，心中感到的擔憂和希望他活下去的想法絕對不只是身體的本能，更是從內心湧出的感情。

她記得，當時看著夏絲妲快要把劍刺進愛德華的頸項時，心裡登時湧出一陣恐懼。那種恐懼似曾相識，就好像曾經親身經歷過一樣，在一瞬間襲至全身。望著倒在自己懷裡，失去意識的愛德華，她下意識不希望見到他死。事後回想，她覺得當時體內有些東西跟眼前的影像連結起來，令她感到害怕，覺得一定要盡力救活眼前人。她回想不起那「東西」源自何時，每次回想都看不清仔細，只記得一股黑暗，但知道它是什麼。

那是面對死亡的恐懼。

在愛德華昏迷不醒的一星期內，這股恐懼一直與她形影不離。就算夏絲妲已多番說明他的狀況，並表示不需擔心，她仍是不敢相信。有時候她會作惡夢半夜驚醒，她不記得夢的內容，但每次都會把作夢後感到的驚恐和愛德華連結起來，害怕他出了什麼事，而走到樓下看他。就算見得他安詳的睡臉，她仍舊擔心得徹夜守在床邊看顧，直到早上夏絲妲來叫醒她，才略帶不安地離開。

但只有恐懼這麼簡單嗎？

她害怕，希望他活著，真的只是因為恐懼而驅使出的感情？

她不清楚，但唯一知道的是，七日以來藏在心裡的感情不是只有恐懼。

剛才夏絲妲告知愛德華已醒的消息時，她的第一感受是感激、安心。如果她在這一星期所做的都是因為那股恐懼，那麼剛才的安心應是「終於完結了」，而不是「太好了，他終於醒來了」吧？

縱使記憶尚未恢復，但她知道這股感情並不簡單。

——「行動代表你的心。」

——這時，她的腦海浮出一個聲音。

是誰說的呢？諾娃問自己。是夏絲妲嗎？不，她沒有說過。

——是以前的自己吧，憑著莫名的熟悉感，諾娃找到了答案。

既然如此，就放棄無謂的思考，依照心意行事吧。

看一眼旁邊睡得香甜的夏絲妲，諾娃伸了一個懶腰後，便帶著倦意走到樓下。

6

躺在床上、感到疲倦的愛德華正要入睡之際，卻聽到一個熟悉的清脆聲音。抬頭一看，原來是諾娃。面對這位意料之外的訪客，他雙眼睜大，略顯驚訝。

「你醒來了麼？」

「身體還好嗎？傷口痛嗎？」

諾娃的語調略帶疲倦，頭髮散亂，雙眼沒有神彩，愛德華覺得她像是徹夜無眠。

「還好吧，未有痛到沒法移動。對了，你介意給我一杯水嗎？剛剛醒來，我有點口渴。」

諾娃聽畢立刻轉身走出房間，不消半刻便把一隻銀杯和盛滿水的玻璃壺帶進來。她無視愛德華的推卻，細心地扶他坐起來，再遞上已裝好水的杯。

愛德華接過杯後，沒有把水立刻喝掉，只是低頭注視銀杯。他習慣事事親力親為，不習慣接受別人幫助。但現在身體行動不便，連簡單的動作也要請別人幫忙，令他感到無力。

他一口喝完杯中的水，再問：「你……怎樣了？」

他說的時候沒有看著諾娃，也不知道自己在問些什麼，只是隨意說一句話。

「我沒事，刀傷都好了，只是有點累。」
「睡得不好嗎？」
「嗯，算是吧。」
愛德華沒有回話，才剛開始不久的對話就這樣被沉默淹沒了。
他不知道該說些什麼。除了因為疲倦，更是因為沒有心情。
一切都是因為義務吧？
諾娃是因為契約而保護他，那麼剛才細心的照顧和問候，也不過是因為他是主人才做的吧？
如果沒有契約，就不會做吧？
他徐徐陷入思考的螺旋。
我到底在渴求些什麼？為什麼我要這麼在意？
在旁注視愛德華沉默但失落的樣子，諾娃大概猜得到他在想些什麼，心裡並不好受。
「嗯……」
「諾娃……」
良久，二人同時開口說話，又因時機一樣而尷尬地停下。
「你先說吧，」諾娃面帶微笑。
「你……」猶疑了半刻，愛德華終於開口問：「那一晚之所以保護我，是因為契約？」
「嗯。」
果然是這樣——正當愛德華感慨地嘆氣時，諾娃接著說下去：「但不是這麼簡單。」

「這是什麼意思……？」

諾娃呼了一口氣，雙手捏緊裙擺：「……我也沒法清楚解釋。沒錯，因為你是我的主人，所以那一晚我不希望見到你喪命。但我希望你活下去的感情是出自真心，沒有受到契約的束縛。」

她的心跳得很快，腦海回想起那一股令人恐懼的黑暗，以及面對半死不活的愛德華時所感到的死亡恐懼。她的思緒仍然混亂，不敢絕對肯定自己所說的話，但知道再不說清楚的話，愛德華就會繼續徘徊在自己的思考螺旋裡。所以就算自己心中仍然害怕，也要先說出現在的感受。

說出來後，她頓時覺得舒服多了。見愛德華還是一臉猶疑，她深呼吸，再說：「請相信我。」

愛德華一聽到這句，立刻轉頭看她，臉上露出驚訝的神色。

——她看得清我的心思。

諾娃的「相信」二字一語中的，令愛德華醒覺。

愛德華望過去，只見諾娃的容貌雖然疲倦，但紅寶石般的雙瞳卻閃耀著堅定的神彩。他記起起始儀式當天，他問是否能夠相信她時，所看到的是一樣的眼神。她的言語裡從來沒有虛假，每字每句都是出於真心，只是自己不願相信而已。

曾經，他覺得既然自己不相信人，又怎會獲得別人的信任。但現在他突然醒覺，自己會這樣想，不就因為想相信人嗎。

對，我是想相信，但為什麼又總是在質疑呢？

詢問自己內心的同時，愛德華感到胸口收縮，全身輕微顫抖。

我在害怕嗎。害怕被騙、被背叛嗎？

他從九歲開始就再沒有相信過別人。但現在回想，又有多少次是想相信，只是因為害怕被傷害而放棄？

這時，愛德華想起剛才薔薇姬所說，當晚如果沒有諾娃，他大概不會活到今天。

眼前人雖然身分未明，但二人一起經歷兩場生死決鬥，她更救了自己一命，為什麼還是要懷疑她？

就算她知道我不信任她，但依然一如既往站在我的身邊，更出手保護我；她為我做了那麼多，剛才又說得那麼坦白，而且自己也有意相信，難道我還要逼自己去懷疑嗎？

愛德華呼了一口氣。但要他敞開心靈去相信一個人，實在不容易。縱使心有此意，但那道心理難關卻不容易跨過。

我真的可以相信她嗎？

「……真的嗎？」良久，他問。

問題跟先前的對話內容毫無關連，諾娃先是一愣，隨即便猜到問題的意思。

「我一直都會在你的身邊，不會背叛。」

簡單的一句話，驅走了愛德華心中的迷霧。

他沒可能在一瞬間變得完全相信她，但可以一步一步的來。

「對不起。」愛德華低頭說。

「什麼？」

「沒什麼，只是……抱歉。」

他露出少見的笑容。其微笑流露出感謝之意。諾娃沒有作聲，只是一直注視著，讓時間流逝——直到她開始打瞌睡。

「你也累了，快去睡個覺吧。」

「嗯，」諾娃聽話地起來，還打了一個哈欠。正當她要轉身離開時，突然想起一件未做的事。

她先幫愛德華躺好，再把頭湊近。

「你、你想做什麼？」見諾娃的頭靠得越來越近，愛德華就有種不祥的預感。他趕緊用雙手拉開二人距離，期間更不小心拉扯到左右腰的傷口，連連吃痛。

「幫你治療，」諾娃一臉呆滯，似是不理解為何愛德華要阻止她。「這一星期以來，我都是這樣幫你的。」

「但你也不用湊得這麼近吧——難道！」這時，愛德華想到一個不敢相信，但從推理來看又似乎合理的答案。

他記得薔薇姬說過，沒有諾娃，自己不會康復得這麼快。但竟然是因為這樣？

「難道你一直用那、那個方法把你的治癒能力傳給我？」他驚訝地問，就算傷口會扯痛也不管了。

愛德華說的「這個方法」指的是接吻。他猜到了。

「嗯，」諾娃面不改容地給予肯定的答覆。

他的腦海登時浮現出想像畫面——不行，太羞恥了。

「我、我好得差不多，不用你幫忙了！」

愛德華的臉瞬間紅得像個蘋果一樣，不停搖頭，像是要把那段想像搖出腦袋一樣。

「但你剛剛才不是因為拉扯到傷口而感到痛嗎？」諾娃一臉淡定，和愛德華的表情形成明顯的對比。

「我慢慢康復就好，不想用這個方法！」愛德華高聲說。他現在顧不得一用氣便會扯到傷口的事實，只想急切阻止眼前的事發生。

「但這樣做的話才會快點好起來——」

「不用了！……我現在累了，明天再算！」

見愛德華強烈拒絕，諾娃也沒有打算強逼，就此作罷。

「那明天見。」

語畢，黑髮少女便關上門，離開房間了。

……到明天我也不會妥協的。

見她走了，愛德華總算鬆一口氣，但同時又想到另一件事。

到底我和她是保持著怎麼樣的關係啊？

他仰望天花板，不禁嘆氣。

雖然還需要一點時間去接受和習慣，但他現在已經能夠勉強把諾娃當作祭典上一同作戰的同伴。

可是同伴之間會接吻的嗎？

捫心自問，他對她並沒有愛慕之情，而依他看來，諾娃似乎也沒有這個想法。他一直以來對諾娃的照顧，都是出於身為紳士的責任。他沒有深究行動背後是否有其他動力，但十分肯定不會跟戀慕有關。

之前幾次的接吻，愛德華都強行說服自己是為了取劍，才硬著頭皮吻下去，但他有自覺，這種關係繼續維持下去並不是辦法。

諾娃似乎能夠平淡看待接吻取劍一事，但他自問臉皮不厚，無法催眠自己或者騙過良心。每次接吻，他都感到心臟跳得很快——不是因為興奮，而是害羞。

再繼續下去的話，他必需要先為自己找到一個合理解釋，否則過不了心理關口。

但他記得薔薇姬曾經說過，除了接吻以外就沒有其他取劍的方法。

唉，他不禁嘆一口氣。被敵人救起、日後的目標、尋找替代的取劍方法、他和諾娃的關係……很多事排山倒海地湧來，但他找不到解決任何一件事的方法，就連該從哪件事先入手也不清楚，感覺就像飄浮在水中，無處可去，只能任由巨浪沖刷。

迷失，他做出總結。這種感覺很糟。

如果一切都能在睡個覺醒來後自動解決，那就好了。

他閉上眼睛，帶著複雜的心情回到黑暗。

可惜現實往往是殘酷的，而他清楚知道。

7

「早安。」

醒來後已過了兩天，但直到現在，愛德華才知道房間外面是長什麼樣子的。

整所房子面積不大，只需轉身一圈便飽覽無遺。放眼所見，房間和客廳之間只相隔著一道木牆，廚房和客廳之間更是毫無分界線，勉強要說的話，就只有爐灶對面的木桌充當分隔。廚房的左邊是通往大門的走廊，而走廊的左邊有一條樓梯，通往樓上的閣樓。

整所房子，上至天花，下至椅子，都是木製。如果冬日早晨的柔弱白光沒有從客廳的百葉窗照進來，單一的棕色實在會令人感到鬱悶。

「早……你為什麼起床了啊？」

身穿圍裙，正站在爐灶前煎蛋的夏絲妲起初沒有在意，但看到來者是愛德華後，臉容頓時變得驚訝，連木鑊鏟也忘了放下，語氣帶些微怒氣。

「傷口都癒合得差不多，整天坐在床上無所事事，快要悶死了，筋骨都僵硬得可怕，」但愛德華則一臉冷淡，似乎心情不太好：「而且讓身體活動不是會加速癒合速度嗎？」

他只穿著一件白襯衣和西褲，過去的一星期幾乎什麼都沒有吃，令本來就高瘦的身軀變得更為消瘦，加上蓬鬆的黑髮和左肩上的繃帶，看上去虛弱不堪，跟一星期前那個奮力揮舞刀劍的少年判若兩人。

「但是……」

「都說了在傷口全好之前我不會走，我的話說了算。」愛德華的眼神堅定不移，似是不打算退讓。

跟他對視數秒後，夏絲妲無奈地嘆了口氣：「好，那麼坐下，我給你準備一些麵包和牛奶。」

「有茶嗎？」一聽到「牛奶」二字，愛德華臉色都變了。「這兩天喝了不少牛奶，都快厭倦了。」

正如他所說，因為昏迷期間幾乎什麼都沒吃，所以醒來後夏絲妲給他喝的主要都是充滿蛋白質的牛奶。

「小鬼不得偏食。」這一刻她的語氣有點像為人母親，愛德華感到無言。

「才不是偏食，再喝下去恐怕我要得牛奶恐懼症了，」這時，他突然想到一個能確保自己喝到茶的方法：「不如我自己泡，不可能沒有茶吧。」

茶在安納黎是家喻戶曉的飲品。國家北方的人民因為文化和歷史的不同而對茶沒有太大興趣，但住在南方的人，尤其阿娜理郡裡，幾乎每戶家人裡都有茶，用來酬賓，或是自用。

「有的有的，你坐下別動，」夏絲妲不想讓他動太多，就算明知是他的計謀，也得屈服。「前陣子拿到一些霧霞安凡琳茶葉，就泡那個好了。」

霧霞安凡琳茶，如其名，是出產自精靈之鄉——安凡琳郡的名茶。安凡琳郡在地理上雖然比阿娜理郡位處更北面，理應不太適合種植茶葉，但郡裡的精靈之森因為有精靈的加護，而長年保持適合種植茶葉的天氣。其實不只霧霞安凡琳，安凡琳郡也是雨前安凡琳和黎明安凡琳茶的唯一產地。三者的品種雖是一樣，但雨前安凡琳茶是每年梅雨季時下微雨前所採摘的嫩芽，黎明安凡琳茶更是特定天氣的黎明前所採的嫩芽，因此相比起在普通日子採摘的霧霞安凡琳茶，前兩者的品質和價錢都比後者來得昂貴，只有富有人家才買得起，一般普通人家只能買入霧霞安凡琳茶作飲用。

「你喜歡喝霧霞安凡琳茶？」

「還好吧，清淡的茶對身體好。其實我最近想喝蒂鈴茶，但存貨已經喝完，附近又找不到有在販賣它的茶店，只好作罷。」煎好雞蛋後，在廚櫃找了一會，夏絲妲總算找到霧霞安凡琳的茶罐。「那麼小鬼你呢？最喜歡喝什麼茶？讓我猜吧，絲蘭茶？」

「……你怎樣知道的。」

沒過兩秒就被猜中，令愛德華有點不爽。

「就直覺。總覺得小鬼你會喜歡比較香甜和醇厚的紅茶。還有剛才我提到霧霞安凡琳時，你的眼中不是閃過一陣失望？既然不喜歡綠茶，在這個國家大概就只剩下紅茶了。」

而在安納黎裡，絲蘭茶是紅茶界的大明星。愛德華憑一句話就猜到她是怎樣知道的。

「但我比較喜歡奎沃絲蘭茶，在茶葉裡加入矢車菊也不錯。」愛德華補上一句。

「小鬼真懂享受呢，而且挺懂茶。」夏絲妲的前句似乎是諷刺。

「別叫『小鬼』、『小鬼』的，我可是有『愛德華』這個名字。」被叫「小鬼」那麼久，愛德華總算忍不住了。「而且雖然我說喜歡烏沃絲蘭茶，但其實很久沒喝過了。」

跟明前和雨前安凡琳一樣，烏沃絲蘭茶是絲蘭茶裡最名貴的類別。愛德華上次和諾娃去茶室時所喝的，正是奎沃絲蘭茶，但平日為了省錢，他只會買口感沒有烏沃絲蘭濃厚、比較便宜的洛迪絲蘭茶。

「好的，那麼『愛德華』，」夏絲妲故意把他的名字拖長來說，充滿捉弄意義：「你肯坐下沒有？」

「……啊，」只顧著談論關於茶的話題，他都忘了此事。但一坐下，手肘卻碰到一些桌上的物品，引起他的注意。

「這些是……」

他看到的，是為數十件款色不同的蛋糕。乳酪、山莓、藍莓，以這些材料製成的蛋糕悉數整齊排列在簡陋的銅碟上。而在銅碟的一角，他看到數件泡芙。

「是我的。」

這時，一把懶洋洋的聲音從廚房旁的樓梯傳出。伴隨著木板發出的「嘎嘎」聲，諾娃睡眼惺忪地揉搓雙眼，並走到桌前坐下。

她的語氣像極了是在宣示主權，但聽者二人同時心想：所有人都知道是你的吧。

「諾娃小妹在這一星期以來一直嚷著要吃甜點，你來幫個忙吧！」看到諾娃出現，本來在泡茶的夏絲姐立刻「求救」。

「慢著，她一直都只吃這些？」愛德華聽後一驚：整星期就只吃甜點？

雖然以她的習慣來說，這並不算是什麼出奇事，但一星期也太誇張了吧？

「對啊，我把麵包給她，但她說味道太淡，一定要甜點，有馬卡龍就最好。但這種偏僻地方哪裡能變出材料價錢不菲，而且不容易製作的馬卡龍啊！而且我又沒有食譜。」她一邊抱怨，一邊把茶壺和茶杯整齊排列在木桌上。茶壺和茶杯雖然都是以白瓷燒成的，但上面沒繪有任何花紋或圖樣。乍看有點簡單過頭，但在這間裝潢單調的小屋裡，其雪白身軀反而顯得突出。兩者皆沒有任何裂痕或缺口，看來是剛買入不久的。

愛德華聽後連連點頭同意，要在這種荒山野嶺做出馬卡龍，實在太強人所難了。

「但她一直哀求，所以我便唯有焗蛋糕，但三天前她說厭倦了蛋糕的味道，想吃泡芙——」

「所以你就買了給她？」愛德華又是一驚：「薔薇姬」是哀求兩句便能使其答應的人嗎？

「對啊，所以碟上有的就是吃剩的。」她指著碟上一角的幾件泡芙：「不過用的是你的錢。」

「……我的？」

那一晚我好像沒帶錢外出的，哪來的錢？愛德華一臉疑惑。

「畢竟是你家劍鞘的伙食費，當然是要讓你付吧，我哪裡有多餘錢！所以我從你的錢包裡拿錢去買吃的了。」她轉身取過麵包並放在愛德華身前，並指著他的襯衣：「你現在穿的衣服也是用那些錢買的。」

「一共用了多少？」他知道那些錢是什麼，正是羅索家給他的錢。

本來他是打算把那筆錢當作生活費省著用，畢竟儲蓄已剩下不多，怎知卻在昏迷的時候被拿去當甜點伙食費了。看著正津津有味地品嘗泡芙和蛋糕，一臉陶醉且對狀況看似毫不知情的諾娃，他只希望沒花太多錢在她身上。

「好像是兩枚銀幣。」

那麼還好，沒花太多的錢。七字從夏絲妲口中說出時，他頓時鬆了一口氣。

如果沒記錯，羅索家是給了他十枚金幣。而在安納黎，現時一枚金幣的價值相等於二十枚銀幣。

「不過挺有趣的，我沒猜到原來『虛空』的劍鞘會是一位喜愛甜點的少女。」

看著吃得陶醉的諾娃，夏絲妲不禁笑了。

「……我也沒有想到。」

誰會想到機緣巧合撿到的，充滿謎團的劍鞘少女居然是甜點上癮者？他嘆了一口氣，便開始吃麵包。但才剛吃了數口，便想起一件事。

「『薔薇姫』，啊不對，『夏絲妲』小姐……？我有些事想說。」

「什麼事？」

愛德華突然變得一本正經的口氣，令夏絲妲有點疑惑。她放下手上的刀叉，認真地看著他。

「先不說錢的問題，她麻煩了你這麼久，真不好意思，請讓我做些事當回禮吧，」說的同時，愛德華也在思考該如何回報，這時他的眼角瞄到手上的麵包，靈機一觸：「不如讓我負責煮食吧。我懂得煮一些簡單的菜式。」

「你懂煮食？」聽畢，夏絲妲雙眼睜大，很是驚訝。

「嗯，有什麼問題？」語畢，愛德華更拿起茶杯喝起茶來，不太在意她的反應。

「你不是貴族出身的嗎？怎會懂得這些的？」

「我經常被欺負，有時候會被弄得沒飯吃。所以不時會獨自一人去學院的廚房找食物，慢慢便跟廚師混熟。他教了我煮不同菜式，方便他不在的時候，我能自己一人煮食。」

他還記得，當初他答應廚師半開玩笑的「我教你煮菜」提議時，廚師一臉驚呆，下巴好像快要掉到地上的樣子。

煮食可是求生技能，人在世，總應該有一技旁身吧？誰說貴族不能學煮食？他認為血統不能決定一個人該做的事，所以不明白為何眼前人會有此驚訝的反應。

「啊，」就在這時，在一旁自我陶醉中的諾娃也加入對話：「我之前吃的甜點，包括馬卡龍，有很多都是他親手做的。」

「噓！」一聽到祕密被爆出來，本來一臉正經的愛德華臉頓時臉紅，飛快地轉頭想叫她噓聲，但還是遲了一步。

本來認真聽他說話的夏絲妲此時單托著腮，對此新發現很感興趣的樣子：「呵呵，原來你除了懂得煮食，連甜點也懂得做啊。」

「別誤會，我只是為了省錢，順便鍛鍊臂力而已。」愛德華努力令自己冷靜下來，一本正經地解釋。

「鍛鍊臂力？」夏絲妲一時間不明白。

「他說，做甜點時的打蛋白步驟很適合用來練臂力。」這時，諾娃補上一句，順便吃掉一件泡芙。「所以就不時自行製作甜點，最近都沒怎樣在外面買過甜點了。」

「啊……哈哈哈哈，你想做甜點給人家就直接做，需要用這些藉口來說服自己嗎？」聽畢，夏絲妲不禁撫掌大笑。「做甜點來鍛鍊臂力，我還是第一次聽！」

「不行嗎？而且就算撇開它不說，還有省錢這個必要理由。」愛德華仍然保持鎮定。他也知道這個理由很牽強，但她也不用笑成這樣吧？

不過能夠見到「薔薇姬」爽快大笑的一面，他有點驚訝。

「行的行的，我明白的了，」過了一會，夏絲妲總算冷靜下來，但隨即換上惡魔般的微笑：「我也想嚐一口呢。」

「不要，」愛德華立刻斬釘截鐵地拒絕。

就猜到眼前的紅髮女士或許會有此反應，愛德華先前才想打住諾娃，讓她不要說，但現在一切為時已晚。

「我可是救了你，讓你們白吃白住了整整一星期啊！就沒有感恩之心的嗎？」而且剛才你不是說了要負責煮食的嗎？夏絲妲顯然沒打算讓這個有趣的遊戲完結，還補上一句。

「不要，剛才不是說不讓我動的嗎，現在又想我做甜點，到底是想怎樣？」

總是正經過頭的愛德華卻沒有這樣的耐心。他喝了一口茶，再望向左手，試圖提醒眼前人不久前她曾經說過的話。

「而且先不說前後矛盾，還有回報的問題，我現在只有一隻手能動，沒可能做得到。」

「那麼你發指示，我們做。」話音才剛落下，夏絲妲便飛快回答。

「沒錢買材料，」少年也不甘示弱，轉瞬拒絕。

「我請客！」本來只是開玩笑，但玩著玩著，夏絲妲不知不覺變認真了。「也幫你買材料！諾娃快來說一句吧！你應該吃蛋糕吃得厭倦了吧？」

所謂要贏就先要有同伴，她「召喚」了最強勁，也是唯一能成為同伴的人——此刻最需要甜點的少女。

「嗯，」聽到紅髮女士的呼喚，黑髮少女緩緩放下手上的泡芙，低頭認真思索並衡量輕重後，輕輕點頭：「我也想要。」

「你們呢……」看著一雙邪惡的眼神，和一對真誠的天真眼神，愛德華終於招架不住了：「算了，我做就是。」

「太好了！」

女士高興地歡呼，還跟少女擊掌慶祝。

在他的眼中，這刻的夏絲姐跟一介贏了遊戲的小孩無異。

「你真溫柔呢。」

面對她從側面看過來，略帶溫柔的眼神，和一貫的撲朔迷離笑容，他只是冷淡地回應：「只是還你一個人情，別想太多。」

「我可是你的敵人，要是冷酷的人，一定不會顧慮什麼人情。」

她的一言彷如明鏡倒影，窺伺著聽者心靈深處的影像；她的一語彷如水中漣漪，陣陣波紋使人心搖盪。

「你想說些什麼？」

察覺到不安，愛德華的危機感頓時浮現，保護心靈免被看穿。

「沒有，只有溫柔而已，」他以為她會繼續話題，還準備好回答，怎知卻被一笑置之，此舉反而令人更覺得不可捉摸：「那麼諾娃小妹，我們準備出門吧！愛德華小鬼，就拜託你寫下所需材料了！」

「就說了……」

「先去換衣服了！」

好像是知道愛德華會說什麼而特意迴避一樣，未等他說完，夏絲姐就不顧未喝完的茶，和未收拾好的餐具，便把諾娃拉上閣樓更衣，轉眼消失在樓梯的盡頭。

環視頃刻變得空無一人的四周，以及桌上凌亂的餐具，少年不禁嘆了一口氣。

看著眼前人，就有如霧裡看花，水裡望月，明明就在眼前，非但看不透她的心思，反而有被看得通透的噁心感覺。

一星期前的決鬥當天已有此感，但現在就算是同住一屋簷下，仍是絲毫沒有改變。

他嘆氣。

到底在他能走之前，是自己的心先被看得透徹，還是她的心思總算能被窺見一二？

他不想猜測，也不敢猜想。

但現在他唯一知道的是，絕對不能被看穿心深處。

被看穿的話，一切都完了。

8

「啊——吃得真飽，很久沒有吃過這麼美味的甜點了。」

走在矮小的山丘上，身穿簡便長裙的夏絲妲一臉滿足，還不時摸一下肚皮，強調自己的心情；但在她身後，只穿著輕薄襯衣和大衣，左肩還包著繃帶的愛德華則一副臭臉，不甚享受周圍的環境。

「就算沒有馬卡龍，只是泡芙和鬆餅就已教我滿足了，」她健步如飛，還哼唱了一小段旋律：「愛德華，你覺得呢？」

她一個轉身，長髮隨風飄揚，在白皙皮膚的襯托下，背著陽光，紅髮閃亮如寶石，紫瞳美如水晶。

「我只覺得很累。」愛德華別過頭去，但夏絲妲立刻走到眼神所到的位置，不讓他逃避。

「哪裡累？你明明都沒有動手。」

「發指令要動腦筋，而且最後我不是動手弄了嗎？」

「啊，好像是呢。」

不久之前，為了能吃得愛德華製作的甜點，夏絲妲以協助買材料的條件作交換，真的拉了諾娃出門購物。但奈何距離木屋最近的市集沒有賣製作馬卡龍必需的杏仁粉，最後唯有折衷，以泡芙和鬆餅代替之。

愛德華起初負責在一旁指揮二人製作甜點，有點甜點製作經驗的夏絲妲還好說，但毫無煮食經驗──或者應該說是忘了所有煮食經驗的諾娃幾乎把事情都搞垮了。眼看她快要浪費所有材料，他最終按捺不住，強忍左手的痛楚和無視夏絲妲的責備，自行完成了鬆餅。

因為完成時已到中午，所以桌上的甜點便直接成為了三人的午餐。堅持甜點不能當正餐的愛德華還順手焗了一個蒜蓉麵包，和甜點混著一起吃，因此被夏絲妲取笑，說他要強行製造理由才能說服自己去吃甜點──但說的同時她也拿走了一半的麵包。

兩位女士興高采烈地享用完午餐後，可能是身體仍未完全復完吧，愛德華感到有點疲憊，想回房間休息，但屋子的主人卻半拉半強逼的請他出來一起散步。

「不要，」當時愛德華一口拒絕。

「我可是救了你啊。」夏絲妲當然不會放棄遊說，她當時的笑容有點恐怖，似是要聽者絕對依從她的指令行事。

「人情我已經藉著剛才的泡芙和鬆餅歸還了，已經再沒有欠你的。」

「就算現在沒有，之後也會有吧，」她的神色轉為認真：「真的有重要事要說，走吧。」

就這樣，他就被紅髮女士拉出來飯後健行，就這樣在小木屋後的山丘走了三十分鐘，但直到現在似乎仍未到達目的地。

安納黎因為是北方國家，除了某幾個特別的郡，例如安凡琳郡，其他地方的天氣都是有了名的陰晴不定。尤其在冬天，有些地方可以在一天內出現晴、陰、雨、風、雪五種天氣，只差沒有雷電。今天幸好天公做美，萬里無雲，橙黃的下午斜陽透過光禿樹枝間的間隙照亮寸草不生的山丘，光線溫暖柔和。雖然已經融化得七七八八，但仍能隱約看見之前降雪後地面結冰的痕跡。陽光、高大又茂密的樹林，以及遠方傳來的潺潺流水聲，令山丘散發出舒適幽靜的感覺，令人心境平靜，實在很適合飯後散步。

但愛德華並沒全心全意享受，只是四處張望。

「你在看什麼？」繼續輕快地走在前面的夏絲妲看見愛德華沒跟上她的腳步，回頭一看。

「這裡是哪裡？」

他正嘗試尋找自己身處位置的線索。

原來眼前的少年到現在仍沒有放棄，鍥而不捨要尋求離開的機會。她露出滿意的微笑：「猜猜看。」

「這裡的樹林都很茂盛，但不是針葉林，所以不是緯度又或海拔高的地區。一路走來，看到不同的樹木品種，落葉樹和針葉樹皆有，所以應該是溫帶闊葉和混合林吧。明明是冬天，但這裡卻不算冷。遠方傳來的流水聲隱約聽得到有澎湃的落水聲，可能是瀑布，而且是沒有被冰封的。如果有瀑布，那麼一定就不會是位處妮惇娜河中下游、地勢較平坦的妮惇妮亞郡。雖然阿娜理郡和蒂莉絲莎璃郡內都有溫帶闊葉和混合林和瀑布，但這裡落葉樹的比例較大，可以推測是緯度相對較低的地區；而且當晚我受了重傷，沒可能移動得太遠。所以這裡應該是阿娜理郡內，接近下蒂莉絲莎河的某條支支流附近吧。」

她一問，他就毫不猶豫地一口氣說出自己的理據。

下蒂莉絲莎河和妮惇娜河皆是全國最長的河流——蒂莉絲莎河的支流，兩者在蒂莉絲莎璃郡的東南面「分道揚鑣」，前者流向西面，後者流向南面。

「呵呵，這麼短時間內便整理到這個程度的資訊，果然我沒有看錯人，」說完，她轉過頭去。

「不過我不會告訴你答案啊。」

「我就知道。」

「不愧是一名年輕有為的伯爵。不只劍術精湛，頭腦聰敏，而且還懂得製作甜點。這種真材實料的貴族在這個國家還剩下多少呢。」

愛德華總覺得懂得製作甜點是她特意說出來要捉弄他的，但前兩點……她是在稱讚自己嗎？

薔薇姬會稱讚人的比率到底是多少？我被稱讚，是否等同實力被認可？

被強者認可了，那麼我就……

「不過雷文家的劍術造詣果然很厲害，連個初出茅廬的小鬼也這麼厲害，不敢想像肯尼斯到底有多強大呢。」正當愛德華在沉思，夏絲妲半自言自語的一句打斷了他的思緒：「對了，你的劍術是他教你的？」

「他只教了基本，其他的都是父親教授，」他一時反應不及，呆愣一會才懂得回應：「你認識肯尼斯？」

愛德華從來不肯稱肯尼斯為「爺爺」，而是直呼其名。

「當然，全國有名的劍術高手，怎會不認識他？」夏絲妲嘗試模仿一般百姓的口吻：「近百年來最強的「月下黑鴉」繼承人，肯尼斯・韋伯・雷文男爵，以二十二之齡當上騎士團團長，馳騁沙場永不敗，能與他爭過不上不下的大概就只有當時來自北方的『天鵝騎士』家當主。大家都是這樣說，不對嗎？」

當時肯尼斯的名堂就是如此響亮，遍佈全國。

「你該不會……跟他決鬥過吧？」

愛德華想起，當年肯尼斯的死太過突然。雖然對外是說病逝，但真正的元兇有可能是眼前人？

「我也想呢，可惜他死得早，那時候我仍未開始旅行。」

的確。他記得薔薇姬的名字和傳聞是在大約七年前開始傳開的，但肯尼斯是在十一年前去世的，怎樣想也沒有可能吧。

而且眼前人看來只有二十多歲，十一年前也不過是個十多歲的小孩，怎能敵過經驗老到的肯尼斯呢。

——但也不是絕對無可能的事，他認為。

雙眼凝視著夏絲妲的背影，突然，愛德華想到一件事。

「你是……北方人嗎？」

這個問題一直藏在少年的心中，剛巧想起，便直接問了。但因這數天，幾乎都是維持著眼前人問，他答的情況，因此到他有機會主動發問時反而有點不習慣，遲疑了一會。

「嗯，為什麼這樣問？」出乎他的意料之外，她爽快地給予肯定。

「只是有點在意而已。」

他本來沒打算深究，但這時到夏絲妲接著話題：「從服裝看出來的吧。」

「這是其一，而且口音聽上去有點像，但就看不出是不是北雪人……」

「沒錯啊。」

當安納黎人，尤其南方人，說「北方人」一詞的時候，通常是指霍夫曼郡以北地區，安納黎最北的山脈——白鳥山脈一帶的居民。但對於居住在白鳥山脈北面，被稱為「北雪之地」的人，他們普遍被稱為「北雪人」。

北雪人和其他北方人沒有太大分別，但有一說指長年居住在冰雪之地的他們都比較強壯和高大。

在愛德華發問的話音剛落下不過一秒，夏絲妲毫不猶豫地肯定了他的猜想，這令他十分驚訝——他本以為她又會故弄玄虛。

這個可是涉及出身的問題，像她這樣身分的人不都是想盡力隱瞞的嗎？

「你不怕個人信息被暴露而產生的問題嗎？」

「只是出生地而已，能影響我些什麼？」夏絲妲一副理所當然的口吻，飛快地回應。「就算仔細告訴你我是從哪個郡來的，也不會造成任何影響啊。」

反正不會動搖我的實力——愛德華瞬間明解這句言外之音。

反正知道得最詳細的那個人也沒能對我做些什麼，何來威脅論，夏絲妲則在想。而且我是一個沒有歸處的人啊。

「不說寒暄話了，說正經事吧。」

不經不覺，原來二人已經到達山頂。舉目可見，四周都是枯葉和殘枝，雖然有陽光，但仍然感覺滄桑。

夏絲妲停下了腳步，呼了一口氣，問：「愛德華，我想問你，那一晚你說的『在到達巔峰之前，是絕不會停下的』，到底是什麼意思？」

她說時神色凝重。

「我有說過嗎？」愛德華試圖回憶決鬥當晚的事，但對此毫無印象。

「沒有記憶嗎……那麼我換個問法，你也知道『八劍之祭』的勝者能達成一個願望吧？那麼你的願望是什麼？」從愛德華的疑惑確認當時的是他以本能行動後，她更改了問法。

「我為什麼要告訴你，」發現問題觸及個人私事，愛德華頓時以言語築起高牆：「這是我自己的事。」

「反正我知道了又不會少一塊肉，不過你不想說就算了。」

語畢，回應她的就只有微風的吹拂，枯葉的沙沙聲，以及樹枝搖擺的聲音。

「才沒有什麼願望，」遲疑了一會後，愛德華終於打破了異樣的沉默。「我只是想藉著祭典，爬到無人能及的高處，勝過所有人，不被超越，成為最強。」

雖然口上是這樣說，但說的同時他也在心裡對自己詢問：我做得到嗎？

面對著眼前的高牆。

「是這樣嗎，」果然如此嗎，聽畢，夏絲妲輕嘆一口氣，再雙眼注視著他，目光頓時變得冰冷：

「那我奉勸你一句，趁早放棄這個妄想吧。」

「為什麼？」伴隨著略為激動的反問，愛德華的心顫抖了一下。

「這個夢是無意義的。」

待續

番外篇－Nebengeschichte－

馬卡龍－MACARON－

「什麼，你想學習如何製作馬卡龍？」
「……嗯。」
傍晚，愛德華在學院的廚房遇到一直教他煮食的廚師後，便向他提出一個請求。
「這些甜點去買不就可以了嗎，不一定需要自己弄的啊？」
廚師一臉驚訝，除了是因為這是愛德華第一次向他提出請求，更是因為第一次的請求就是要求傳授甜點的製作方法。
「有些個人理由，我想學懂自製馬卡龍。」
「原來你是麼喜歡吃甜點，真意想不到……好吧，但事先聲明，我不是甜點師傅，只懂得個大概，做出來的成品未必符合你的預期，可以嗎？」
反正又不是我要吃，成功弄出成品就好。愛德華點頭：「嗯，我之後會自己繼續研究的。」
想不到他平時一臉正經又寡言，原來私底下卻喜歡吃甜點的啊。廚師在心中一笑，隨即到倉庫把杏仁粉和糖粉拿出來。而愛德華則在廚師離開後，嘆了一口氣。
要不是為了省錢，我才不會去學做甜點啊！他差點想在廚房大叫。
他之所以請教廚師學做甜點的原因不為其他，正是因為突然出現，現在同住在宿舍房間的人型劍鞘——諾娃。
她不吃其他食物，每天只吃甜點。起初愛德華會從校外的甜點店買甜點給她，但他發現再這樣下去並不是辦法。甜點不是什麼便宜的食物，店家的售價也一定不是成本價。既然他因為有廚師的默許而可以自由使用學院的廚房，又懂得煮食，倒不如自行製作甜點，那麼就可以減輕生活費負擔。

決定了，就坐言起行。他到國家圖書館找了幾本甜點教學書籍，並仔細研讀。他記住了幾種甜點的製作方法，包括諾娃最愛的馬卡龍、泡芙和全國聞名的鬆餅，但同時發現甜點的製作方法跟煮一頓飯有不少分別。無論他怎樣找書看，還是沒法完全明白一些步驟。正所謂行動是最快的學習方法，於是他決定鼓起勇氣，請這位相熟的廚師教他弄甜點。

他起初擔心廚師先生會反對，而準備仔細解釋，怎知廚師先生竟然爽快答應。他大概感覺到廚師先生對他的印象已經由被欺負的貴族少爺變成喜歡甜點的貴族少爺，他不太喜歡這樣，但為了生活，這些小事並無所謂。

而且有一技之長也不錯，他這樣說服自己。

廚師先生轉眼便回來了。他放下手上的杏仁粉和糖粉，並從不遠的廚櫃裡取出一隻銅製攪拌碗、幾隻小木碗、攪拌器、篩子、木勺、木抹刀、擠花袋和焗盤。

「愛德華，幫我拿出兩隻雞蛋、白砂糖、奶油、巧克力粉和稱重秤，還有穿上圍裙。」

愛德華轉眼便帶著所需要的材料回到煮食台。

「你想我們分開做那些步驟，還是你一人完成？」

「您教我，我做吧，拜託您了。」愛德華說完便點頭，表示謝意。

「都說了別跟我客氣，廢話少講，我們開始吧。」廚師先生別過頭去，然後把攪拌碗放在愛德華身前。「首先準備好四十克杏仁粉、七十克糖粉、二十克砂糖，然後把兩隻雞蛋的蛋白和蛋黃分離——把蛋黃放在較小的蛋殼裡，然後把蛋黃倒入另一半蛋殼，途中讓蛋白流淌到碗中，就這樣重複幾次。記得不可以讓一丁點的蛋黃混在蛋白裡，不然會做不出想要的質感的！」

廚師連珠炮發地一次過發出數個指令，愛德華儼如他的徒弟，或者下屬，立刻依照指示完成步驟。他已經習慣廚師下達指令的方式，也記得他說過不允許慢吞吞的人出現在廚房裡。不消幾分鐘，愛德華就已經把廚師說的材料分量準備好，就連第一次嘗試的蛋白分離也在毫無錯誤的狀況下完成。

「嗯，不錯，」廚師滿意地點頭。在他教過的學徒當中，愛德華是手腳最快的其中一位。如果這位少年是平民，他早就把他拉來當廚師的了。「我們先由最花時間的步驟開始吧。先把蛋白打至起泡，再倒入砂糖，打至堅挺、像棉花糖般的黏稠質感就算完成。這個步驟需要強大的臂力，你的話應該沒問題吧。」

愛德華沒有作聲，只是默默依步驟做事。起初他還不覺得有什麼問題，但攪拌了幾分鐘後，就開始明白為何廚師說這個步驟需要臂力。蛋白需要長時間攪拌才能變得黏稠，過程中需要用到上臂和手腕的力量。對平時有練劍習慣的他來說，這個程度並不算什麼，反而從中發覺這個動作可以用來訓練臂力。

過了十分鐘，總算完成了。愛德華沒有停下來休息，先是把杏仁粉與糖粉過篩，然後用木勺把剛才打好的蛋白一起攪拌。廚師先生見他的動作快，便把鋪好牛油紙的焗盤和擠花袋放到他身邊，示意他把麵糊裝進袋裡，再在焗盤上擠出一個個小型圓麵糊。

「我已經把焗爐預熱，現在就用中火烤麵糊約十分鐘。我們就趁這段時間把夾餡準備好吧。」

愛德華依照廚師指示把焗盤大力打在煮食台上，趕走麵糊中的氣泡後，廚師便把麵糊們放進不遠處的焗爐裡，同時命令愛德華把巧克力粉和室溫軟化的奶油攪拌均勻，以製成馬卡龍的夾餡。

二十分鐘後，等到焗完的麵餅變涼，愛德華便小心地用另一個擠花袋把巧克力夾餡擠上面餅偏平的一面，再把另一片麵餅夾在一起，馬卡龍就此完成。

「呼——」製作前後花了近一小時，愛德華現在總算能夠休息。馬卡龍的製作方法比他想像中的簡單，材料也比他想像中的親民。但在過程中他總算明白為什麼市面上賣的馬卡龍都不便宜——因為製作的難度在於材料和製作過程的仔細控制。他盯著眼前一排的完成品，擔憂會否失敗。

「我先來嘗一口……意外的成功啊？」

廚師先生見愛德華呆著，便先拿一件來試味。雖然食譜是他傳達的，但就連他自己沒有估計到會如此成功。這些米白色的馬卡龍吃起來外脆內濕潤，麵餅的杏仁和夾餡的巧克力味混合起來甜度適中，不會太膩。配上茶的話就一定會更好吃，他心想。

見廚師反應正面，愛德華也順勢吃了一件。雖然跟諾娃平日吃的還差一段距離，但大致上差不多。已經抓到方向了，他十分滿意。

「這樣就完成了，」廚師露出滿意的微笑，「我可以要一半嗎？」

「可以只拿四分一嗎？」

愛德華的「還價」令廚師哭笑不得。你真的很喜歡馬卡龍呢，他心想。

⚔

「這是今天的甜點，你應該餓了吧。」

晚上九時，愛德華帶著疲倦的身軀回到房間。聞到一陣淡淡巧克力味的諾娃頓時放下手上的書本，雙眼盯著愛德華手上的紙袋，知道每天的快樂時間又到了。

但他不是說今天吃過晚飯後就不會出外的嗎？為什麼又會帶了甜點回來的呢？少女心裡疑惑著。

愛德華把紙袋拋給她後，便坐在書桌前，托著腮，沒有作聲。諾娃打開紙袋，發現裡面裝有十五個久違的馬卡龍——因為金錢問題，她已經差不多五天沒吃過馬卡龍了。但這個紙袋跟他平時會光顧的那間餅店所使用的並不一樣，難道是找到其他餅店，或是學院附近有新餅店開張？

她拿出其中一個馬卡龍，帶著疑惑的眼神咬下去。

鬆脆和濕潤的比重不太對——有點太脆了，但仍能接受。她再咬一口，突然驚訝：咦，這個巧克力夾餡不就是我最喜歡的味道嗎？

巧克力有很多種，而每人喜歡的類型都不同。諾娃記得，幾天前愛德華給她買了一些巧克力紙杯蛋糕後，她喜孜孜地告訴他，這個蛋糕的巧克力味道是她最喜歡的一種。

難道他記住了這件事嗎？諾娃偷瞄愛德華，這才發現他的西褲沾有一些白色黏液，而頭髮上也有些白色的粉末。她再看看袋中的馬卡龍，頓時明白了。

「好吃嗎？」良久，愛德華平淡地問。他問的時候沒有望向諾娃，裝作一副不在意的樣子。

「嗯，」她露出感謝的微笑。「謝謝你。」

愛德華沒有回話，只是站起來，準備到浴室洗澡，但諾娃留意到，他在一瞬間露出的微笑。

這一袋馬卡龍要留著慢慢吃，她暗中決定。這一袋獨一無二的馬卡龍。

番外篇－Nebengeschichte－

室友－ROOMMATE－

與室友的相處之道，自古以來就是人類的一大難題。

上至家人，下至朋友，左至同學，右至伴侶，只要有兩個人需要共享同一個空間生活，就必定會面對此難題。這個難題的困難之處就在，它不能一朝一夕解決，而是需要時間來讓二人磨合，以得出解決方案，甚至有機會在過程中因為二人沒法磨合，而令他們不歡而散。

身為獨子的愛德華自小沒有與他人在同一所房間生活的經驗，就算來到路特維亞學院，因為所有宿舍房間都是單人房，所以他最多只能體會到與宿友一同吃飯程度的共同生活。他本來以為這道室友難題不會出現在他的人生裡，但就在上週，它無聲無色地闖進他的生活裡，而且他一來就要挑戰當中最難的一題——

與不熟悉的少女在同一個房間裡生活。

自從愛德華在某個晚上不明就裡地跟一位劍鞘少女定下契約後，她就住進了他的宿舍房間。少年這輩子只跟幾位女性同住過，包括母親、家裡的女僕，以及表妹，但就從未跟任何女性長期在同一個房間裡起居生活，所以他完全不懂該如何處理這個特殊的室友問題。

他記得父親曾經告誡過他，室友相處之道的重點是「互相遷就」，但應該怎樣遷就，卻沒有說。

看來只能自己摸索了，就這樣，愛德華的室友之道探索故事就開始了。

1

一個平凡的早上，天剛亮，愛德華一如以往在鬧鐘的呼喚下起床，接著走到衣櫃前準備更衣。

當他正要像平時一樣解開睡衣的鈕扣時，眼角看到坐在地板上看著他的諾娃，動作頓時停頓了。

呃，我完全忘記了這件事……

路特維亞學院宿舍房間的佈局十分簡單，從門口望去，左邊是衣櫃，裡面就是床和書桌，沒有僻開一個小房間作衣帽間。因為衣櫃並不巨大，要更衣的話，就算躲在門和衣櫃之間的位置，也能輕易從房間的每個角度看見，整個房間沒有什麼地方可以完全把一個人藏起來。

愛德華立刻想到可以把衣服拿去浴室更換，但又怕會引起懷疑，畢竟沒有人會在浴室更換睡衣。那麼要請諾娃出房間等候嗎？他頓時否決了這想法。這樣好像不太好，彷彿是把應該要自己解決的問題推卸給別人一樣。她沒有錯，不應該被請出去，但他又不能在她面前更衣，那該怎麼辦呢？

「可、可以請你轉過身去嗎？」良久，少年終於說出此句。說的時候，他的臉有點紅，雙手仍然維持著解開鈕扣的動作，似是相當緊張。

諾娃沒有回話，只是安靜地轉過身去。愛德華頓時鬆一口氣，立刻打開衣櫃的門，縮在門後，繼續更衣。但他在換褲子時，一不小心把頭伸了出去，看到諾娃的身背，頓時差點想撞牆。

還是不行啊！總是覺得很奇怪啊！

他急忙穿好褲子，連頭髮也沒梳好，什麼都沒說，便提著上課要用的書本衝了出房間。諾娃只能一頭霧水地見證這一切，過了一段時間才理解到發生什麼事。

之後幾天，同樣的事件在重複著——只是愛德華留意到，本來比他更早起床的諾娃越睡越晚，甚至到他出門時都還未醒來。因為這樣，他不用再難為情地開口請諾娃轉過身去，可以比較安心地更衣；但當每次更衣期間不小心看到她睡覺的樣子時，他仍然會覺得十分尷尬。

換件衣服而已，為什麼好像變成我做了什麼不見的人的錯事一樣？

慢慢的，少年的心中開始萌生出一股怒氣。

2

「哈啾！」身體本能的一個噴嚏，把愛德華從睡夢中喚醒。

他瑟縮著身體，在漆黑的房間地板上不停翻滾身子，試圖讓自己暖和一點；過程製造出很多噪音，但床上的少女似乎聽不到，仍在安心睡她的覺。

好冷啊……為什麼這麼冷的啊……

他坐起來望向火爐，火光熊熊；再望出窗外，十分平靜，沒有狂風，也沒有下雪；最後他再低頭看，就不禁嘆一口氣。

沒辦法，誰叫自己正睡在地板上，還只裹著一張單薄的舊綿被呢。

愛德華之所以會睡在地板上，不是被逼，而是他自己決定的。他不忍心看到身為女生的諾娃要睡地板，但男女二人又不能在同一張床上睡覺，所以他決定自己睡地板，把床讓給她。首兩天還沒有問題的，但這幾天天氣突然變冷，只靠著這張在夏天時才會用的薄綿被已經不足以保暖。他已經穿著大衣睡覺，但大衣也是殘舊的，沒法幫到太大的忙。結果每晚都會有幾次因為太冷而驚醒，連累到早上精神不振，今天還差點在上課期間睡著了。

少年知道這件事有兩個解決辦法，一是請諾娃讓出床舖，二是自己去買一套新的棉被。身為男士，他不能讓諾娃睡地板，但他也不想再花錢，畢竟諾娃的伙食費已經令他很頭痛的了。
唉……他不禁嘆氣。先忍著吧，或者等下個月的工資出了，我再想辦法吧。
他再次躺到地板上，讓冰冷和驚醒的循環繼續下去。
啊，腰很疼，還有這樣不會冷病的吧？
凝視著著漆黑的天花，他開始擔心如果自己不幸病倒的話，到底要花多少錢才能治好。

3

「晚上才能洗澡？」住進愛德華房間的第二晚，被告知這消息時，諾娃一臉驚訝。
「對啊，十時後，不然你會被人發現的。」愛德華一臉正經地回答，不明白為何眼前的少女這麼驚訝。
因為愛德華住的是男生宿舍，沒有女生浴室，所以身為女生的諾娃必須借用男生的浴室洗澡。之所以他會說十時，是因為宿舍規定的洗澡時間到每天晚上十時為止，為免被人發現，愛德華只准她在晚上十時後使用浴室。
「但我可以隱藏身影啊？」寡言的諾娃少有地反駁。
「但你不能把整個浴缸都隱藏起來吧？」愛德華也少有地毫不退讓。
「晚上洗澡的話，我的頭髮沒法在睡覺前完全乾掉啊？」見眼前的少年不明白，少女忍不住說出自己最關心的重點。

頭髮未乾透便睡覺，第二天早上起來後會頭痛的——她也不知道為何自己記得這件事。

「呃……但真的沒辦法啊！我們這層的男生有些是習慣早上洗澡的，你在早上用浴室的話一定會被發現的啊！」

愛德華不是不明白她的難處，但他也有他的難題，而且少年覺得，被發現行蹤和頭髮未乾透，當然是前者比較重要，在只能二選其一的情況下，就只能捨棄後者，為何她不明白呢。

「那我只能在週末才能洗頭了吧。」諾娃似是在發牢騷，但她的一句挑起了愛德華的神經：

「不，最多隔三天便要洗。」

「為什麼？」

「我不能忍受床鋪不乾淨。」愛德華一針見血地說出來了，完全沒考慮過說得婉轉的需要。

「但……」諾娃本來反駁，但說到一半，又把話吞回肚裡。「好吧，我試試看。」

我自己也不喜歡床鋪不乾淨，諾娃心想。但他就不能體諒一下的嗎？

她在心裡計算過，如果晚上十時洗澡，頭髮最快要到凌晨一時才會全乾。

要為了頭髮而熬夜嗎？先試試看吧，她心裡決定。也許之後會找到解決辦法。

幾天後，晚上十時零五分，諾娃正半裸地站在浴缸前面，一臉困惑。

「又沒有熱水啊……」

同樣的事已經第二次發生在她身上了。

因為諾娃是在規定的洗澡時間完結後才去洗澡，有時候舍監會在那時候停止燒煤，也就是停止熱水供應，換言之她要用冷水洗澡。平時舍監都會在十時半左右才停止燒煤，但不幸地，這兩天不知為何，他異常盡責，十時剛過去便停止燒煤，令十時零五分趕去浴室的諾娃只能望著一大缸冰冷的洗澡水煩惱。

「該怎麼辦……」

嚴格來說不是人類的她，就算用冷水洗澡也不會冷病，但仍會感到冰冷。她不喜歡冷水的溫度，尤其今天才剛下完雨，曾經外出過的她因此被雨淋濕了，當然會想用熱水來暖和一下身子。

想到冷水那種刺骨的寒冷，她有點想不洗便算，但一想到之前被愛德華發現她未有洗澡便上床睡覺後，他責備她的樣子，便有點猶疑。

始終是睡人家的床，而且他是我的主人，還是聽話比較好吧，少女心想。

雙腳一踏進水裡，她就因為水溫而打了個噴嚏。

好冷！為什麼沒有熱水！

她差點想喊出聲，但說了出來就會覺得更冷，所以必須忍著。

「我只要在早上用浴室盡頭的浴缸，那麼就算隱藏了身影，也不會有人發現的吧……」少女一邊快速地洗頭，一邊嘀咕著，「愛德華真是的，他明白要泡冷水浴和坐著睡的人的心情嗎？」

正如她所說的，因為頭髮未乾不能睡，但又累得不得了，所以這幾天諾娃經常在等待頭髮乾透期間就已經坐著睡著了。坐著睡並不舒服，加上晚睡，因此少女這幾天都沒有精神，今天更頭疼了一整天。

她現在只希望有熱水洗澡，其他的都不想管。

愛德華說過早上洗澡會被人發現，那麼當所有人都去了上課之後再洗澡，就應該沒有人會發現吧？就連愛德華也不會知道！

靈機一觸，少女頓時想到一個好辦法。

⚔

其實愛德華又何嘗不明白冷水浴的痛苦，只是他已經習慣而已。

在同一天的晚上，才剛過九時，少年半裸地站在浴室裡，盯著眼前一缸不熱的洗澡水。他努力按捺著心情，不讓自己說出什麼難聽的說話——雖然在心裡他已經把那些話說了近十遍。

宿舍長今天沒有說熱水供應出問題，剛才在走廊上也聽到其他學生說洗了個熱水澡很舒服，但唯獨輪到他洗澡時，水卻如冰一樣冷。

他早就知道是誰做的好事了，而且同樣的事已經不是第一天發生。

連掉換洗澡熱水這種無聊事也敢做的，整座學院裡就只有一個人。從入學開始，他不時會在洗澡時遇上冷水，無論夏天和冬天都一樣。他曾經嘗試過以熱水供應系統故障向宿舍長反映，但情況卻不獲改善，明白箇中意思的愛德華從此什麼都沒說，默默地接受一切，只會在冬天洗澡時祈求該天的洗澡水不是冷水。

而今天很不幸運地，又被戲弄了。

那傢伙真是的……在比較暖和的前幾天不換，偏偏在這個只有零度的晚上才把熱水換走，是想被揍嗎？

浴室裡一個人也沒有，他很想大喊一句宣泄一下，但顧慮到外面可能有路易斯的手下經過，被聽到的話有可能會惹上麻煩，因此作罷。

望著眼前那些冷如冰的水，他很想不洗澡，就這樣睡覺，但喜愛潔淨的他接受不到以骯髒的身體睡在床上。可是用冷水洗澡的話有機會冷病。他想到自己已經連續五天在睡夢中冷醒了，用冷水洗澡的話，不是會更難睡著？

該怎麼辦呢？

「唉，待會多喝兩杯熱茶才睡吧！」

說完，他便脫下內褲，走進盛著冷水的浴缸，一邊抱怨，一邊快速洗澡。

愛德華在洗澡時一直打著冷顫，之後的晚上又因為寒冷而驚醒。這一切，諾娃都不知道，愛德華覺得沒有必要對她說，而她則以為愛德華是那個一直享受著熱水，不懂自己辛酸的無情人。

結果誤會一直沒有化解，每天不停地積聚。

4

積聚的誤會和情緒，終會有爆發的一天。

「你……我不是說了，不要在早上洗澡的嗎？」
「都沒有被發現，有什麼問題？」
今天一早，當愛德華去了上課後，諾娃就趁宿舍沒人，去了浴室洗澡。但中午過後，愛德華竟然回到宿舍——原來今天只有上午有課。他本來想趁機睡個午睡，但在睡覺前卻突然留意到諾娃的頭髮竟然是半濕的，少年敏感的神經在一下子便推敲出答案。
「你怎樣知道自己沒有被發現？可能其他人已經開始議論了呢？」愛德華想像到的是，外面的人開始在談論浴室裡有奇怪水聲的事，更有人打算跟宿舍長報告了。
「沒有可能，我洗澡的時候都沒有人在浴室裡。」諾娃肯定地否認，她可是徹底檢查了整個浴室，確保沒有人才開始洗澡的，愛德華這句等同否定了她的用心。
「但宿舍長可能會覺得這個時候有人用水而覺得奇怪！」敏感的少年頓時想到另一個可能性。
「這樣說的話，晚上十時過後用水不也是奇怪嗎？」聰敏的少女也頓時想到理據的破綻。
「可能有人趕不及洗澡呢？」少年繼續反駁，緊繃的神經令他沒有退讓的意思。
「也有可能有人早上翹課然後去洗澡呢？」少女也一樣，不打算就此妥協。
「誰會信啊……」
曾經安靜的房間，現在變成了劍拔弩張的戰場。諾娃嘆了一口氣，她明白愛德華敏感和容易緊張的性格，但這樣也有點過分了吧。自己每天都洗熱水浴，好像沒把她的辛酸放在眼內，說得好像是她為他徒添麻煩似的。不行，她決定今天一定要讓他明白。
「你就不能體諒一下冷水浴和要等到頭髮乾透才能睡的辛苦嗎？我每晚都是坐著睡的，頸很疼啊。」忍了一星期的話，終於說出來了。

「那麼你又知道我每晚都會在睡夢中冷醒的感覺嗎？」被諾娃的話刺激，愛德華忍不住，說出了一直隱藏在心裡的話。

諾娃一愣，突如其來的一句令她沒法反應過來。她完全不知道愛德華這個星期一直睡不好。

「還有冷水浴，」怎知愛德華並未有就此打住，「我幾乎每個月都會遇上三四次，那麼你明白洗了冷水浴，然後被窩也是冰冷的感覺嗎——哈啾！」說完，他打了個噴嚏——不是裝的，諾娃這才發現少年的鼻尖紅紅的，說話也有點鼻音，看來是傷風了。

她頓時收起了直到剛才為止的怒氣，顯得有點不好意思：「那……你覺得冷的話為什麼不跟我說，我不介意跟你交換床鋪！」

「我怎好意思叫女生睡地板！」愛德華忍不住大喊，但說完後又微微別過頭去——他知道這是他自己的堅持，不是她的錯。

「我就說了不介意，你為何還要介意呢？」這個主人又這樣了，諾娃在心裡搖頭。她決定要把話說清楚：「你總是這樣，自己介意很多事，但其實有很多事根本不需要這麼在意！」

「不去在意，就會出錯，出錯了，就不能再挽救！」這一句卻挑起少年的神經，讓他說出了未曾對任何人說過的真心話。

諾娃愣住，她不懂該如何反駁愛德華；而看著她，愛德華心裡越來越煩躁。

「啊——為什麼跟人同住這麼麻煩的啊？早知道這麼麻煩，我寧願不簽契約算了！」他忍不住說了一句。

「咦？」諾娃不敢相信自己聽到的話，她雙眼睜大，眼角好像有淚珠要跑出來。「你說什麼……」

「呃，我的意思是，那個……」愛德華頓時發現自己的失言。他想解釋，又不知道該說什麼；但他現在仍是氣在頭上，仍未想道歉。

「啊——算了！」

他突然抓起掛在椅上的大衣，氣沖沖的要往門口走去。

「你去哪裡？」諾娃在身後焦急地問。

「圖書館看書！」

⚔

愛德華獨自一人坐在圖書館的一角，翻著手上的書。他看似已經看到書的一半，但其實一隻字都沒有讀進腦裡，滿腦子都是今天稍早時跟諾娃的對話，心裡滿是愧疚。

每次當他心情不佳時，都會去圖書館看書，讓自己冷靜下來，今天也不例外。

他知道自己不應該那樣說話的，說到底，都是自己奇怪的堅持，以及容易起疑的性格引申的問題，不關諾娃的事，但那一瞬間他實在沒法控制自己。每天起床更衣時都會感受到尷尬，每天回房間時都會擔憂諾娃的存在被其他人發覺，每晚都因寒冷而睡不好覺，這些事令他有好幾次想過，如果沒有在那一晚走過那條街道，也許就不會這麼麻煩。

但他真的寧願沒有遇上諾娃嗎？

不！——從心底裡冒出的一句，連愛德華自己也感到驚訝。原來我那麼在意她的存在嗎？

雖然她的到來的確為自己的生活帶來巨大的衝擊，但愛德華沒法忘記，這一個星期，他心裡出現了一種兩年來都未曾有過的安心感。

以前獨居時，他可以一整天一句話都不說；但現在，最少他有一個聆聽的對象。

以前被路易斯欺負了，或者遇上了其他不如意的事，他會單純地覺得倒楣，心情會低落；現在他每次遇上這些事，總會想起房內的女孩，繼而覺得自己並非單獨面對這些事。就算他未曾向諾娃傾訴過，但她的存在，已經足以令他安心。

每天一回到房間，聽見諾娃對他打招呼，心裡的孤獨感頓時消散。

他知道，自己其實並不討厭這位室友。那些憤怒，都是因為自己沒法適應新生活模式而生的幼稚感情而已。

那麼，要跟她道歉嗎？但我已經把話說得那麼狠絕，她還會原諒我嗎？

「愛……愛德華。」這時，有一把熟悉的聲音在叫他。少年抬頭一看，竟然是諾娃，她自己來到圖書館了。

「你怎麼來這裡了？其他人——」

「已經關館了，這裡就只有我們二人。」

原來我留到這麼晚了嗎，一直想著吵架的事，少年完全沒留意過時間的流逝。

少女安靜地坐到愛德華前方的位置，低著頭，雙手交叉。而他也低著頭繼續看書，只是右手不停地捲著瀏海的其中一拴頭髮。

要跟她說嗎，但我該怎樣開始……

「嗯，諾——」

「愛德——」

二人同時開口，又因為跟對方開口的時機重疊，而同時停下。

「是我不對，我其實不是那個意思，只是一時間不習慣，所以……」良久，愛德華用盡自己的力氣，總算能夠開口，向眼前人低頭道歉。

諾娃也連忙低頭道歉：「不，我應該留意到你每晚都因為寒冷而睡不好的，沒有留意到你的狀況，而說出那些話，是我不對。」

「你沒有錯，那是我的提議，我不應該有怨言的。」

「但就算這樣，我也應該要體諒你的難處。的確，被人發現了的話，你會處於很危險的狀態……」

「但這是我的問題，不應該影響你的……」

諾娃知道再繼續下去的話，愛德華只會無止境地自我責備。她笑了笑，說：「這些小事便算了吧。」

「小事？」愛德華卻不這樣認為，對於總是著緊成敗和完美的他來說，這是不能被原諒的大錯。

「我們都知道自己的不足之處，與其無止境地自我責備和道歉，不如想辦法解決，不是更好嗎。」

明明平時的性格像個小女孩一樣，但這刻的諾娃看起來比愛德華更為成熟。愛德華突然想起，父親說過，要跟室友互相遷就，意思就是每人各讓一步，成就更好的關係。

不能一味堅持自己的利益，要同時尊重對方的意願和習慣。

「也是呢，」他現在終於明白父親的意思了。「對不起。」

既然關係已經和好，那就是時候解決吵架的原因了。諾娃立刻提出一個思考了幾天的主意：「其實就算我早上洗澡被人發現，他們都看不見我，大概只會當作靈異故事看待吧？」

「浴室的幽靈……的確，這所宿舍好像是有鬼故事的，只是我不相信而已。」經諾娃一說，愛德華才恍然大悟。對啊，還有鬼故事這一招！

「那不就行了嗎？」

「好吧，但你一定得小心，不能被人發現。」看到諾娃主動提出建議，愛德華也慢慢抓到感覺，嘗試主動提出請求：「還有床舖……你會介意我們輪流睡嗎？就是今天我睡床上，你睡地板，明天我睡地板，你睡床上，如此類推。最近的天氣實在太冷了，我……」

他生怕諾娃會不同意，怎知她爽快地答應了：「當然可以，我不是說了不介意嗎，只是你為什麼不花費買新棉被？」

「因為貴啊！」說完，他又別過頭去。這不又是自己的奇怪堅持嗎。「……或者等起始儀式時，看看街上會否有大促銷吧。」

「有大促銷嗎？」諾娃頓時激動起來。愛德華立刻猜到她在想什麼，加上一句：「甜點應該也有減價啊。」

「太好了！」望著少女一臉興奮的樣子，愛德華只是想：我沒說過一定會買啊？

「對了，早上換衣服……呃沒事了，話說你最近為何越來越遲起床的？因為睡不好嗎？」愛德華本來想跟她談早上更衣的事，但說時才想起最近諾娃總是遲起床，記起她剛才說自己頭髮未乾透便要睡，頓時想到，難道兩者是有關連的？

諾娃只是搖頭，「是為了讓你不用開口請我轉過身去……原來你沒有發現啊？」

愛德華張大嘴巴，一臉驚訝：「我怎會發現到啊？」

但諾娃卻一臉淡定，似是表示這不是什麼值得驚訝的小事。

「那麼所有事都解決了，還剩下最後一件，甜點。可以增加數量嗎？」

「啊，這個我沒法退讓。」

「怎能這樣……」

5

又是一個平凡的早上，愛德華一如以往，天剛亮便起床，接著走到衣櫃前準備更衣。

他低頭一看，諾娃正在地板上睡得香甜，似乎在做什麼好夢。他輕輕一笑，再打開衣櫃門，縮在門後，開始更衣。

一個人的生活已經回不去了，但又有什麼所謂，時間久了，他發現原來二人生活也有獨特的趣味。

稍微更改本來的生活習慣，換來的是前所未有的新穎體驗。

他寫下一張字條，再從書桌的抽屜取出一袋昨天弄好的馬卡龍，放在字條旁邊後，便安靜地離開房間。

我今天要去羅索家，晚歸。這是給你的午餐，順路的話會給你買幾件泡芙。

愛德華字

番外篇－Nebengeschichte－

將軍－HOFFMAN－

「這個草原可以嗎？」提著一個行李箱的夏絲妲在一個草原上停下腳步，轉身有禮地問身後的人。

「嗯，都沒關係，快點開始吧。」她身後的茶髮男士正不耐煩地看著手錶，似乎正在趕時間；而他的另一隻手則放在繫在腰旁的軍刀的護手上，絲毫沒有放鬆對眼前女士的警戒。

「急著回去參加起始儀式嗎？還有很多時間啊。」相反，身穿漆黑大衣的夏絲妲卻一臉輕鬆，她把雙手放到身後，輕快地轉過身，帶著微笑望看這位穿著漆黑軍服的青年。明明兩者都是黑，但所散發的氣場卻截然不同。

「現在是下午一時十五分，起始儀式將在下午二時開始，但從這裡趕路到皇宮，最快都要三十分鐘，即是說，我要在十五分鐘內勝出。」男士說得理直氣壯，彷彿結果早已被注定。

「很有自信呢，雪森勳爵——還是我應該叫你『霍夫曼副團長』？」

「見你將會跟我對決的份上，叫我舒伯特便可。」

正如夏絲妲所說，她眼前的男人是安納黎現任第二騎兵團副團長，舒伯特・加百列・D.・M.・霍夫曼。才二十三歲的他比夏絲妲高近一個頭，身材精壯，腰板挺直，漆黑軍服上掛滿大小勳章，深褐長靴雖有擦亮，但從遠方仍然能夠清楚看到很多在戰場上留下的痕跡。整身的裝扮儼然展現出他作為軍人的氣勢，以及作為軍人家族——霍夫曼家的未來繼承人所抱有的自信。

而夏絲妲則穿著一件漆黑及膝大衣，頭的左方束有一個玫瑰狀的髮型，把其「薔薇姬」的別稱表露無遺。白皙的皮膚上化了淡妝，緋紅的胭脂和唇膏令其容貌錦上添花，散發出一種成熟的氣息，加上深邃的五官，不說還以為是哪個貴族家的大小姐。而她腰旁繫著的長劍，雖然跟她身上的裝扮有點違和，但卻意外地為整體氣息加上一種踏實，說明這成熟並非是裝出來的。

二人作為舞者，今天都要前往皇宮參加「八劍之祭」的起始儀式。乘坐馬車的舒伯特在前往皇宮的路上偶然發現在路邊走著的夏絲妲，一眼認出這位紅髮通緝犯，知道她是祭典的舞者的他頓時把她截停，一開口就立刻懷疑她當選為舞者的原因，更表示要把她帶去皇宮的大牢，不能讓這種人成為身負國家榮耀的舞者。而夏絲妲沒有為自己辯護，一口答應了讓舒伯特帶她去大牢的要求，只是提出了一個要求——前往皇宮之前必須跟她進行一場對決。他贏了，就可以自由處置她的屍首；輸了，夏絲妲就可以獲得一匹馬。依照她的建議，二人來到阿娜理城牆附近的一個無人草原，單獨進行對決。

草原一望無際，只在邊界位置有一排大樹，其餘都是毫無遮蔽的平地。該處只有他們二人，沒有作為見證者的第三人。本來能夠成為見證者的舒伯特隨從被他支開了，他對隨從說，對決是二人的事，他只需要在二十分鐘後來到草原接他，見證對決的結果便可。

「話說你怎會知道我是舞者的？」夏絲妲問。照道理每一位舞者都應該在起始儀式開始後才會知道其他人的身分，但舒伯特似乎比其他人更早知道這一切。

「我問了北鵝動爵，是他告訴我的。」舒伯特口中的「北鵝動爵」，正是皇家直屬騎士團團長，北鵝侯爵，安德烈・約翰・威爾斯，也就是把皇帝的信交給夏絲妲的人。

「真不公平呢。」原來是安德烈那小子說出去的啊，夏絲妲心裡頓時閃過一陣不爽。

「快點開始吧，別浪費時間，難道你是怕輸才拖延時間？」不想讓夏絲妲再花掉時間，舒伯特從深藍刀套中拔出軍刀，架在身前，以行動催促她快點開始對決。修長的灰銀刀身中央有一條細長的血槽，金黃的護手沒有多餘的裝飾，但其光輝已經足以證明持有者的地位之高。此軍刀雖然只有一個刃面，但沒有彎曲的刀身，比起軍刀，更像是直刀。

他在警戒著的同時往後踏，跟夏絲妲拉開距離。

「你又知道一定是自己勝出這場決鬥？」夏絲妲留意到舒伯特的動作，卻沒有跟著擺出起手式，繼續輕鬆地主導這場對話。

「作為未來的將軍之才，我才不會輸給女流之輩。」舒伯特說得斬釘截鐵。

「哈哈，果然是位貴族大少爺呢，副團長先生。」女士說的時候笑容沒有變化，但眼神卻閃過一刻冰冷。

「你這是什麼意思？」舒伯特連忙追問。

「溫馨提示，小看女性的話會吃大虧啊，舒伯特先生。」說完，夏絲妲終於有準備開始決鬥的想法了。她拔出屬於她的銀劍「荒野薔薇」，以右手握著銀劍，劍尖指向舒伯特的顏面，人則稍微側身，左手放到身體後方。「女性可不是你想像中的軟弱無能。」

「是嗎，那讓我看看吧，看看你這個女劍士到底有多少能耐！」

語畢，舒伯特立刻衝前，直刺向夏絲妲的胸前。見她俐落地接下攻擊，舒伯特立刻持劍往前推，而夏絲妲則巧妙地把劍身轉為橫向，並把劍往上舉，卸開攻擊，然後再從上斬向舒伯特的頭——舒伯特急忙側頭避開，但還是被銀劍斬到左肩。他立刻退後，而夏絲妲也沒有進一步攻擊，只是退後幾步，並等待。

對峙一會後，舒伯特再次出手。他畢直刺向夏絲妲的胸前，但兩次前刺都被她側身避開，正當他再刺向她時，她竟然稍微彎下腰，再從下把劍向上一掃，俐落地把軍刀推開。

但這還未完結，銀劍在空中畫弧的同時，夏絲妲站起來，再捲劍前刺。舒伯特見狀，立刻右腳往後踏，穩住重心，怎知這時地上有些東西割破了他的小腿皮膚。他忍著痛，左腳連忙往右踏，勉強避開了前刺。

夏絲妲並沒有因此罷休，她一個滑步轉到舒伯特身前，連續使出從下而上的揮斬、橫掃、前刺，動作行雲流水，快如疾風，逼得舒伯特節節後退。雖然如此，但他的防禦十分穩固，接下了女士的所有攻擊，其間並沒有露出破綻。

明明是騎兵，但也擅長近距離的戰鬥。紅髮女士在心中暗暗點頭，覺得自己找對了人。

不過有件事，令她對此有所保留。

舒伯特的軍刀「鏘」一聲，狠狠接下夏絲妲瞄準其胸的砍擊，並且反推，試圖藉雙劍交纏重奪主動權。但夏絲妲只是把劍滑到軍刀刀尖，解除交纏的同時往左斜前方一踏，並斬向他的頭顱——

「才不會這麼容易！」

舒伯特往後一座，身子往後一仰，勉強接住了從頭頂而來的攻擊，然後快速收劍再橫掃，把銀劍推開，逼得夏絲妲退後。二人再次對峙，舒伯特臉上大汗淋漓，夏絲妲那頭特意弄過造型的頭髮也變得凌亂。

「不錯啊，身為女士能打到這個程度。」他說。

「是嗎，但現在便下判斷，似乎有點太早啊。」她望向舒伯特腿上的傷口，輕輕一笑。五分鐘。

「對了，你的軍刀應該不是家傳寶物吧？」

「這關你什麼事？」舒伯特答得不太友善。

「果然不是啊，我看它沒有太多浮誇的裝飾，刀身上什麼花紋都沒有，但護手用的卻是真金，好奇問問而已。它有名字嗎？」但夏絲妲好像完全不在意，繼續問她想知的事。

「哼，會替器具取名的人都是愚者。刀只是器具，不需要名字。」

「是嗎？我倒覺得為出身入死的好伙伴取個名字，是對它的尊重。」

「女人都是這麼的濫情，」怎知舒伯特一臉不屑，一下子就把原因歸納到夏絲妲的性別上。「我聽說過，你的劍是叫『荒野薔薇』對吧？不覺得這個名字不適合一把劍嗎？」

他的話令夏絲妲有點不爽，但她沒有明確表示：「這把劍的名字不是我取的，據說是位男性取的。」

「是嗎，」聽到是男性，舒伯特的氣勢登時退了三截，但他並沒有罷休：「但誰知道呢，也許只是你編的。」

「畢竟女人都是騙子對吧？哈哈，副團長大人不覺得自己成見很重，而且很易懂嗎？」

「你覺得我易懂而已，誰知道呢？」說完，舒伯特把右手高舉過肩，刀身貼近身體，刀尖指向左膝，擺出防禦架勢。

「幾分鐘內便會有答案吧——！」話音未落，夏絲妲便一個箭步往前，從上斬向舒伯特的頭顱，茶髮青年一個側身，以刀擋下攻擊，同時往下運劍，試圖搶在紅髮女士之前先脫離交纏，再橫砍向她的頭部——

怎知女士搶在他捲劍之前把劍尖從往下轉成往上，以護手壓制他的刀路，再從下要刺向他的頸項——青年急忙向右踏，同時調整劍尖方向，解開了交纏，但其頸側還是得到一條細長的劍痕。他把刀架在身前，警惕對方的下一步行動，就在這時，一股涼意從他身邊劃過，有什麼從後劃到其頸上的傷口。傷口沒有大出血，但他感覺到傷口稍微變深了。

「到底是什麼？」

不給舒伯特有察覺和喘息的機會，夏絲妲立刻刺向他的前腰，逼得他立刻後踏，並反手掃開銀劍。他抓準夏絲妲退後的時機，右腳踏前，從上向左下揮斬，但後者早就看穿，並以同樣的姿勢接下攻擊。青年一笑，滑劍向上，再瞬速捲劍，刺向女士的顏面——

女士掛著恍然大悟的笑容側身避開，但白皙的臉頰上仍留下一條不輕的刀痕，為臉上的胭脂添上一點紅。青年立刻把劍收回，再高舉至頭頂，從右上向左下揮斬——

夏絲妲也把劍舉到頭頂高度，斜踏向右前方，並斜斬向舒伯特的左方——

兩把劍狠狠碰撞在一切，發出響亮的「鏘」聲。舒伯特立刻抽劍，欲反手斬向夏絲妲的右胸，但被她同樣以反手擋下——

他立刻改從上方壓住銀劍，趁對方姿勢不自然，一舉刺進她的右上臂。

「——！」夏絲妲沒有喊出聲，舒伯特一笑，總算令她臉上那討人厭的笑容消失了。

青年立刻乘勝追擊，向前連續使出斬擊。頸上冰涼的感覺在不停地提醒他，時間不多，不能再鬆懈，但也不能失去冷靜。但當青年一想到自己待會要以頸項綁著繃帶之姿出現在眾人面前，心裡就十分焦躁。

身為霍夫曼家的人，怎能輸給一介平民，而且是老弱婦孺！這道傷痕不就告訴所有人，我舒伯特竟然跟一介女流之輩，而且是罪犯，實力相差不遠？

別說笑了！

女士轉用左手握劍，逐步後退。她的防守雖然依舊穩固，但揮劍的速度比之前明顯下降。青年抓緊機會，大力從左方格開銀劍，並捲劍畢直刺向女士的心臟——

忽然他全身一麻，整個人差點往前跌倒，但他咬緊牙關，在頭快要撞到地上前重整姿態，再嘗試往女士的心臟刺去。女士雙瞳睜大，露出驚訝之色，但同時輕易把他的刀撥向她的左方。

身體到底發生什麼事了？舒伯特感到自己正全身發燙，四肢像被石化般無力又僵硬。但他仍未停下來，咬緊牙關，以意志力強撐，挪動右手高舉軍刀，瞄準夏絲妲的頭顱斬下去——

我在戰場上遇過更糟糕的狀況，那時候都沒有停下來，更何況現在！

他在心裡吶喊。

「好了，休息一下吧。」

話音一落，女士一個轉身，轉到軍刀的攻擊線以外，再一刀插進青年的右大腿。青年高呼一聲，然後整個人就像軟掉的木偶般掉到地上，但他仍以軍刀撐起上半身，雙眼銳利地望向女士。

「『Stapika』。」女士先把軍刀扔走，見青年無法攻擊，便趁機以術式簡單治療自己臉上和手臂上的傷口，並滿意地說：「真令我意外，竟然在身體麻掉的瞬間繼續像沒事一樣攻擊，不愧是身經百戰的副團長。」

「……是你吧，你對我做了什麼？」舒伯特從夏絲妲的話，頓時猜到自己的現況一定是由她做成的。他臉色蒼白如紙，但依舊氣勢逼人。

「沒有什麼，我們只是普通地對決，你也只是普通地中毒而已，」說完，夏絲妲將劍一揮，一條綠色的藤鞭頓時從泥土中冒出，藤鞭上的花蕾頓時盛開，是跟這個寒冷時節很不合襯的血紅玫瑰。

舒伯特對藤鞭一點印象也沒有，「難道是你的劍上塗了毒？哼，果然是蠻人，只會用些骯髒手段。」

他認定是夏絲妲做成的傷口把毒送進他體內的，卻不知道其實元兇其實是偷偷劃破他小腿和對頸部傷口做成二次傷害的墨綠藤鞭，但夏絲妲並沒有意欲要向他解釋。

「原來副團長會著重這些事啊？那麼在戰場上你會要求對方堂堂正正跟你對決麼？」說時，夏絲妲的眼神瞬間變得冰冷，「其實我早就把它的存在告訴你了，我不是說過，名字很重要的嗎？」

「別把戰爭和對決混為一談！戰場上只有生和死，當然要用盡手段去贏；但對決有禮儀，是騎士之證，兩者根本不同！」就算大腿流血不止，中毒未解，青年軍人的語氣仍舊強勁。

但他的一席話只引來夏絲妲的嘲笑：「騎士之證？哈哈哈哈，對決也只有生與死，禮儀什麼的只是貪生怕死的人外加上去的束縛而已！而且這可是『八劍之祭』的對決，哪裡會有生死以外的東西！」

「『八劍之祭』還未開始，你在說甚——」

「已經開始了，從今天的午夜開始！」見舒伯特問他，夏絲妲笑得更開懷。「大概只有皇帝、祭司以及少數人知道吧，『八劍之祭』其實在並不是在起始儀式之後開始，而是在起始儀式舉行那天的午夜零時就已經開始的了！」

「什麼？」

「你就沒有想過，身為頭號通緝犯的我，為何不遮著這頭十分顯眼的紅髮，而是大搖大擺地在街上走著，並被你發現？」

「你……難道從一開始？」

——對，身為全國通緝犯，在街上，甚至是首都阿娜理的大街上露出這頭稀有的紅髮，根本就等於在人面前自曝身分。而她在我出現之後便立刻提出對決，沒有為自己作任何辯護。即是說，她從一開始便想引誘我跟她決鬥，這便能解釋一切。

舒伯特不敢置信，自己居然中了這個人的計？

「這麼簡單的圈套也會中，副團長之名要哭了。」夏絲妲本來希望舒伯特能夠先懷疑一下再上釣的，他的表現，說實話，令她有點失望。

之所以找上舒伯特當對決對象，單純是為了興趣。她聽說，舒伯特這個人急於立功，而且討厭戴罪之身，那麼自己在他面前出現的話，他應該會想急著抓住自己才對。但她萬萬沒想到，這位應該成為未來將軍的人選開口閉口就鄙視自己的女性身分，類似的話她在以往的對決對象聽過不少——主要都是不相信身為女性的她卻比很多男性都要強，但像舒伯特說得這麼直接的，還是第一次。

「難道威爾斯騎士長的情報也是你設計的？」青年頓時想到更遠的事，也許從安德烈告訴他眼前人的舞者身分的那一刻開始，他就已經墮入她計謀的網裡。

「啊，那個不是，那傢伙不關我的事。」夏絲妲輕快否認。「怎樣了，中了理應軟弱無力的女人的計謀，你應該很憤怒吧？所以就說，別小看我們。不只是女人，什麼人都是——但跟你說也沒用吧，反正你也快死了。」

死——這隻字觸動了舒伯特的神經：「我不能死在這裡，你一定有解藥的吧，交給我！」

「為什麼？就算我幫你解毒，以你現在的傷勢，勢必不能參加起始儀式，你還是要去嗎？」舒伯特的大腿傷口不算深，沒有插穿大動脈，但應該最少兩三個星期沒法走路，現時更是沒法站起來，那麼要怎樣參加起始儀式呢？

「當然！我可是霍夫曼家的未來當主，一定要出席這場祭典！愚民懂得失去我對國家的損失嗎？」

都快死了，還是這副口吻，這就是未來的將軍啊。夏絲妲不禁在心中搖頭。算了，她心想。

「我只知道，你的死才能為國家帶來最大的貢獻。」說完，夏絲妲把銀劍抵在舒伯特頸上，逼使他說話：「最後我想問，你到底想在『八劍之祭』得到些什麼？」

「切！打倒精靈和龍族後人便足夠了！就是他們的勢力之大，才令國家發展長期比別人慢。打倒了他們，我們才會有進步！」

「說到底就是想壯大自己家族的勢力而已，真無聊。」但夏絲妲看穿了他的真意，未等舒伯特反駁，她就站起來，一刀劃破他的喉嚨，了結他的性命。

看著劍上的血，她不屑地把它們都撥到草上。

換著是平時，她會給決鬥對象一個反擊的機會，但今天的她沒有對舒伯特做同樣的事。

夏絲妲心想，雖然他想做的事的確沒錯——減低精靈一族和齊格飛家族的影響力，的確能令這個國家進步得更快，但如果兩大公爵家的勢力同時被削弱，那麼作為第三公爵家的霍夫曼家便會崛起，掌握更多的權力，可能到時連皇家也未必能控制他們。而且先不管這件事，舒伯特那副高高在上，以及公然鄙視女性的態度，夏絲妲從一開始就覺得不滿意了，毒發後他所說的話令她更失望，因此沒有心情跟他繼續戰鬥，決定直接了結他。

這種明明有實力，但只會以自己一套的完美標準去選擇好壞，以性別和出身去區別優劣，不懂得尊重、賞識他人的人，讓他站到國家權力高處，只會百害而無一利。那麼作為舞者獻上了性命，替國家換來八十年的安寧，不是更好嗎？

在心中說完，夏絲妲頓時一笑。說得我好像很緊張安納黎的現況一樣。

「『Stapika Stressa』。」因為再沒有人妨礙，女士終於可以集中精神，用更有效的治療術治好傷口們。不過幾分鐘，她的臉就回復到好像從未受傷過一樣，右手的傷雖雖然未全好，但已經能像決鬥之前一樣自由揮動了。她收好劍後，便走到草原的邊界，打開決鬥前放在那裡的行李箱。

十分鐘過後，當舒伯特的隨從依主人的指示來到草原，第一眼看到的是躺在草原中央的舒伯特。

「怎會這樣的……霍夫曼大人……你怎會被那種人……」他立刻衝過去，不敢相信眼前所見的。

「連僕人也是同一類人嗎？唉。」這時，夏絲妲從他的身後出現。十分鐘前仍身穿漆黑大衣的她，此刻換上了一套亮麗的鮮紅長裙。凌亂的頭髮和妝容都已再次整理好，就像一位剛出門的大小姐，完全看不出她才剛經歷過一場決鬥。

她身上只有一把劍，行李箱不知道哪裡去了。

「『薔薇姬』、你……」見到夏絲妲完好無缺地站在自己面前，隨從頓時明白這代表了什麼。他雙腿發抖，生怕「薔薇姬」會連他的性命也奪走。

「我才不想浪費那個氣力，」出乎隨從的意料之外，夏絲妲只是走到他身後，解開馬車其中一匹馬的韁繩和皮帶，再一躍跳到馬上，「這是你的主人所承諾的，那麼我還要趕著去祭典，先走了。」

一匹馬，隨從頓時明白為何夏絲妲要求的賭注那麼少。她從一開始就想好決鬥勝出後用馬來趕路，前往皇宮。

從一開始就已經堅信自己會勝出的人，到底有多強大？

「對了，」走了幾步後，夏絲妲似是想起有什麼漏了說，停了下來。「你留在這裡別動，記清楚發生什麼事，應該很快會有人會來的，到時便告訴他們，這是『八劍之祭』的第一場對決，而勝者是我。」

「『八劍之祭』不是未開始嗎？」隨從問。

夏絲妲只是微笑：「不，已經開始了。」

後記－Nachwort－　開端－BEGINNING－

終於面世了。

在網上默默書寫了這麼多年，《劍舞輪迴》的第一本實體書終於要面世了。能夠用雙手擁抱這個故事，想必收到實體書時，我應該會哭出來吧。感謝買了這本書的各位讀者朋友，沒有您們，這本書不會誕生。

可能沒有太多人知道，《劍舞輪迴》起初是個合筆故事。起初的計畫是，我（Setsuna）和JB一起想設定，然後我負責寫中文版，JB則負責英文版。雖然是這樣說，但依照現在的情況看來，英文版的面世是沒什麼可能的了，就算有，都要等到我寫完中文版後才能開展相關計畫。雖然說設定是一起想的，但JB是負責部分角色和世界觀設定原案，而我則負責大部分的角色設定、世界觀設定、故事大綱，以及下筆。

還記得開始下筆寫《劍舞輪迴》時，正值我想改變一番的時候。那時我正處於一個寫作上的轉變期——希望把文筆變得更細膩，並想嘗試經常寫的魔法戰鬥以外，一些新的題材和世界觀。剛巧這時JB向我提議合筆寫小說，我便決定將《劍舞輪迴》當作一個練習，而筆下另一本在同期誕生的小說《曉月詠歌》也是類似的定位。雖然《劍舞輪迴》比《曉月詠歌》先開始創作（《曉月詠歌》開寫時，《劍舞輪迴》的第一迴初稿已經完成），但結果反而是《曉月詠歌》成為了文筆改變的試驗品，而其成果則被帶到《劍舞輪迴》裡，並於書寫後者的過程中慢慢探索、改變，成為今日的樣貌。而直到這一刻，我的文筆仍舊在變化當中，不知道幾年過後重看這一段文字時，我的文筆變成怎麼樣呢。

《劍舞輪迴》的故事靈感源自六年前的一個小想法。當時我看完動畫「刀劍神域」第一季，受到啟發，想嘗試寫個關於刀劍對決的故事，主要原因是因為自己以前只寫過魔法戰鬥，未曾嘗試過這種比較腳踏實地的近距離冷兵器戰鬥。起初是沒有動筆的想法的，因為我對刀劍的事並不熟悉，覺得如果要寫一篇以戰鬥場面為主軸的故事，就必先要熟悉所有武器和武術，所以這個原案一直被擱置，直到JB提議合筆寫小說，問我有沒有什麼提議／靈感，我才將它從腦海深處取出，並決定放手一試。

故事設定的本來是一個位處現代的七人刀劍對決，後來跟JB討論故事走向時，被告知原來在他的想像裡，這個故事是以中世紀為背景的，因此我便把原有的設定轉移到一個古典歐洲風的世界裡。由於我比較熟悉和喜愛歐洲的十八、十九世紀歷史和文化，因此便選擇以此時期作參考，再加入奇幻故事常見的龍與精靈，以及一點魔法，設計出一個架空的世界觀。本來我只想一切從簡，寫一個生存遊戲式的故事，但我就是一個不安分的人，總是想在微小的位置裡加一些個人興趣，以及嘗試新的領域。慢慢的，它就變成一個擁有濃厚西方背景，融戰鬥、成長、愛情、歷史、政治等元素於一身的長篇硬奇幻故事了。

本書除了本篇的首四迴，以及番外篇〈馬卡龍—MACARON—〉外，也收錄了未曾在網上公開的兩篇番外〈室友—ROOMMATE—〉和〈將軍—HOFFMAN—〉。

〈室友—ROOMMATE—〉是愛德華和諾娃的同居日常，其中一節改編自曾經在網上公開的跟風短篇〈洗澡水不熱〉。我在修稿的某天突然想到，一男一女突如其來要住在同一房間裡，而身為獨子的愛德華本身對異性的事並不清楚，加上性格敏感，剛巧諾娃的性格跟他截然不同，那麼二人應該會有磨擦才對吧？因此我便決定嘗試寫一些在本篇很難見到的場面——二人之間的室友生活，以及他們之間的吵架，還有和好。至於〈將軍—HOFFMAN—〉則是補完了從未在本篇正式登場的舒伯特和夏絲妲的對決詳細，算是給這位角色的一點補償吧，同時也能讓各位看到夏絲妲少見的一面。

至於本書的封面設計，是以「歐洲古籍」為設計概念。就像能夠從巴洛克風格的舊圖書館裡拿出來的舊書，或者皇室長久保存的古舊典籍一樣，我希望透過封面傳遞「年代記」一詞，同時配合書中的西方風格背景及劇情。而封底則畫有插畫師秋月所繪畫的愛德華和諾娃。

因為這是系列的第一本書，所以恕我不能談太多關於故事核心的事。如果你問我這故事想呈現的主題是什麼？我會說，一言難盡，但大概可以歸納為：強大的意義、愛與恨、絕望與希望、選擇與代價。

這是一個在刀光劍影下，各種意念交錯的故事。

說完了冗長的故事誕生由來，不如就轉換一下心情，看些從各位讀者收集過來，關於《劍舞輪迴》的有趣問答吧。

1 最難寫的章節是哪一段？

目前為止，我認為最難寫的章節是第四迴裡，愛德華和夏絲妲的首次對決。

也許有讀者會記得我前後花了大半年才完成這兩大節的內容。那時候我仍未習慣寫武打場面（其實直到現在也未算擅長），而且該情節要求角色們一邊對打，一邊從動作等流露各自的性格和習慣，同時，那是第一卷的高潮，因此一定要處理好，所以我在寫的時候倍感壓力。適逢當時是大學生涯的最後一年，我沒法抽出一段長時間去集中寫好它，所以前後拖了半年，直到把論文交出去後，幾乎每天宅在家，用了兩星期的時間才完成。而這一段的前半在修稿的時候進行了大改，所以實體書的版本跟最初的網上連載版本的是有點出入的。

但如果用花費時間最長來計算難度，那麼最難寫的一定是第三迴的舞會。整段文字從選樂、搜集資料、編舞、編排情節，到完成草稿，總花費時間超過一個月。現在回想，那時的我把牛角尖鑽得很深——不顧一切集中地做想做的事，就像小朋友認真地玩自己喜歡的遊戲一樣，完全沒想過可以有其他比較輕鬆的解決方案。不過真的寫得很開心，帶著熱情做自己喜歡的事，有的是無價的快樂。

2 最難寫的人物是誰，為什麼？

直到現時為止最難寫的人物，我認為是夏絲妲。

路易斯對我來說也不容易寫，因為我很容易對這像少爺性格產生排斥，但描寫角色時卻不能過分主觀啊。不過這種排斥只要適當調整一下思考便可解決。而描寫夏絲妲的困難在於她的強大和神祕。她有她的原則，摸不透的性格底下其實隱藏著一些確實的想法，我有時候覺得明明是我創造她的，但到現在仍未能掌握和看清她的每一面，因此在下筆時不時會想「到底這真的是她的想法嗎」。而她的強大對我來說實在太遙遠，有時候我在下筆時確切感覺到那種觸碰不到的巨大距離感，並懷疑自己的描寫是否太單調，所以有時候壓力挺大的。不過這些事絲毫不影響我對她的喜愛，因為這些不就是她的魅力嗎？

3 最喜歡的角色、對白、場景、情節是什麼？

最喜歡的角色是夏絲妲和愛德華。

自稱夏絲妲粉絲團團長的我對她的愛毫無虛假（笑）。她的自信、隨性，以及因為其強大而不時顯露出來的恐怖，明明我是創造她的，但依然衷心感到佩服。也許是因為我想成為像她一樣的人吧。

而喜歡愛德華的原因，很簡單，有誰不愛傲嬌的嗎？咳咳。當然口不對心、外冷內熱是我喜歡他的原因之一，但我更喜歡他的體貼和堅持，只要多加引導，這孩子是能成大事的人來的。而且，起初寫的時候不太留意，我後來才發現原來自己和愛德華有不少相同之處。

最喜歡的對白是「這把劍不會帶給人希望，乃是將人的希望奪走，再轉成絕望的劍。」因為淡淡的一句話，已透露出純粹的絕望。

最喜歡的場景和情節是雪下對決時，愛德華中毒後跌坐在地上，絕望地看著夏絲妲的情景。天上飄著白雪，地上滿是鮮紅，童話般的純潔和殘酷的現實碰撞在一起時的畫面令我覺得又美又恐怖。而最喜歡的情節也是這一段，當僅餘的希望全部轉化為絕望時，那時候的夏絲妲就像一位宣告死亡的死神，美麗而又恐怖。

4 故事人物的心境，以及故事的世界觀是取材自哪裡？

故事人物的心境有些取材自自身經歷，以及大學上課時所學的知識。而故事的世界觀則是取材自英國和歐洲的風景、地理、歷史，以及我在英國留學和歐洲旅行時所經歷的一點一滴。舉個例子，蕾露妲城堡的原型是倫敦塔，齊格飛家的城堡靈感來自霍亨索倫城堡和愛丁堡城堡，溫蒂娜家的城堡靈感來自新天鵝堡；第二迴（04）出現的茶室，靈感來自英國約克有名的Betty's Tearoom（註：我當年幾乎一年去一次，各位如果有機會去約克玩，一定要去一趟！）；而第二迴（09）的市集，靈感則來自英國約克市中心的舊街和德國各處的聖誕市場。

5 如果有機會讓你選擇，你會選書中提及的哪個地方定居？

我會選擇在卷三才正式登場的冬鈴郡。首都對我來說太嘈雜又擠擁，愛雪如命的我喜歡住在北方的小鎮，但太北的話又怕悶慌。所以我會選擇位處安納黎中北部的冬鈴郡，那裡冬天時常下雪，夏天清涼，而且位處內陸，天氣相對穩定。還有，它的地理位置十分方便，我想去首都購物，或者去北方旅行看北極光也不是難事。

看來我可以辦個冬鈴郡旅行團（笑）。

6如果你能夠跟故事裡的其中一位角色約會，你會選擇誰？為什麼？

當然是夏絲妲！

咳咳，別誤會，我這裡指的「約會」並沒有浪漫情懷，只是單純地想約她出來見個面而已。我總是很想約這一類人在一個茶室泡著茶，談上一個下午，感覺會是前所未有的難忘經歷。

7作者有興趣將奇幻故事加入旅行遊記的元素嗎？

這個想法挺有趣的，但如果要在《劍舞輪迴》裡嘗試的話，應該要在番外篇才能做到吧，例如寫個夏絲妲的旅行日記什麼的。

8有沒有什麼有趣的角色塑造經歷？

最有趣的應該是諾娃吧。最初創作她時，其定位是「無口少女」、「像個人偶」和「性格寡言」這三點而已。但某天去完英國的茶室後我就在想，甜點真好吃（我以前幾乎不吃甜點的），愛吃甜點的寡言少女感覺很可愛，那麼不如就為諾娃加一個「喜歡甜點」的設定吧！就這樣，諾娃的「無甜點不歡」特點便誕生了。

9你覺得創作小說最困難的地方在哪裡？

創說小說的很多方面都很困難，我覺得最困難之一是搜集資料吧？要創造出一個完整的世界觀，就要從人文、地理、歷史等細節開始架構；要有真實感，就要搜集相關的背景資料，但不能依樣畫葫蘆，而要先理解搜集回來的資料，再將它們融入自己的世界觀裡，就好像玩拼圖一樣。這個過程就像溫習一樣，十分花時間和精力。而另外一個難處，大概是忍受孤獨吧。寫到頭昏腦脹的時候，或許可以找寫作同好討論並找出方向，但在路上走著的仍舊只有自己一個人。就算讀者再多，跟創作路上的各種難關奮鬥的就只有自己一人，這條路並不容易走，但為了自己的目標，以及讀者們的期待，就必須繼續堅持下去。

10作者會在什麼時候卡文？有什麼克服卡文的秘訣嗎？

我會卡文的場景大致可以分為幾類：武戲、心理描寫，以及偏意識流的情節。沒有什麼克服的秘訣，每次都是先重讀一次手上的大綱，複習前面相關的情節，還是想不到的話就去睡覺，在床上想到睡著為止，等壓力和焦慮過去，就慢慢會寫得出的了。

11在寫的中途有沒有遇上令你不想再寫下去的挫折？有的話是什麼？

有，其實遇過很多遍。最主要的是面對重要場景時，害怕自己能力不足，沒法完美呈現該場景；有時候則覺得自己的文筆實在是爛爆了，還好意思拿出來見人。而最近開始會害怕自己寫出來的場景不符合讀者們的期待，是不是廢話太多，一想到讀者們對未來情節的期待，以及自己有機會因無法完全駕馭而「炒車」的可能性時，就會焦慮得無法寫作。

解決方法並不多，通常是先叫自己放下手上的筆，深呼吸，看個動畫平伏心情，睡個覺，再慢慢思考改進的方法，不能讓自己因一時衝動而把網上的存稿都斬掉重煉。

12關於寫戰鬥情節，有沒有什麼建議給各位參考？

我自問不擅長寫戰鬥情節，所以也沒有什麼能給各位參考的。每次我寫戰鬥場面時，都會一邊聽戰鬥配樂一邊寫，讓自己進入到那個氣氛；卡文的話就去看一些有戰鬥場面的作品，嘗試從人物的動作獲得靈感。

13未來的故事方向／人物的成長路向大概會是怎樣的？

未來故事的走向將會以兩條主要支線為重心：愛德華和路易斯線。故事重心將會放在人物們的成長、改變，以及他們理念、想法的交錯。至於成長路向，大致上兩位男主角都是要醒覺一些事並作出改變，但不同的是時間，改變的幅度，以及觸發的事件。

14作者希望故事能為讀者帶來什麼？

首先，我當然希望為各位讀者帶來一個華麗的架空世界。人、龍、精靈、術式、刀光劍影、樹林、雪、權力鬥爭、我想為各位讀者帶來一個融合了多種元素的世界，讓各位閱讀的時候看到的是一個寬闊的世界。另外，我也希望藉著各個人物為讀者們帶來不同的想法，不一定是啟發，或者是什麼道理的說教，我希望每位讀者在見證人物的成長或改變時，都有屬於自己的感想或感觸。

問答完了，就是設定後話的時間。

1《劍舞輪迴》的書名是先有英文（Sword Chronicle），再有中文的。中文名是在英文名想好後大約一個月才定案，對我來說是一個挺特別的案例。

2之所以有「Sword Chronicle」名字的構思，是因為取名時我正在玩一個名叫「Chain Chronicle（鎖鏈戰記）」的日本手機RPG遊戲，並受其名字啟發。採用「Chronicle（年代記）」是取歷史會輪迴重演的意思，因此中文書名的對應字是「輪迴」。

3故事的兩位主角——愛德華和路易斯的命名背後其實沒有什麼特別的意思。我在書寫第一迴（02）的手稿時，才記起自己還未決定主角的名字。剛巧腦袋想到「Edward」，覺得挺有貴族的高貴氣息，所以便採用了。而路易斯……我總覺得「Lewis」聽上去有種貴族子弟的自大感，而且當時我並不太喜歡這位跟主角對立的角色，所以便送了他一個作者自己不太喜歡的名字，哈哈。

4路易斯的全名「路易斯・基巴特・J・齊格飛」裡的「J」全寫是Joffery。是JB想的，指的正是《冰與火之歌》裡的喬佛里，算是他的一點小小惡作劇吧。

5「虛空」的英文Nullitaria是造字，來自義大利文「Nullità」，意思是虛無。

6「黑白」的英文Schwarzweiria也是造字，來自德文「Schwarzwei」，意思是單色。本來「黑白」的劍名是Monochrome，但為了跟「虛空」成對，最後決定將Monochrome改為劍鞘的別名，並造出「Schwarzweiria」一字。

7 夏絲妲（Hacienda）是先有「薔薇姬」的稱號，才有名字的（而這個名字也不是她的真名）。因為她是「荒野薔薇」的主人，所以還未定好名字前，JB和我為了方便討論關於她的劇情，便稱呼她為「薔薇姬」，後來便順理成章成為她在故事裡的稱號。至於「Hacienda」，是一種紅色茶香月季的名字，是我翻了玫瑰百科一個晚上並挑選出來，覺得最適合她形象的紅玫瑰。

8 為什麼在故事裡會出現一位東方舞者（霧繪千鶴）？這是因為十分喜歡振袖的JB希望想加入一位穿振袖的角色。

9《劍舞輪迴》的世界觀時間大概相等於歐洲的十八、十九世紀初。其實沒特別界定的，大概就是工業革命之前，所以故事裡未有火車出現。

10 第二迴（07）出現的齊格飛家族馬車，靈感來自英國皇室的皇家金馬車。

11 第二迴（08）出現的接待室，靈感來自英國溫莎城堡的皇家接待廳。

12 第二迴（09）出現的王座廳，靈感來自德國慕尼黑皇宮的王座廳和英國的白金漢宮王座廳。

13 第三迴（04）的瑪格麗特大舞廳，靈感源自慕尼黑皇宮的屈維利埃劇院。

14 第三迴（04）裡舞會的第一首圓舞曲是柴可夫斯基的《胡桃鉗組曲：花之圓舞曲，作品第71a號》，第二首是同為柴氏的《C大調弦樂小夜曲，作品第48號，第二樂章》，而第三首則是哈恰圖良的《假面舞會組曲：圓舞曲》。其實我有挑選過整場舞會演奏過的圓舞曲，並為止製作了一個Spotify播放列表。所有曲目都是來自真實存在的圓舞曲作品，連結可參照這裡：https://goo.gl/LF1qsd，不妨一邊聽，一邊讀啊。

15 第三迴（04）裡，路易斯和布倫希爾德跳的第三枝舞，背景音樂是《假面舞會組曲：圓舞曲》。舞步的靈感來自代表俄羅斯的著名雙人滑冰組合塔蒂亞娜・沃洛索扎和馬克西姆・特蘭科夫在二〇一三至二〇一四年期間的短曲項目演出。我之所以會想到描寫舞會，是受到二〇一二年電影《安娜・卡列尼娜》的啟發。劇中安娜和華倫斯基在舞會跳華爾滋時，舉手投足所表達的關係昇華和感情的變化，以及整體的華麗場面都令我印象非常深刻。

16 第四迴（01）的石橋和河，靈感來自約克河畔，而石屋的靈感則來自英國雪菲爾Crookes一帶的房屋。

17 作為特典而送出的兩張明信片，描繪內容分別是愛德華和諾娃某夜坐在學校圖書館裡的情景，以及第四迴（02）愛德華和夏絲妲在雪下對決的場景。圖書館內不可進食，各位千萬不要學諾娃啊。

《劍舞輪迴》Vol. 1能夠成書，實在要感謝很多人。感謝經手的秀威和映儒和聖翔編輯，明信片特典繪師A子，百忙之中還出時間畫封底圖的秋月姐，以及在網上追看《劍舞輪迴》的讀者們，包括qwerty、狼狼、滄藍、季候鳥、IR、悲狼、兀心……（太多了，恕我不能一一盡錄）。沒有你們，也許我不會堅持到今天。

最後，當然要感謝買下這本書的你！我相信在書海中相遇，都是一種緣分，而且在這個免費娛樂的世代，能夠有讀者願意看自己的作品，並花費買下，有的是無上的感動。希望你會喜歡這本書的故事內容，以及設計！

Vol. 1只是一切的開端，很多伏筆都要留等之後再拆解。Vol. 2將會集中在人物的成長和關係的改變，例如愛德華和夏絲妲同住後，在性格上的改變，同時會慢慢揭露每位舞者的一些過去。而且也會有其他舞者正式踏入舞台！

Vol. 2現正於Penana首發更新，同時也在POPO、艾比索、原創星球等平台上連載，有興趣不妨到這些網站追看，或者到臉書專頁「劍舞輪迴 Sword Chronicle」獲得關於此故事的最新資訊，以及不時公開的一些設定後話。

附上Penana的作品連結二維碼，方便各位追文：

希望我們以後能夠在茫茫書海中再次相遇。

Setsuna，寫於二〇一八年十月二十三日

國家圖書館出版品預行編目

劍舞輪迴 / Setsuna著. -- 臺北市 : 獵海人,
2018.12-
冊； 公分
ISBN 978-986-96985-5-9(第1冊 : 平裝)

857.7 107022260

劍舞輪迴 Sword Chronicle Vol.1

作　　者／Setsuna
封面設計／Setsuna
出版策劃／獵海人
製作銷售／秀威資訊科技股份有限公司
114 台北市內湖區瑞光路76巷69號2樓
電話：+886-2-2796-3638
傳真：+886-2-2796-1377
網路訂購／秀威書店：https://store.showwe.tw
博客來網路書店：http://www.books.com.tw
三民網路書店：http://www.m.sanmin.com.tw
金石堂網路書店：http://www.kingstone.com.tw
讀冊生活：http://www.taaze.tw

出版日期／2018年12月
定　　價／430元